하레스천항

하레스천항

하레스 천하 1

정한조 판타지 장편 소설

초판 1쇄 찍은 날 § 2002년 12월 1일
초판 1쇄 펴낸 날 § 2002년 12월 10일

지은이 § 정한조
펴낸이 § 서경석

편집장 § 문혜영
편집책임 § 이종민
편집 § 장상수 · 박영주 · 권민정
마케팅 § 정필 · 강양원 · 이선구 · 김규진

펴낸곳 § 도서출판 청어람
등록번호 § 제1081-1-89호
등록일자 § 1999. 5. 31
어람번호 § 제1-0322호

주소 § 경기도 부천시 원미구 심곡1동 350-1 남성B/D 3F (우) 420-011
전화 § 032-656-4452 팩스 § 032-656-4453
http://www.chungeoram.com
E-mail § eoram99@chollian.net

© 정한조, 2002

값 7,500원

ISBN 89-5505-542-0 (SET)
ISBN 89-5505-543-9 04810

정한조 판타지 장편 소설

하레스천황

1

하레스의 영광

도서출판 청어람

작가의 말

『하레스 천하』는 판타지 사이트 호야넷(일명 피엘)에서 고정 연재되고 있는 소설입니다. 이 소설이 출판된다니 뿌듯한 마음보다는 부끄러운 감정이 앞섭니다.

사실 하레스 천하를 피엘에 연재하면서 매우 다양한 감정상의 갈등과 심리적 고통을 겪었습니다.

처음 출판한다는 소식을 게시판에 올리자 독자들께서 많은 격려와 충고를 아끼지 않으셨지요. 저도 기뻤습니다. 하지만 오래지 않아 과연 이 책이 출판될 정도의 역량을 갖추었는가 하는 회의감에 젖어들었습니다.

이 소설의 발단은 무엇보다 '재미있게 써보자' 하는 취지에서 시작했습니다. 그냥 제 소설을 읽는 독자들이 글에서 눈을 뗄 수 없게 만들어보자는 생각이었지요. 그래서 흥미 위주의 스토리와 독자에게 영합할 만한 적당한 교훈, 환상을 적절히 배합했지요.

그런데 욕심(?)이 끼어들면서 출판을 결정하게 되자, 과연 이대로 좋은가 하는 자아비판의 시간을 가지지 않을 수 없었습니다. 이것이 큰 실수였습니다.

사실 판타지 소설에 대한 저의 의견은 예나 지금이나 한결같습니다.

'재미있지 않으면 그건 판타지 소설이 아니다.'

그래서 소설도 하나의 문학인데 재미만을 추구해서야 되겠느냐는 비판도 많이 받았습니다. 물론 제 소설이 말초적인 자극만을 추구하는 가벼운 글이 되기를 원하지는 않았습니다. 하레스 천하는 본래의 취지대로 묵향이 열었고, 소드 엠페러가 추구했던 길을 따라가야 했습니다.

그런데 출판이 결정되면서 그런 마음이 흔들렸고, 되지 않게 심각한 사유를 집어넣으려 노력했지요. 그러자 글의 내용이 확 바뀌면서 저도 독자도 모두 불만스런 엉뚱한 길로 빠져 버리고 말았지요. 뒤늦게 개작하여 본래의 취지를 살리고자 노력했지만 이미 지침이 바뀌어 새삼 손대기가 힘들더군요.

결국 이는 독자와 작가의 갈등이 되어버립니다.

독자가 만족하고 작가가 흡족해할 만한 글을 쓴다는 건 어렵습니다. 독자를 만족시키면 작가는 고민하는 경우가 왕왕 있습니다. 작가가 만족하면 독자가 외면하는 경우도 생깁니다. 물론 제일 좋은 사례는 독자와 작가가 함께 기뻐하는 것이겠지요. 이런 글을 쓰는 작가는 정말 행복한 분이지요. 저도 이런 글을 목표로 하고 있습니다.

하레스 천하는 글을 쓰는 제게 많은 숙제를 던져 주었습니다. 흥미를 잃지 않으면서도 문학성이 내재된 그런 글을 써야 한다는 거죠. 작품성과 흥행성의 줄타기를 어떻게 해야 할런지 그 단서를 제공하기도 했습니다.

어떤 분은 작품성과 흥행성은 판타지 소설에서는 별개의 것이라는 이분법을 펼치기도 합니다.

하지만 저는 이 말에 전적으로 반대합니다. 사실 문학의 작품성과 흥행성은 한줄기에서 태어난 쌍생아입니다. 둘은 뗄레야 뗄 수 없는 관계라는 거지요. 그것은 바로 창의성이라는 줄기를 말합니다. 잘된 소설은 작가의 창작 심리와 작중 인물의 심리, 그리고 독자들의 심리를 정확히 묘사했을 때 태어날 수 있다고 믿습니다.

하레스 천하는 이런 면에서 본다면 어떤 심리에도 완벽하지 않아 부족한 점이 많은 소설입니다.

그래서 작가의 성장 소설로 이해해 주시면 감사하겠습니다.

다만 제가 하레스 천하에 바라는 기대는 일독한 후 '음! 재밌군' 하는 독자들의 한마디입니다.

그렇게만 되어도 저는 하레스 천하를 쓴 보람을 느끼겠군요.

제 연재 글을 읽고 충고를 아끼지 않으셨던 피엘의 열혈독자들께 지면을 통해 감사를 드리고 싶습니다. 덕분에 저의 부족한 점을 많이 깨달았습니다.

그리고 출판을 허락하신 청어람에도 고개 숙여 고마움을 표하고 싶습니다.

2002년 겨울

정 한 조

프롤로그

"자, 다 먹었으면 일어나자."

사마조는 슬쩍 자리에서 일어나며 아이들에게 눈짓을 했다. 마침 식사도 끝내고 했으니 그리 어색할 것도 없다. 오랜 도주 생활로 아이들은 눈치만 발달한 듯 금방 낌새를 알아챈다. 태연한 동작으로 아이들을 데리고 주루 밖으로 나왔다. 역시 예상했던 대로 형산파의 제자로 보이는 인물 두 명이 사마조를 따라 나온다.

사마조는 슬슬 마을 밖으로 걸음을 옮기며 암울해지는 심정을 금할 길 없다. 자신이 언제 이렇듯 남의 이목을 두려워해 식사 한 끼 제대로 못한 적이 있었던가? 만약 자신이 심각한 내상을 입지 않았고 고손자, 고손녀인 경아와 정아를 대동하지 않았다면 저들은 자신의 십초지적도 되지 못할 것이다. 그러나 그것은 희망사항일 뿐 지금의 자신은 본래 익히고 있던 광한마공(狂恨魔功)의 진기가 2할가량 남아 있음을 확인할 뿐이다.

"이봐! 저자가 정말 광한마제(狂恨魔帝)일까? 그러기엔 너무 젊잖아. 내가 알기론 사마조는 100세를 넘긴 악마라고 하는데, 저자는 이제 겨우 30살 정도로밖에 안 보이는데……."

뒤따르는 형산파 제자들의 목소리가 사마조의 예민한 청각에 걸린다. 자기들 딴에는 나지막하게 지껄인다고 하지만 사마조의 능력을 과소평가했다.

"내가 그자의 용모파기를 본 적이 있어. 광한마제는 환골탈태를 거쳐 아주 젊어 보인다고 하더군. 저자와 아주 비슷하다구. 그런데 아이들을 데리고 있는 것을 보니 아닌 것도 같고……. 젠장, 밑져야 본전 아니겠어?"

형산파 제자들은 마음을 정했는지 이제 본격적으로 사마조를 따라오기 시작했다. 태연한 척 앞만 보며 걷던 사마조의 머리가 민활하게 움직이기 시작했다.

'떼어버리지 못한다면 없애 버려야겠군. 하지만 아이들을 데리고 움직인다면 곤란한데……. 어떻게 한다?'

사마조는 궁리를 하며 눈알을 굴려 아이들을 숨겨놓을 만한 곳을 찾았다. 그러다 길모퉁이를 돌아가자 숲과 덤불로 울창한 곳을 발견하고 급급히 아이들을 그곳에 밀어 넣었다.

"경아! 정아! 이 할아비가 올 때까지 이곳에 꼭 숨어 있거라. 할아비가 금방 갔다 오마. 절대 다른 곳으로 가면 안 돼."

귀여운 고손주들인 경아, 정아가 또랑또랑한 눈망울로 사마조를 바라본다. 이제 8살과 7살 난 여아와 남아였다. 아이들은 갑작스런 상황에도 울지 않고 사마조의 얼굴만 바라본다. 그러자 사마조는 새삼 가슴이 미어지는 듯했다.

사파무림의 태두인 광한마성을 이끌던 자신이었다. 그러나 정파의 연수합공에 걸려 광한마성은 대파되고 수하들은 대부분 주살되고 말았다. 사마조는 치열한 혈전 끝에 엄중한 내상을 입고 간신히 자신의 고손주들만 데리고 탈출한 상태였다. 근 한 달간을 도망 다니다 보니 아이들도 이젠 적응이 된 모양이다. 처음엔 울고 칭얼대는 바람에 사마조의 애간장을 끊게 하던 아이들이었다.

사마조는 굳게 마음먹고 아이들을 외면한 후 앞을 향해 달려가기 시작했다. 사마조가 수풀을 가르며 달리기 시작하자 예상했던 대로 형산파 제자 두 명이 전속력으로 쫓아오기 시작했다.

삐이이익!

쫓아오던 형산파의 제자가 호각을 불자 사마조는 가슴이 덜컥 내려앉았다. 단순히 자신의 정체가 의심스러워 쫓아오는 줄 알았더니 그게 아니라 추적대란 말인가? 그렇다면 더 이상 도망칠 시간이 없다. 아마 천라지망이라도 깔린 모양이다. 정파 놈들이 더 닥치기 전에 형산파 놈들을 재빨리 해치우고 경아, 정아를 데리고 도망쳐야 한다.

사마조는 마음을 정하자 훌쩍 뛰어 나무 위로 올라갔다. 곧 형산파 제자들이 달려왔다. 그리고 사마조가 올라간 나무 아래를 지나치는 순간 사마조가 떨어져 내리며 형산파 제자 한 명의 목을 잡아 그대로 부러뜨려 버렸다. 또 한 명의 형산파 제자가 돌아서자 가슴에 일장을 후려쳤다. 광한마공에 가슴을 얻어맞았으니 내장이 모두 으스러져 소리도 지르지 못하고 즉사했다. 운도 좋았고 기습의 효과도 예상보다 뛰어났다. 정면으로 맞섰다면 시간이 훨씬 더 초과되었을 것이다.

형산파 제자들을 처리하는 즉시 사마조는 아이들을 숨겨놓은 곳을

향해 급히 뛰기 시작했다. 그러나 사마조는 얼마 가지 못하고 걸음을
멈추어야 했다.

"크억!"

묵빛 창 하나가 옆에서 튀어나와 사마조의 가슴을 관통했다. 이런
어처구니없는 일이… 아무리 진기의 태반을 잃었다고는 하지만 적이
이토록 근접할 때까지 아무런 낌새를 채지 못하다니……. 적이 그만큼
무서운 고수라는 증거였다.

사마조가 창을 움켜잡았다. 이어 예기를 발하는 검 하나가 사마조의
단전을 찔러온다. 심장은 피했지만 몸이 뚫리는 고통에 전신을 떨던
사마조는 장력을 발해 창을 든 자의 가슴을 후려쳤다.

"욱!"

창을 든 자가 뒤로 나가떨어졌다. 이어 사마조는 자신의 단전에 반
쯤 파고든 보검을 수도로 내려쳐 잘라 버렸다. 사마조가 검을 든 자를
쫓으려는 순간 무서운 권격이 사마조의 관자놀이를 후려쳤다. 사마조
가 비명도 못 지르고 훌훌 날아가 옆의 수풀에 나가떨어졌다. 사마조
는 마경에 이른 자신의 오랜 수련 덕분에 즉사를 면하긴 했으나 눈알
이 터지고 칠공에서 피를 흘리기 시작했다.

"경아! 정아!"

사마조는 죽어가는 마당에도 자신의 고손자, 고손녀들의 안위가 걱
정되었다. 이대로 죽을 수는 없다고 생각했다. 사마조는 손발을 휘젓
다 걸리는 나무를 잡고 간신히 가부좌를 틀고 앉았다. 사마조는 이제
곧 자신이 죽는다는 걸 알았다.

지난날을 되돌아보면 별로 후회할 생각은 들지 않았다. 거칠 것 없
이 통쾌하게 살아온 일생이었다. 자신이 광한마제라는 이름을 얻은 후

천하를 그의 발 아래서 벌벌 떨게 했다고 믿었다. 그러나 지금 아쉬움이 남는다. 피는 피를 부르고 혈한은 혈한을 남긴다. 사마조 자신이 무력으로 천하를 종횡하며 통쾌해하는 순간에 자신의 자손은 대신 그 업을 받아 피를 흘리고 쓰러져 갔다. 그리곤 종내에 마지막 혈손들도 갈 곳을 잃고 지금도 쫓기고 있는 실정이 아닌가. 이러한 사실은 죽어가고 있는 사마조로서도 괴롭기 짝이 없었다.

"그럴 수는 없지. 이 사마조의 자손이 평생 쫓겨 다니며 업신여김을 받거나 목에 칼을 받고 이름 모를 협곡에서 뼈를 묻게 놔둘 수는 없어."

사마조는 백보신권에 얻어맞으면서 그 굉렬한 파장에 터져 나간 안구를 잊고 눈을 부라렸다. 그러나 보이는 것이 있을 리 없다. 잠시 후 사마조의 떨리던 몸이 멈추고 호흡이 끊어졌다.

획—

파공성이 들리며 세 명의 인물이 수풀 안으로 날아들었다. 바로 사마조를 습격했던 인물들로, 세 명 모두 풍기는 신태가 보통 비범해 보이지 않았다. 왼쪽의 인물은 40대의 장한으로 나타나자마자 사마조의 가슴에 꽂힌 창을 단숨에 뽑아낸 후 일 장 뒤로 물러섰다. 그의 가슴에는 검은 손바닥의 장인이 뚜렷이 찍혀 있었는데, 갑자기 힘을 써 내상이 도졌런지 '왁' 하고 한 모금 선혈을 토해냈다. 그는 바로 양가창의 고수 양명주였다.

오른쪽의 인물은 30대의 도관을 쓴 도인이었는데, 부러진 장검을 들고 있는 것으로 보아 그가 바로 사마조의 단전을 파괴한 검의 명인으로 보였다. 그는 현 무당의 장제자로 도호를 신수자라 불렀다.

"드디어 강호의 혈겁을 조장하던 마두가 최후를 맞았군요."

신수자는 심유한 눈으로 이미 사마조가 완전히 명줄을 놓았음을 확인한 후였다. 그러나 두 사람의 가운데에 서서 이미 좌사한 사마조를 보며 '아미타불'을 읊조리던 소림의 경허 대사가 신음성을 발했다.

"헉! 환혼마공!"

세 사람의 눈이 일제히 죽은 사마조의 머리 위로 모아졌다. 지금 보일 듯 말 듯한 푸른 기운이 솟아올라 뭉치고 있었다.

"대사, 환혼마공이 무엇입니까?"

양명주가 지금 일어나고 있는 기사에 눈을 부릅뜨며 캐물었다.

"환혼마공이란 자신의 혼을 유형화해 다른 사람의 혼과 바꿔치기를 하는 술법을 말합니다. 몸은 달라져도 혼은 같으니 바로 광한마제의 부활을 뜻합니다. 아, 막아야 합니다!"

경허의 외침에 두 사람의 안색이 눈에 띄게 노래졌다.

"그럼 어떻게 해야 합니까? 소제는 도통 이런 경우 어찌해야 할지……."

두 사람이 당황해 어찌할 바를 모르자 경허가 장중한 목소리로 '나무아미타불'을 되뇌었다.

"신수자께서 태극신공으로 저 혼을 일각만 잡아주십시오. 혼도 이 우주 기운의 하나, 사방에 시주의 기운으로 결계를 치면 도망가지 못할 것입니다."

신수자가 벌써 신공을 운기하며 급급히 물었다.

"그 다음에는 어찌실 작정이십니까?"

경허가 사마조의 시신 바로 앞에 주저앉아 가부좌를 틀었다.

"그 다음은 소승이 알아서 처리하겠습니다. 양 시주께서는 격체전술로 신수자께 공력을 보태주십시오."

즉시 신수자가 신공을 운기해 일으킨 기운을 장심으로 뽑아내 아직 완전한 형체를 이루지 못한 푸른 기운을 감싸 버렸다. 그리고 신수자의 등 뒤 명문혈에는 양명주가 붙어 내공을 불어넣고 있었다.

사마조의 혼이 완전히 자신의 몸을 빠져나왔을 때 그는 자신을 감싸고 있는 정명한 기운을 느꼈다.

「크아아악! 이게 도대체 뭐야?」

사마조는 영체를 사방으로 부딪치며 발광을 했지만 어디로도 도망갈 수가 없었다. 그러다 사마조는 자신을 노려보는 신수자의 눈길을 느꼈다. 그는 지금 자신을 향해 장심을 뻗고 있었는데, 이마 위로는 땀이 물처럼 흐르고 있었다. 사마조는 무공의 대가답게 한눈에 상황을 알아차리고 마음이 도리어 풀리며 의기양양해졌다.

「파하하하! 어리석은 놈. 그렇게 얼마나 버틸꼬……. 괜한 힘 빼지 말고 그만 이 노부를 놓아주는 것이 어떠냐?」

비록 상대에게 들리지는 않겠지만 사마조는 상대의 허무한 노력이 가상해 한마디 하지 않을 수 없었다. 천하에 어떤 고수가 있어 순수한 진기로 자신을 한 시진 이상 잡아놓을 수 있단 말인가. 겪어본 바로는 신수자의 능력으로는 자신을 일각도 잡아놓지 못할 것이다. 과연 일각이 다 될 즈음 신수자의 안색이 창백해졌다가 다시 시퍼렇게 변하더니 '왁' 하고 한 모금 선혈을 내뱉은 후 뒤로 벌렁 넘어졌다. 순간 사마조를 감싼 기운이 순식간에 사라졌다.

「하, 참으로 끈질긴 놈이로고. 너와 내가 다시 만날 날을 기다려라. 다른 사람은 몰라도 넌 한번쯤 손을 봐야겠어.」

호기롭게 내뱉은 사마조가 영체를 일으켜 세울 때였다.

「아미타불! 시주, 이미 육신을 벗었으니 부디 극락왕생하시는 것이

도리가 아닐지……」

　사마조의 앞에는 경허의 영체가 늠름하게 서 있다.

「아니! 이게 뭐야!」

　경허가 영육을 분리할 능력이 있을 줄은 꿈에도 몰랐던 사마조의 영체는 소스라치게 놀라 순식간에 허공으로 날아올랐다. 그러나 그 앞에는 벌써 경허의 영체가 가로막고 서 있다.

「사마 시주, 욕된 육신을 벗었으니 생과 사의 강을 건너 무의와 진여를 얻으소서.」

　경허가 진지하게 고개 숙여 합장했으나, 사마조의 영체는 불을 뿜어내듯 성을 냈다.

「닥쳐라, 땡중! 내가 다시 살아나면 소림의 땡중들을 한 놈도 살려두지 않고 다 없애 버리겠다!」

　경허의 영체는 사마조의 호통에도 한 점 흐트러짐이 없었다.

「시주, 발버둥 쳐도 소용이 없소이다. 저의 영체는 아직 생기가 남았으니 시주의 죽은 영체로는 대적하지 못하오. 그럼 소승이 시주의 해탈을 인도하겠습니다. 나무아미타불!」

　경허의 영체가 다가와 사마조의 영체를 옭아맸다. 어디를 어떻게 잡았는지 발광을 했으나 꼼짝을 할 수가 없었다. 하지만 이대로 끌려갈 수는 없었다. 경허의 영체에서 흰 빛이 솟아오르는 순간 사마조는 마경에 이르는 동안 터득한 제혼술을 발휘했다.

　원래 제혼술은 술사가 다른 영혼을 자신의 의도대로 부르고 인도하는 법술이었으나 사마조는 지금 자신의 혼을 대상으로 보다 무겁게 했다. 또 경허를 벗어날 수는 없으나 위치를 옮기는 데는 성공했다.

「여기가 어디지?」

사마조를 감쌌던 경허가 불현듯 중얼거렸다.

사마조는 경허에게 감싸인 채 사방을 둘러보고 자신이 발휘한 제혼술이 일부분 성공했음을 느꼈다. 하지만 이곳이 어디인지 모르기는 그 또한 마찬가지였다. 땅도 없고 하늘도 없었다. 당연히 산천초목도, 생물체도 찾아볼 수 없었다. 다만 회색 빛 공간이 하염없이 펼쳐져 있었다. 두 사람의 영체는 이 허공 중의 아무 곳이나 바람에 흔들리듯 흘러다녔다.

「경아! 정아!」

사마조가 비통한 심정으로 나직이 외쳤다. 사마조는 이 알 수 없는 공간으로 흘러온 뒤 이제 다시는 중원으로 돌아갈 수 없음을 직감했다. 그렇다면 이제 자신의 자손은 죽음을 예약한 것이나 마찬가지였다. 악명 높은 광한마제의 자손이란 꼬리표를 달고 정파의 손길을 얼마 동안이나 피해 도망 다닐 수 있을까. 아니, 그전에 못난 할아비를 기다리다 굶어 죽을지도 모른다. 육신이 있었다면 벌써 눈물을 주르륵 흘렸으리라. 영체와 영체가 맞닿아 있는 상태에서 경허는 사마조의 비통한 심정을 여과없이 전달받았다.

「시주, 손자 분들을 걱정하시는 겁니까?」

사마조가 다시 한 번 발버둥을 쳤다.

「이 빌어먹을 땡중 놈! 너 때문에 이제 경아, 정아는 죽어 묻힐 곳도 없게 생겼다. 이 지옥에 떨어질 땡중 놈아!」

경허가 나직이 '나무아미타불'을 읊조렸다.

「가슴 아픈 일이지만 그간 시주가 쌓은 혈채가 너무 깊고 넓었소이다. 부처님의 가호가 손자 분들께도 이르기를. 관자재보살.」

사마조의 발광이 멈추고 한참이 흐른 후 흐느끼는 듯한 목소리가 흘러나왔다.

「이번에 다시 살아나면 손주들을 데리고 심산유곡에 묻혀 조용히 그들이 장성하는 것만을 볼 생각이었는데…….」

말을 잊지 못하는 사마조의 슬픔에 경허의 영체가 흔들렸다.

시간이 흘렀다. 아니, 시간조차도 존재치 않는 공간이었다. 하염없이 흔들려 다니다 보니 한 달이 흘렀는지 일 년이 지났는지 알 수 없었다. 다만 매우 오랜 시간을 두 사람의 영체가 가없이 방황할 따름이었다.

「경허 대사, 일원신공 가운데 이런 말이 있소이다. '수식을 얻지 못하면 숨을 얻지 못한다' 하는 말인데 이게 도대체 무슨 뜻이오?」

오랜 시간이 흘러 조금씩 대화를 나누게 된 두 사람은 서로의 심정을 어느 정도 이해하게 되었다. 처음부터 마인인 사람은 없는 법이다. 경허는 사마조가 천애고아가 되어 철면무심의 마제로서 득세할 수밖에 없는 그의 성장 과정을 동정했다. 사마조 또한 불제자로서 천하창생을 위해 마를 타파하겠다는 경허의 일념을 어느 정도 이해했다.

이곳은 너무나도 아무 일도 일어나지 않는 공간이었다. 이 무한의 공간과 시간 앞에서 그나마 대화할 상대가 있는 것이 얼마나 다행인가. 두 사람은 서로 그렇게 생각했다. 그러다 보니 사마조는 좀 더 겸허해졌고, 경허 대사는 마제와의 벽을 조금 더 허물 수 있었다.

「허허허, 시주. 그것은 우리 불도를 알아야 합니다. 수식을 얻지 못한다 함은 그 근본인 마음을 잃었음을 뜻합니다. 본래 이 마음은 영원한 것이 아니고 고통이요, 공이요, 몸이 아닙니다. 이 마음을 잃는 것은 전도에 따랐기 때문입니다. 숨은 들숨과 날숨으로 이루어지는데 들숨은 생명이요, 날숨은 죽음이라. 이 윤회하는 변화로 인해 인간은 몸의 편안함을 얻어 다음을 행하는 것입니다. 그런데 그 본래의 마음을 잃었으니 숨을 얻지 못하는 것이지요.」

사마조는 경허와 대화를 나누면 나눌수록 놀라움을 금치 못했다. 땡중의 고리타분한 염불을 들으면 단매에 쳐 죽일 생각을 했을 뿐이지, 언제 이렇게 영체가 닿아 진심을 담은 법어를 들을 기회가 있었겠는가.

원래 사마조는 자신이 익힌 광한마공이 한계를 보여 언젠가 불가의 정화를 한솥에 녹여낸 일원신공(一圓神功)을 접하고 탄식에 탄식을 거듭한 적이 있었다. 그 뛰어나고 오묘한 조화에 한참이나 넋을 잃은 적이 있었다. 그래서 익히지도 못하고 제대로 풀이하지도 못했지만 자구 하나하나를 꼼꼼히 외워둔 터였다.

「그런데 시주, 지금까지 시주께서 물어온 내용들을 들어본즉 불가에서 연원한 무공구결들인데, 제가 이제껏 들어본 적이 없는 것들이라… 혹, 어디서 얻었는지요.」

사마조가 담담히 대꾸했다.

「제 부하 중에 도둑질에 능한 자가 있는데, 그자가 한 사찰에서 훔쳐 내왔다고 내게 바치더이다. 이 같은 귀중한 신공은 주인이 따로 있으니 다만 외워놓기만 했을 뿐 진본은 다시 사찰에 되돌려 주었습니다.」

경허가 나직이 웃었다.

「광한마제라 칭하던 시주께서 너무 정명하게 일을 처리하신 게 아닙니까?」

「스님도 농을 다하십니다, 하하. 하긴 내가 일원신공으로 무학 입문을 했다면 사마외도란 칭호도 어쩌면 벗어날 수 있었을런지도 모르지요.」

경허가 영체를 끄덕였다.

「맞습니다. 그러고 보면 정은 무엇이고 마는 무엇인가? 다 세상 사람들의 편가르기요, 인간의 어리석음일 테지요. 나무아미타불.」

또다시 세월이 하염없이 흘러갔다. 그러고 보니 이제 경허가 사마조로부터 떨어져 나가려고 해도 떨어지지 않았다. 영체와 영체가 안과 밖으로 얽혀 있어 떨어질 수 없었고, 이 무한한 허공에서 떨어지고 싶지도 않았다.

「으으음……。」

경허가 나직이 신음을 뱉어냈다.

「경허 대사, 지금도 계속 그런 상태입니까?」

사마조가 침중한 음성으로 물었다.

「으음… 점점 심해지고 있습니다. 이제 곧 저는 소멸할 테지요. 이곳은 조금씩이지만 마기가 흘러 저의 영체를 갉아먹는군요. 제 뒤쪽의 반은 없어진 느낌입니다.」

침묵이 잠시 흘렀다. 사마조는 더럭 겁이 났다.

「안 됩니다, 대사! 절 홀로 두고 떠나시렵니까? 이 무한의 공간 속에서 대사도 없이 저 혼자 떠다니란 말입니까?」

약간의 마기로 경허의 영체가 죽어가고 있었다. 그런데 반대로 사마조는 오히려 영체가 강건해지는 중이었다. 그의 무공의 원천이 광한마공이니 마의 기운이 오히려 도움이 되는 모양이었다. 불심과 마기는 상극이니 오랜 시간을 무한의 공간에 스며 있는 마기에 노출되어 온 경허로서는 견딜 도리가 없었으리라. 또다시 긴 침묵이 이어졌다. 사마조가 다시 발작적으로 외쳤다.

「절대 안 됩니다, 대사! 홀로 이곳을 떠돌다니……. 세상에 이런 지옥이 어디 있습니까! 대사, 부디 자비를 베풀어 저를 영계로 인도하든지, 아니면 최소한 저도 같이 소멸하게 해주십시오!」

사마조의 영체가 사시나무 떨듯 떨기 시작했다. 경허는 사마조의 미칠 듯한 심정을 절절히 느꼈다. 죽는 것은 쉽다. 죽을 수 있다면 무엇이 두려우리오. 하지만 죽지도 못하고 이 무한의 공간을 홀로 하염없이 떠돌 사마조를 상상하니 측은지심이 물밀 듯 솟아올랐다.

「좋습니다, 시주. 오래전부터 저를 부르는 공간을 느꼈습니다. 하지만 한 가닥 거리낌 때문에 미루고 있었는데……. 이렇게 된 이상 이제 시주를 홀로 두고 떠날 수는 없군요. 불제자로서 소임을 다해야겠지요.」

경허의 말이 끝남과 동시에 그의 영체가 굳건해졌다.

「모든 중생이 다 구원받을 때까지 지옥의 문을 지키겠다는 지장보살의 가호가 시주와 함께하기를…….」

흰 빛이 경허와 얽힌 사마조의 영체를 휘감았다. 흰 빛이 사라졌을 때 사마조는 자신이 온통 푸르른 허공 중에 떠 있는 것을 발견했다. 경허의 영체는 어디로 갔는지 종적도 없다. 사마조는 자신의 영체가 급속도로 지상으로 떨어지는 것을 느끼며 의식을 잃었다.

새 술은 새 부대에

새 술은 새 부대에

"으허… 헉!"

사마조는 고통 속에서 벌떡 일어났다. 시간은 새벽인지 푸른빛이 창문 너머로 은은히 깔리고 있다. 사마조는 새삼 자신의 몸과 방 안을 돌아보았다. 벌써 10년이 지났지만 잠이 들면 경허와 함께 그 지긋지긋한 회색의 무한한 공간을 떠돌아다닌다. 이 악몽이 언제까지 지속될까.

경허와 함께한 경험은 사마조의 영혼에 너무도 거대한 낙인을 찍어놓았다. 환혼마공 같은 신에 반하는 행위가 얼마나 위험하고 무서운 사태를 부르는지 절절히 느꼈다. 사마조는 새삼 몸을 부르르 떨며 고개를 저었다.

"다시는 그런 마공 따위는 익히지 않겠어."

사마조는 침대에서 일어나 거울 앞으로 다가가 섰다. 청색 빛의 머리카락과 눈동자를 한 10살 난 사내아이가 보인다. 크면 꽤나 미남이 됨 직한 예쁘장한 외모다.

"사마조는 죽었다. 이제 나는 라모다, 라모 하레스!"

환생한 지 10년 동안 라모는 자신의 주변에 철저히 자신이 환생체인 것을 숨겨왔다. 알린들 좋을 턱이 없다. 아기라는 점이 이럴 땐 유리하다. 사마조에게 무슨 꿍꿍이가 있는지 알 수 있을 리 만무다. 운기조식이 대표적인 경우다. 인간은 태어나면서 임독양맥과 생사현관이 타통되어 있는데, 이것이 차츰 자라면서 혈맥이 굳어지고 세파의 찌꺼기가 쌓여 종내에는 막혀 버리는 것이다. 이것이 보통 인간이다.

그런데 라모는 태어나자마자 의식을 찾고 자신의 환생을 깨닫자 바로 일원신공부터 운용했다. 처음에는 기의 운용이 매우 힘들었으나 어린아이가 할 일이 있을 턱이 없다. 엄마의 젖을 물고 있거나 잠을 잘 때를 제외하고는 전력으로 일원신공을 운기했다. 그리고 마침내 생사현관이 막히기 전에 운기다운 운기를 돌릴 수 있게 되었다.

그 다음부터는 일사천리였다. 이미 환생 전 회색의 공간을 오랫동안 떠돌며 경허의 도움으로 일원신공의 오의를 완벽하게 터득한 사마조, 아니, 라모 하레스였다. 또 회색의 공간에서 사마조와 경허는 서로의 무공의 장단점과 차이를 비교해 보며 배운 바가 많았다. 아울러 이미 잊혀진 무공에서 시작해 마교와 구파일방의 무공구결이 서로의 입에서 낱낱이 공개됐고 집중할 수밖에 없는 환경 탓에 라모는 아직도 그 대부분을 기억하고 있었다. 10년간 일원신공을 운용하자 그 효능이 무궁무진했다. 라모의 육체는 혹시 반쯤은 신이 아닐까 의심될 정도로 생각하는 대로 움직였다.

궁신탄영, 초상비, 상천제의 신법은 물론이요, 소림의 백보신권, 탄지신통, 대수인 등을 자유자재로 펼쳐 낼 수 있었다. 전생의 사마조는 금나수의 대가였다. 광한마공을 바탕으로 몸을 철벽같이 만들어 웬만한 외부의 타격에는 거의 신경 쓰지 않고 상대의 팔다리를 뽑아버리고 가슴을 장공으로 박살 내곤 했다.

그 수법이 너무나 잔인하여 사람들은 사마조를 '마귀의 제왕', 즉 마제라 칭하게 되었던 것이다. 그 이름 위에 사마조 스스로 '미친 원한'이라는 광한의 이름을 붙였다. 이로써 광한마제가 탄생했던 것이다. 전생의 사마조는 세상에 원한이 많았고, 그 대가를 세상 사람들의 피로 지불 받았던 것이다.

일원신공의 효능은 여기에 그치지 않았다. 정신 집중이 너무나 뛰어나 한 번 보면 어떤 책이든 그대로 복사하듯 외워낼 수 있을 정도였다. 라모는 새삼 경허 대사의 가르침에 감사를 드리지 않을 수 없었다. 이로써 라모는 소림의 권장법까지 겸비한 미래의 기린아를 예약한 것이나 다름없었다.

하지만 생사현관이 타통되어 있다 하나 아직 10살의 어린아이 신체였다. 낼 수 있는 힘의 한계가 있었다. 그래서 아직까지는 무공의 위력에서 생각하던 것과 차이가 났다. 라모는 신체를 키워야겠다고 느꼈다. 추측대로라면 5년 정도의 시간이면 충분하리라 보았다.

매일 아침 하던 대로 라모는 곧 가부좌를 하고 앉아 일원신공을 운기하기 시작했다. 일주천을 마치자 황금빛으로 빛나는 찻잔만한 작고 동그란 고리가 라모의 머리 위로 떠올랐다. 이주천을 하니 또 하나, 삼주천에 또 하나…… 이런 식으로 대주천까지 끝내자 라모의 머리 위에는 5개의 환이 둥실 떠올랐다.

이른바 오기조원의 단계다. 임독양맥과 생사현관이 타통되어 진기

가 절대로 끊어지지 않는 단계이며 금강불괴에 이르는 지고한 경지였
다. 운기가 끝나자 라모는 세면장으로 가 세수를 한 뒤 다시 침실로 돌
아와 옷을 갈아입었다.

"라모야, 일어났니?"

돌아보니 어머니 헬렌이 금발을 휘날리며 문을 열고 들어선다. 헬렌
은 벌써 단정히 옷을 갈아입고 몸을 돌리는 라모에게 다가와 목을 끌
어안고 이마와 머리카락에 입을 맞추었다. 헬렌은 라모가 자신의 자식
이지만 너무나 든든했다.

손발을 움직이며 걸어다니기 시작하면서부터 모든 것은 자신이 다
알아서 하는 아들이었다. 어머니가 아닌 한 여자의 눈으로 보더라도
지금까지 라모는 자신에게 주어진 의무를 별 어려움 없이 수월하게 해
치우는 불가능을 모르는 의지의 사내로 비쳤다. 심부름을 시키고 나중
에 '아차, 아직 어린아인데…' 하고 돌아서 보면 아들은 이미 심부름
을 완수한 후였다. 풀지 못한 어려운 일이 있으면 라모가 얼쩡거린 후
기적처럼 해결되는 경우도 있었다. 동생들과 싸움 한 번 하는 경우도
없었고 마치 아버지처럼 건사하기도 한다. 그래서 동생들도 라모를 어
려워한다. 어린아이가 어린아이를 어려워하다니……. 그렇다고 절대
때린다는 것은 아니다. 어려워하지만 라모를 좋아하고 따르는 것을 보
면 그것은 공포가 아니라 존경이나 흠모라고 할까.

"기특하기도 하지. 라모는 훌륭한 남자가 될 거야."

다시 떼어놓고 양손을 라모의 어깨에 올려놓은 채 눈을 반짝이는 어
머니의 심정을 어찌 모르랴.

"걱정하지 마세요, 어머니."

할 수 없이 매일 하는 대답을 들려줬다. 역시 매일과 같이 감동한 어

머니의 입술이 라모의 이마에 붙었다 떨어졌다.

라모는 전생의 기억을 합해 100살을 훨씬 넘긴 노회한 괴물이었다. 그러나 어머니에겐 나이가 적든 많든 휘둘릴 수밖에 없다. 그리고 역시 어머니의 품속은 항상 따뜻했다.

라모는 태어나면서부터 잘 울지 않는 아이였다. 사마조로서의 의식을 가진 라모가 새삼 간난아이가 되었다 하여 울기가 멋쩍은 면이 있었기 때문이다. 어머니 헬렌은 그런 라모를 지극정성으로 돌보았다. 그녀의 첫 아이여선지는 몰라도 항상 라모에게 눈을 떼지 않았다. 그래서 라모가 배가 고프면 젖을 대령했고, 아직 배설의 욕구를 참지 못해 일을 벌이면 어느새 득달같이 쫓아와 깨끗이 닦아주고 씻겨준다. 감기에라도 걸릴라치면 밤새 잠을 자지 않고 머리맡에 지켜 앉아 라모를 간호하곤 했다.

하레스의 장자이기보다는 광한마제 사마조로서의 기억을 훨씬 오래 더 강력하게 기억하고 있는 라모는 이런 어머니의 친절이 그저 낯설고 어색하기만 했다.

"소영주님이 좀 이상하지 않아? 아기가 전혀 울지 않으니 혹시 정신미숙아가 아닐까?"

하녀들이 뒤에서 수군대는 소리를 아기의 입장에서도 놓치지 않고 들었다. 그러거나 말거나 어머니는 조금은 걱정하면서도 다행히 건강하게 자라는 라모를 보고 안도하였고 지속적으로 라모에게 정성을 쏟았다.

아무리 자신을 낳았다 하더라도 라모는 첫 대면에서부터 얼마간 어머니와 눈을 마주쳐도 데면데면했다. 하지만 조금도 싫증내지 않고 미소와 따뜻한 가슴으로 안아주는 어머니의 정성에 라모는 전생의 어머니의 기억을 떠올렸고 비로소 그녀에게 미소를 지어줄 수 있었다.

어린 나이에 부모를 잃어 비틀어져 버린 자신의 전생이 생각나자 다시 한 번 기회를 준 하늘에 감사하는 마음이 들었다. 이제는 전생의 기억을 모두 지워 버리고 가족들의 품 안에서 평화와 사랑을 온전히 느껴보고 싶은 열망이 생겨났다. 자신을 사랑해 주고 자신이 사랑할 어머니가 앞에 서 있다. 이것만으로도 얼마나 행복하고 축복할 만한 일인가.

"그래, 그럼 식당으로 내려가려무나."

어머니는 동생들을 데리러 다른 방으로 건너가고 라모는 식당으로 내려갔다. 식당에는 아버지 파울이 앉아 책을 보고 있었다.

"잘 주무셨어요, 아버지."

파울이 얼른 책을 내려놓으며 라모에게 손짓했다.

"라모야, 이리 오너라."

라모가 다가가자 파울은 라모를 끌어안고 이마에 키스하며 귀에 나직이 속삭였다.

"라모야, 넌 이 아비처럼 나약한 자가 되지 말고 언제나 씩씩한 영주가 되거라."

라모는 속으로 한숨이 흘러나왔지만 대답하지 않을 수 없었다.

"걱정하지 마세요, 아버지!"

하레스 영지의 겁 많기로 소문난 파울 영주가 큰 눈으로 자신의 아들을 기대에 차서 바라보았다. 비록 10살에 불과하지만 자신과 달리 맺고 끊는 것이 확실해 장차 배포있는 사내가 될 것이 확실한 아들이 더없이 든든했다. 때때로 파울 영주가 성내의 문제로 시름에 잠겨 있노라면 아들 라모가 살며시 들어와 자신의 귀에 소곤거린다.

“아버지 오 년 만 기다리세요. 제가 5년 후에는 아버지의 근심과 걱정을 모두 날려줄게요.”

이런 아들을 어느 아버지가 사랑하지 않을 것인가. 그럴 때마다 파울 영주는 라모가 진저리쳐지도록 사랑스러워져 격정을 이기지 못하고 끌어안고 만다.

라모는 어머니도 마찬가지지만 겁 많은 아버지도 사랑했다. 항상 책을 끼고 살면서 이 나라에서 세 번째로 큰 영지를 가진 영주라고는 믿어지지 않을 정도로 심약했다. 가신들의 주장에 끌려 다니며 자신의 고집을 세우지 못한다. 가신들은 입바른 소리로 자신들의 의견을 조삼모사로 포장해 파울 영주의 의지를 꺾는 일이 다반사다. 심지어 요즈음은 가신들에 의해 모욕을 당하기도 하니 괴물 사마조의 전생을 가진 라모로서는 답답하지 않을 수 없었다. 하지만 정이 많고 다른 사람을 배려할 줄 아는 세심한 면도 있는 파울 영주였다. 차라리 여자로 태어났다면 좋았을 것을… 이것이 사람들의 평가다.

이런 파울 영주의 소심한 일면을 정면에서 질타하는 이가 어머니였다. 처녀 시절에는 발랄해 할 말은 하고 사는 처녀라는 말을 들었던 어머니로서는 파울 영주의 소심함이 분통이 터질 일이었을 것이다. 그래서 항상 잔소리가 심하다. 이것이 오히려 아버지에게 독이 된다는 걸 아는 라모로서는 말려도 보지만 생각보다 말이 앞서는 어머니 헬렌이었다.

그래서 아버지에게서 얻지 못한 기대를 이젠 온통 라모에게 쏟으니 아마 평범한 아이 같으면 그 중압감을 견디지 못했을 것이다. 잠시 후 두 동생과 어머니가 들어왔다.

“안녕, 형!”

“잘 잤어, 오빠?”

이제 8살이 된 동생 ‘라도 하레스’와 6살 난 여동생 ‘헬라 하레스’였다. 라모와 같은 청발 머리를 한 라도는 아버지의 판박이였다. 겁도 많고 정도 많았다. 성안의 개 한 마리만 죽어도 반나절은 우는 아이다. 어머니를 닮아 금발인 헬라는 보통 개구쟁이가 아니다. 왈가닥에다 장난꾸러기다. 지금도 음식을 기다리면서 의자를 앞뒤로 덜컹거리면서 좀이 쑤셔 한다.

“그럼 못써.”

어머니 헬렌이 낮게 꾸짖자 혀를 쏙 내밀며 ‘헤’ 하고 웃는다. 그런 헬라를 보며 라모도 따라 웃지 않을 수 없다. 라모는 소심한 동생 라도와 장난꾸러기 헬라 모두 사랑한다. 구태여 말한다면 손자, 손녀 같다고나 할까. 하지만 어머니는 아버지를 닮아 심약한 라도와 장난만 치며 항상 손이 가게 하는 헬라, 양쪽 다 못마땅한 눈치다. 하녀들이 음식을 내오고 식사를 하기 시작했다.

“영주님!”

누군가 큰 소리로 파울 영주를 부르며 식당 안으로 불쑥 들어선다. 기사단장 라칸이다. 다른 영지에서라면 상상할 수도 없는 일이었다. 급한 일이라도 통지를 하고 허락을 구하는 것이 예법인데 라칸은 이미 그런 예절을 까먹은 지 오래였다. 파울 영주와 라도가 깜짝 놀란다. 정말 누가 부자간 아니랄까 봐. 촉망 중에도 라모는 실소했다. 어머니와 헬라는 눈썹을 찌푸릴지언정 놀라지는 않는다.

“라칸 경, 아침부터 …웬 …일이시오.”

당황한 아버지 파울 영주의 목소리가 떨려 나왔다. 또 무슨 얼토당토않은 주문을 하려고… 하는 표정이다.

"병사들의 사기 진작을 위해 전체 회식을 했으면 합니다. 허락해 주십시오."

내용은 예의를 다 갖추었으나 소리치듯 우렁우렁한 목소리와 거친 몸짓이 이른 아침의 산뜻함을 깨뜨린다.

"그건… 그… 지난번에도 회식을 하지 않았소. 아직 한 달도 안 됐는데……."

파울 영주가 더듬더듬 반항을 해보지만 거기까지가 한계다.

"그건 지난번 산적 토벌을 위한 공로로 연 회식이었고, 이번은 정기 회식입니다."

병사 1백 명을 보내 10여 명의 산적을 토벌했다고 1만에 가까운 군사 전체 회식을 하는 군대는 도대체 어느 나라 군대란 말인가.

"아, 알겠소. 재정부장에게 지시를 해놓겠소."

라칸 기사단장이 군화를 소리나게 부딪치며 복명한다.

"감사합니다. 그럼 이만……."

아침 식사 시간에 군화를 부딪치며 요란을 떠는 것은 영주에 대한 충성심의 발로라기보다는 자신의 위세를 과시하는 것이나 진배없다.

하레스 영지는 호른 제국에서도 3번째로 큰 영지인만큼 상주하는 기사와 병졸의 수만 해도 1만이 넘는다. 기병이 5천이고 보병이 5천 이상이었다. 이 큰 인원이 회식을 한 번 하는 데 드는 비용이 장난이 아닌 것이다. 영지에는 비상 시 5만까지도 병력을 모을 수 있는 예비병 훈련청도 설치돼 있다. 이런 큰 기세의 대영주가 파울 영주처럼 우유부단하고 심약한 인물이라는 현실은 아이러니가 아닐 수 없었다. 아버지 파울 영주는 그저 작은 촌락에서 글을 가르치는 선생이 되었다면 안성맞춤이었을 도량과 품성을 지녔다.

이런 곳에 사마조가 장자로 태어난 것이다. 광한마제로 불리며 한때 중원에 피바람을 불러일으켰던 사마조로서는 라칸 기사단장의 전횡에 눈살만 찌푸리며 지나쳤다. 사실 지금이라도 라칸 정도의 인물은 간단하게 해치울 수 있는 라모였다. 하지만 우습게도 라칸이 집 안에서는 위세를 떨어도 외부에 나가면 그런대로 아버지의 위엄을 지키는 데 큰 힘이 된다고 들었다. 수도에 갈 때 시건방진 하급 귀족들이 허세를 부리면 라칸이 아버지의 이름을 빌어서 그들을 응징한다고 들었다. 또 라칸이 생각 외로 조직력과 기사단장으로서의 처세도 능해 1만에 이르는 군세를 무리없이 이끌어간다고 했다.

라모에게는 할아버지가 되는 슬론 하레스 영주 시절부터 기사단장이었던 라칸은 이제 50세를 넘기자 자기 잇속을 챙기기 시작한 것이다. 밖으로 나가면 당당한 하레스의 기사단장으로 행세하지만 안에서는 그야말로 모리배에 지나지 않는다. 선대로부터의 인연을 주장하며 심약한 아버지를 누르고 무소불위의 권력을 휘두른다. 나아가 막대한 금품을 착복해 하레스 제일의 거부로도 불린다.

이런 라칸을 못된 놈이라고 당장에 목을 벨 수는 없었다. 만약 라모가 없었다고 가정한다면, 라칸은 수많은 승냥이와 이리로부터 하레스를 지키는 양치기가 아닌가. 또 하레스의 미래가 라모로 인해 변경되지 않는다면 그는 계속해서 하레스를 떠받치는 큰 기둥이나 다름 아니다. 반쯤 썩은 기둥일망정 당장 빼버리면 지붕이 무너지는 법이다.

허수아비.

대영주의 몸에 토끼 가슴.

아버지 파울 영주에 대한 이런 소문들이 알게 모르게 라모의 귀에까지 흘러들어 오곤 한다. 그렇다고 이제 10살 난 라모가 아버지와 라칸을 제치고 영주 또는 기사단장이 될 수는 없는 노릇이었다. 코흘리개 어린아이가 아무리 유능하고 영특한들 누가 진심으로 따르겠는가. 10살은 너무 어린 나이였다. 이런 연유로 라모는 5년가량 더 장성한 후 전면에 나설 계획이었다.

"제발 가신들에게 더 이상 휘둘리지 마세요!"

라칸이 나간 후 헬렌이 눈물을 흘리며 소리쳤다. 요즘 하도 라칸이 성의 재정을 흔들어놓아 대영주의 안주인인 헬렌까지도 허리띠를 졸라매고 검소한 생활을 해야 할 정도였다.

"내가 뭘 어쨌길래……."

아버지 파울 영주가 의기소침한 목소리로 항변하지만 이미 아침 식사는 망칠 만큼 망친 후였다. 라모는 속으로 이를 갈았다.

'라칸, 도대체 너를 어떻게 죽여줄까?'

그러다 보니 자신의 작은 몸이 한심해진다.

식사가 끝난 후에는 얼마간 동생들과 놀아줘야 했다.

"형아, 다리 아파."

동생 라도는 가부좌에 적응하지 못하고 금방 풀어버리곤 한다. 라도에게는 일원신공을 가르치고 있었다. 동생도 제법 영특해 일원신공의 구결은 다 암기했다. 그러나 그 심오한 내용은 가르쳐 보았자 이해할 리 만무다. 일단 기를 느끼면 운기 요령이라도 가르칠 속셈이었다.

"오빠, 나두! 나두!"

등에 업힌 헬라가 소리친다. 이 녀석은 뭐든지 따라 하려고 기를 쓴다. 그러면서도 등에서 내려올 생각은 않는다. 헬라하고 놀 때면 거의 안고 있거나 업고 있게 된다. 사람에게 달라붙기를 좋아하는 성품인지라 아예 보이지 않는다면 모를까 눈에 띄면 이렇듯 달라붙는다.

“넌 이거 배워야지.”

손가락 끝에서 빛이 나는 ‘힐 라이팅’ 마법을 시전하자 어제 한번 본 것임에도 불구하고 탄성을 지른다.

“와!”

사실 라모가 발한 빛은 마법이 아니라 몸속의 진기를 유형화한 것에 불과했다. 하지만 구태여 이를 알려줄 필요는 없었다. 헬라가 알아듣기만 하면 되는 것이다. 억지로 설득해 겨우겨우 앉게 해 마나의 기운을 느끼게 했다. 그러나 잠시 후 엉덩이를 들썩들썩한다. 그래서 가볍게 이마를 쥐어박으면 ‘왜 때려’ 하고 벌떡 일어난다.

“이런, 우리 아름다운 헬라 아가씨가 마법에 뛰어난 레이디가 된다면 호른 제국의 모든 청년들이 결혼하자고 너도 나도 달려들 거야.”

그리고는 짐짓 ‘오! 레이디 헬라’ 하며 너스레를 떨며 설득하면 ‘헤’ 하고 웃으며 다시 앉는다. 그리고 잠시 후 다시 또 참지 못하고 엉덩이를 들썩인다. 이런 식으로 아침나절이 지나간다. 한 시간을 못 채우고 두 녀석이 뛰쳐나가면 어머니 헬렌이 교대하듯 들어온다.

“자, 오늘은 호른 제국의 역사에 관해서다. 대마법사 안티페르 경이 던전에서 발굴해 오늘날까지 이어져 황제의 소유가 된 검의 이름은?”

“제뉴인 소워드.”

이런 식이다. 소위 매일 시험을 치르는 것이다.

다섯 살 무렵부터 개인 선생을 들여 공부를 시작했는데 이건 정말 아니올시다였다. 이미 말과 문자를 깨달은 두 살 이후부터 틈틈이 성의 도서관에 들러 문학, 역사, 철학, 예술, 궁중 예법 등등의 책들을 섭렵했다. 한번 보면 잊지 않는 라모의 기억력이 이런 경우 문제가 됐다. 개인 선생이 가르치는 내용이 뻔한 데다 그다지 뛰어난 오성을 갖추지 못했다는 암시를 줄 필요가 있어 일부는 모르는 척, 또 일부는 이해하지 못하는 척했다. 하지만 그것도 하루 이틀이지 지지부진한 수업을 그렇게 이끌고 간다는 것은 라모로서도 고역이 아닐 수 없었다.

그래서 어머니 헬렌에게 아이로서의 떼를 쓰고 슬쩍 논리적인 의미를 가미해 선생 대신 책으로 대체해 버렸다. 그 뒤부터 이런 식이었다. 어머니 헬렌이 지정한 책을 모두 암기한 후 다음날 시험을 치르는 형식이었다. 그리고 한 달마다 또 일 년마다 그동안 갈고닦은 내용을 다시 시험 보고는 했는데 여기서 헬렌도 꽤 만족해지자 더 이상 선생을 들이지 않았다.

어머니의 용의주도함도 라모의 영특함을 이겨낼 수는 없었다. 더구나 이 시간이 그새 어머니의 휴식과 놀이 시간이 된 느낌이었다. 문답을 통해 모자의 정을 나누다 보니 헬렌도 이 시간을 매우 즐기게 된 것이다. 동생들도 잘 따르게 하고 옹골찬 고집과 집념으로 자신의 의지를 관철시켜 나가는 라모를 보며 장차 하레스의 동량으로 대영주의 위엄을 과시하는 모습을 그리는지도 몰랐다.

점심을 먹고는 마법사실로 간다. 성의 수석 마법사는 블레이드 하퍼로 7써클의 고위 마법사다. 그 외 성안에는 30여 명의 마법사가 더 있었다. 이들 외에도 영지의 기사단에 파견 나가 있는 마법사가 50여 명가량 된다. 6써클의 마스터가 10여 명 되고 유저가 5명, 5써클의 마법사는 20여 명 되었다. 나머지 4써클과 그 이하 마법사들의 공간은 성의 한 켠에 놓인 탑이 그들의 주무대다.

탑이라고는 하나 총 다섯 개 층으로 분류되고 한 개 층이 1백 평방미터를 넘는 넓은 공간이다. 마법사들의 공간답게 층과 층 사이는 원래부터 계단이 없게 설계된 대신 전용 마법진을 층마다 그려놓았다.

따라서 마법을 모르는 사람은 일층은 갈 수 있을지 몰라도 그 이상의 층은 오를 수 없게 해놓았다.

라모가 마법사탑에 이르면 기다리던 전속 마법사 페네르바가 따라 붙는다. 이제 34세인 페넬은 블레이드 다음의 실력자로서 6서클 마스터였다. 라모는 그를 애칭으로 페넬이라 부른다. 마법진을 이용한 이동은 바로 페넬이 담당하고 있는 셈이다. 34세에 6서클의 마스터라는 건 페넬이 굉장한 천재라는 걸 웅변한다. 라모는 페넬의 도움으로 바로 5층의 수석 마법사실로 향했다.

"안녕하세요, 블레이드 경."

"어서 오십시오, 소영주."

마법사 블레이드는 50세에 가까운 중후한 인상의 인물이었다. 이 사람 역시 할아버지인 슬론 영주 시절부터 근무해 온 가신 중 하나였다. 마법사답지 않게 살이 통통하게 쪘는데 눈에서 정광과 혜안이 번뜩여 라모가 하레스 성에서 유일하게 인정하는 인물이었다.

"소영주께서는 정말 불가사의한 존재입니다. 온몸에 인간이라고는 믿어지지 않을 정도의 마나를 축적하다니……. 만약 마법을 배울 수만 있다면 당장에라도 9써클의 대마도사가 될 텐데 정말 안타깝군요."

블레이드는 하레스에서 유일하게 라모의 능력을 어렴풋이나마 짐작하는 인물이었다. 그간 성과는 없었지만 매일 한 시간씩 마법을 배우다 보니 어쩔 수 없이 드러나게 된 사실이었다. 블레이드가 더 맘에 드는 점은 신신당부를 하지 않는데도 라모의 기색과 의중을 짐작하고 소문이 나지 않도록 주의를 기울여 준다는 점이었다. 만약 라모가 영주의 위에 오른다면 이 사람이 가장 신임하는 인물 중의 하나가 될 것이다.

성에 마법사가 있으니 라모 또한 당연히 마법을 배우기 위해 무수히 노력을 하였다. 그러나 무공과 마법은 상극인지 전혀 마법을 구현할 수 없었다. 무공과는 그 체계가 판이하게 달라 만약 억지로 익히고자 한다면 무공을 전폐하고 처음부터 마법을 다시 시작해야 한다는 걸 알았다. 라모는 그래서 지금은 마법을 익히는 건 포기하고 있었다. 마법이 아무리 강하다 하더라도 자신의 무공만큼 소중하지는 않았다. 또한 앞에 있는 블레이드가 자신의 부족한 부분을 보충해 줄 것이라 라모는 믿었다.

"소영주, 여기 스크롤이 있습니다. 매번 하는 말이지만 절대 잃어버리지 않도록 주의하세요. 스크롤이 없으면 몬스터 숲에서부터 여기까지 걸어와야 합니다."

"걱정 마시오, 블레이드 경."

매일의 일과였으므로 블레이드는 스크롤을 이미 준비해 두었다가 꺼내준다.

"그런데 그 주머니는 뭡니까?"

텔레포트를 위해 마법진으로 걸어갈 때 허리에 차여 덜렁거리는 주머니를 보고 블레이드가 물었다.

"바늘입니다."

"바늘이오? 바늘을 무엇에 쓰려고……."

라모가 주머니에서 바늘을 하나 꺼내 손을 살짝 들었다.

"하하, 이렇게 쓰지요."

"이렇게… 라니요."

아무 일도 일어나지 않자 블레이드가 고개를 갸웃거렸다.

"펜을 보세요."

블레이드가 발동시킨 마법진을 통해 라모는 곧 공간으로 사라졌다.

라모의 지적에 자신이 들고 있던 펜을 들어 올리던 블레이드는 '헉' 하고 신음성을 발했다. 펜촉의 반대 편 끝부분에 가느다란 바늘 하나가 정확히 절반의 몸체를 이쪽저쪽으로 반짝이며 꽂혀 있었다. 블레이드는 여러 가지 면에서 동시에 놀랐다.

첫째는 단순히 팔을 들어 올렸을 뿐인 라모의 사소한 몸짓이 이러한 결과를 이루었고, 둘째는 자신이 들고 있는 펜의 재질이 단단하기로 이름 높은 미스릴인데 이것을 관통했다는 게 몹시 놀라웠다. 그러면서도 펜이 밀린다거나 하는 기척이 전혀 없었다는 점이 제일 놀라우면서 마지막 놀라운 점이었다.

이것은 결코 마법이 아니었다. 소영주의 자질은 볼 때마다 놀라긴 했지만 이토록 공포스러울 정도는 아니었는데… 설마설마 하던 소영주의 진실한 능력의 일부분을 볼 수 있어 후련함을 느끼면서, 자신이 그간 묵묵히 입을 다물고 소영주의 비밀을 지켜준 것이 너무나도 잘한 결정이었음을 새삼 확실히 느꼈다. 블레이드는 바늘이 박힌 미스릴 펜을 들어 올렸다.

"이걸 가보로 대대손손 전할까? 믿기나 할까? 아니야. 앞으로 소영주가 솜씨를 보일 테니 반드시 모든 사람이 알게 될 거야. 그럼 이게 보물이 되는 거지."

블레이드는 즐거운 상상과 함께 미소를 지었다.

마법사의 탑으로부터 텔레포트해서 온 라모는 잠시 후 수림이 우거진 숲 속에 서 있었다. 이곳은 '몬스터의 천국' 또는 '뱅가드의 숲'이라고 불리는 곳이다.

뱅가드 숲이란 제국의 서쪽 끝에 있는 일부 초원을 포함해 거칠 것

없이 뻗어 있는 광활한 네브로다 산맥과 협곡을 가리키는 말이다. 몬스터의 천국이란 별명이 붙을 만큼 몬스터가 우글대는 지역이기도 하다. 보통 인간이라면 들어올 엄두를 내지 못하는 곳이었지만 라모에게는 죽여도 상관없는 연습 상대를 종류별로 구비한 최적의 수련장에 다름 아니었다.

라모는 이곳에서 금나수부터 시작해 장법, 지법에다 험준한 지형을 이용해 보법과 신법 등을 차례로 연마하곤 했다. 오후 내내 이렇듯 천지사방으로 돌아다니며 몬스터를 상대로 무술 연습을 하다 해가 질 무렵이면 아무 곳에서나 스크롤을 찢으면 성으로 텔레포트되는 것이다.

라모는 자신의 몸 상태를 점검해 보고는 주변을 둘러보았다. 라모가 서 있는 곳은 원래 조밀한 삼림 지대였다. 숲 한가운데 서 있으면 10미터 밖을 내다볼 수 없을 만큼 나무가 조밀하게 자라는 지역이었다. 그것을 라모가 장법을 시험할 겸 해서 전부 부러뜨리고 날려 버려 사방 50미터가량이 휑한 공터가 되었다. 라모는 이곳에서 팔다리를 휘저으며 몸을 푼 다음 전방의 숲 속으로 걸어 들어갔다. 실전을 경험하기 위해서다.

숲으로 걸어 들어간 지 얼마 되지 않아 라모는 오거 한 마리를 만났다. 오거는 마침 사냥감을 찾던 중이었던지 라모를 발견하자 먹잇감으로 보였는지 맹렬하게 달려왔다. '쿵쿵' 지축을 울리며 달려오는 오거는 5미터의 신장에 손에 통나무와 진배없는 몽둥이를 들고 있었다. 귀가 뾰족하고 눈은 시뻘건 핏빛에 톱니 같은 이빨을 한 흉측한 외모의 오거는 몸 또한 온통 근육질과 짧은 털로 이루어져 있어 위맹하기 그지없었다.

크아앙!

괴성을 지르며 달려드는 오거는 그야말로 숲 속의 왕이었다. 덩치로 나 힘으로나 숲 속에서는 대적할 만한 상대가 없는 존재였다. 그러나 라모에게는 한낱 희롱의 장난감에 불과했다. 라모는 오거가 단번에 박살 내버릴 듯 내려치는 통나무만한 몽둥이를 다만 세 걸음 옆으로 옮기는 것만으로 가볍게 피했다. 그리고 내려친 자세대로 허점이 드러난 오거의 가슴을 향해 뛰어들었다. 그리고는 전생의 사마조가 '한천장법' 이라 이름 붙인 장공으로 오거의 가슴을 후려쳤다.

적중되면 손바닥 자국이 뚜렷이 생겨나며 단번에 심장을 분쇄할 수 있는 무서운 장법이었다. 예사롭지 않은 기세에 오거도 놀랐는지 그 와중에 어깨를 움츠려 가슴을 가렸다. 라모의 장법이 오거의 어깨에 찍혔다.

크앙!

오거가 괴성을 지르며 몽둥이를 마구잡이로 휘두르기 시작했다.

"역시! 아직 힘이 부족하군. 조금 더 빨랐다면 저놈의 심장이 박살 났을 테고, 장법의 위력이 살아난다면 팔이 떨어져 나갔을 텐데… 별 피해를 주지 못했군."

눈앞의 오거는 불의의 일격에 몹시 성이 난 표정이었다. 오거의 어깨에는 10살 난 라모의 자그마한 손바닥 모양이 뚜렷이 찍혀 있었지만 기동에는 별 무리가 없어 보였다. 정상적인 위력이라면 근육을 찢고 뼈를 부수어 운동 불능이 되었을 것이다.

"이놈아, 이제 시작이다. 각오 단단히 하는 게 좋을 거다."

라모가 재차 오거를 향해 달려들었다. 오거가 몽둥이를 들어 라모를 향해 세차게 휘둘렀다.

라모는 신법을 발휘해 오거의 등 뒤로 돌아갔다. 그리고는 발에 진기를 주입해 오거의 오금을 내질렀다.

크앙!

오거가 괴성을 지르며 휘청이더니 돌아서서 다시 몽둥이를 맹렬히 휘둘렀다. 그러나 라모는 계속해 신법으로 몸을 날리며 항상 오거의 등 뒤를 고수했다. 그리고 오거의 오른쪽 다리의 오금을 진기를 가득 담은 발로 연신 내질렀다. 덕분에 이젠 확연히 괴성이 아니라 비명을 지르며 오거는 도망갈 구석을 찾았다. 하지만 이미 때는 늦었다. 같은 부위를 다섯 번가량 연신 두드려 맞자 기어코 뼈가 부러지고 말았다. 오거는 오른쪽 무릎이 급작스럽게 꺾이며 뒤로 벌렁 넘어졌다.

콰당!

워낙 체구 큰 오거인지라 넘어지는 소리도 요란했다. 라모는 몇 발짝 뒤로 물러서서 오거를 관찰했다.

크와악!

비명과 함성이 혼합된 큰 목청으로 오거는 숲이 떠나가라 소리쳤다. 그리고는 급급히 한쪽 발을 끌며 도망가기 시작했다. 하지만 그냥 놓아둘 라모가 아니었다. 라모는 급히 쫓아가며 이젠 왼발의 오금마저 내지르기 시작했다. 결국 오거는 왼발마저 부러져 땅에 털썩 주저앉아 버렸다. 앉은 키마저도 3미터에 달했다.

라모는 오거의 등을 차며 어깨로 뛰어올랐다. 그리고는 오거의 관자놀이라 짐작되는 곳을 발끝으로 걷어찼다. 오거가 다시 비명을 지르며 어깨 위에 올라탄 라모를 잡기 위해 팔을 허우적거렸다. 라모는 얼른 반대쪽 어깨로 건너가 다시 관자놀이를 걷어차고 장법으로는 정수리를 내려쳤다. 그러자 오거의 코와 귀에서 녹색의 체액이 터져 나오며 동작이 현저하게 느려지기 시작했다. 라모는 이에 만족하지 못하고 다시

장법을 발해 두어 번 더 내려쳤다. 결국 오거의 큰 머리가 무서운 장법을 이기지 못하고 터져 나갔다. 머리가 체액으로 낭자한 오거가 서서히 땅으로 쓰러지자 라모는 얼른 뛰어내린 후 중얼거렸다.

"정말 번거롭군. 뭐 간편한 방법이 없을까? 설사 내 체구가 더 커진다 하더라도 여러 번 손질이 필요한 건 마찬가지겠는데?"

라모는 이제 오거 따위에게는 관심도 없었다. 연습이 끝났으니 장난감의 효용이 끝난 셈이다.

라모는 다만 좀 더 효과적인 살상법에 관심을 기울이고 있었다. 그러나 누군가 다른 사람이 이 모양을 보았다면 '정말 잔인한 자군' 하고 한마디 던졌을 법하다. 라모는 자신이 미처 전생의 광한마제 사마조로서의 습성이 남아 있는 걸 깨닫지 못했다. 피를 부르는 마귀의 손속이었음에도 불구하고 라모는 아무런 꺼림칙한 기분을 느끼지 못한 것이다.

"맞아! 이제부터 검을 배워둬야겠군. 내 장기가 금나수와 권장술이지만 역시 효과적인 살상은 검을 따르지 못하지. 내일부터는 검을 수련해야겠어."

라모는 전생의 기억 속에서 몇몇 이름있는 검술이 떠오르자 다시 내일이 기다려지며 어떤 검을 쓸 것인가 고민하기 시작했다. 저녁이 다 되어서야 라모는 하루의 일과를 마쳤다.

공터로 되돌아오는 중 뱅가드 숲 속에서 한줄기 바람이 불어와 어린 라모의 청색 머리카락을 감아 올렸다. 드러난 얼굴은 이제 10살 난 작은 체구의 어린아이였다. 라모는 곧 품속에서 스크롤을 꺼내 찢었다. 라모는 곧바로 하레스 성의 마법사 탑으로 텔레포트됐다.

이후의 일과는 평이했다. 저녁을 먹고 나서는 동생들과 잠시 놀아준 다음에 어머니 헬렌이 다음날 테스트 할 서책을 차 한 잔 마실 시간에 독파해 버린다. 이후에는 문을 걸어 잠그고 잠자리에 들 때까지 운공을 계속했다. 인간과 자연과 우주의 진여를 화두로. 그러다 보면 라모도 새로 얻은 인생에서 뭔가 부족함을 느끼곤 했다. 그러나 그것이 무언지 아직 알지 못했다. 라모는 결코 경허의 마지막 화두를 잊지 못했지만 경허가 궁극적으로 원하는 방향이 무엇인지를 알지 못했다.

이렇게 되풀이되는 일상과 수련 속에 5년이 흘렀다.

여전히 라모는 아침에 일어나자마자 침상 앞에 앉아 운공을 시작했다. 방 안의 대기가 라모의 일주천, 이주천이 진행되면서 소용돌이치기 시작했다. 그리고 라모의 머리 위에 떠오르는 쟁반만한 고리 모양의 다섯 개의 환이 떠올랐다. 다섯 개의 고리가 예전보다 훨씬 휘황하고 보다 뚜렷해졌다. 대주천이 끝나자 다섯 개의 고리는 순식간에 사라지고 라모가 눈을 떴다. 라모는 한쪽 팔을 들어 기를 내뿜었다. 팔에서 1미터가량의 금빛 검기가 쭉 뻗어 올랐다. 마치 하나의 검이 솟아난 형상이다.

검에 관심이 가면서부터 라모는 검기와 검강(오러)에 온 정열을 쏟았다. 그리고 그 결과가 5년이 지난 지금 매우 만족스러운 경지로 보답받은 셈이다.

"이보다 더 위의 경지는 무엇일까? 과연 일원신공은 뛰어났군. 내가 광한마공으로 이룬 마경의 수준은 이미 뛰어넘었어. 앞으로가 기대되는군. 난 이제 육체적으로는 겨우 15살에 불과하니……."

라모가 속으로 희열의 웃음을 흘리고 있는데 노크 소리가 들려왔다. 요즘은 어머니 헬렌이 더욱 부지런해진 듯하다. 이런 이른 아침부터

아들 방에 찾아오다니…….

"라모야, 일어났니?"

"잘 주무셨어요, 어머니."

헬렌이 다가와 라모를 끌어안고 키스했다. 그동안 부지런히 노력한 결과 벌써 키가 180센티미터를 넘어섰다. 어머니의 머리가 겨우 목에 닿는다. 그래서 어머니 헬렌의 키스를 받으려면 허리를 굽혀야만 했다. 요즘에는 어머니의 키스 시간도 길어졌다. 이마와 뺨에는 물론이고 별 말 없이 대견한 눈빛으로 라모의 머리를 쓰다듬다 나간다. 아직까지 15살의 나이답게 청발 청안의 미소년이었지만 오랫동안의 수련으로 남자의 강인한 기운이 물씬 풍기는 라모였다. 그럼에도 불구하고 육체적으로는 여전히 어머니의 품속이 따뜻한 라모였다.

세안을 하고 옷을 갈아입은 후 식당으로 내려가니 아버지 파울 영주는 예전과 다름없이 책을 읽고 있다. 이제 30대 후반의 장년에 불과한 파울 영주였다. 그러나 그간의 심적 갈등으로 이마에 잡힌 한 줄 주름이 라모의 마음을 흔들었다.

"오, 우리 소영주! 그래, 잘 잤나?"

"예, 잘 주무셨어요?"

아버지 파울 영주의 호들갑은 일주일 전의 경천동지할 사건이 일어나면서부터였다. 그것은 이미 5년 전부터 예정된 일이었으며 라모는 그 기회를 노리던 중이었다. 사건의 발단은 이렇게 시작됐다.

일 년 전부터 라모의 기세와 덩치가 커지면서 라칸 기사단장은 감히 이른 아침의 식사 시간에까지 찾아와 거드름을 피울 수 없게 되었다. 라모의 측량키 어려운 공력으로 쏟아지는 살기를 감당하기에는 그의 실력으로는 어림도 없었던 것이다.

그러던 며칠 전 이제 검술도 어느 정도 경지에 올라 그다지 오랫동안 수련할 필요를 느끼지 못하게 된 라모는 일찌감치 오후의 일과를 접고 귀가했다. 그리고 아버지 파울 영주의 집무실에 앞에 당도했을 때였다.

"아, 글쎄 영주님! 기사단의 무구를 전면 교체해야 한다니까요. 이미 타 영지에서는 미스릴로 바꾼다, 오리하르콘 금속을 쓴다 난리인데 우리 영지만 이게 뭡니까?"

라칸의 건방진 심보가 도졌다. 라모가 배운 바로는 라칸이 말한 두 금속은 매우 귀했고 무구로 쓰는 사람도 일부 귀족에 한하는 것으로 알고 있었다. 그런데 무슨 미스릴이고 오리하르콘이란 말인가. 라모가 문을 열고 들어가자 파울 영주는 얼굴이 환해졌고 라칸 기사단장은 찔끔한 기색이었다.

"라칸 경, 좀 더 시간을 두고 생각해 봅시다. 요즘에는 성 운영비도 빡빡한 실정이라……."

라칸 기사단장은 그간 라모에게 조금씩 눌려온 것도 억울할 판인데 지금 파울 영주가 라모에 기대 조금 뻗대오자 성질이 났다.

꽝!

그가 큰 손바닥을 들어 책상을 힘껏 내려치자 소심한 파울 영주는 질겁한 표정이 되었다.

"라칸!"

라모가 그의 이름을 소리쳐 부르자 라칸이 서서히 고개를 돌려 라모를 직시했다. 그의 눈이 적의로 활활 타올랐다.

"라칸이라고? 소영주, 이제 좀 컸다고 나를 만만하게 보는 건가? 어디서 함부로 이름을 부르는 건가!"

라모는 그의 방자한 행동에 더 이상 참을 도리가 없었다. 그리고 이제 참을 이유도 없었다. 그야말로 울고 싶은데 뺨을 때려준 격이다.

라모는 라칸의 앞으로 한 발자국씩 걸어갔다. 라칸이 검집에 손을 얹었다. 그의 키는 라모와 비슷했으나 덩치는 훨씬 커 범인이 본다면 라모가 당장 큰일을 당할런지도 모른다고 생각하리라. 아버지 파울 영주의 안색이 새파랗게 질려갔다.

'이런, 속전속결로 처리해야겠군.'

검을 빼 드는 순간 궁신탄영으로 순식간에 다가간 라모가 금나수법으로 라칸의 목을 거머쥐었다.

목을 잡히자마자 라칸은 온몸의 힘이 쫙 빠지며 도저히 맥을 출 수가 없었다. 라칸은 지금의 현실을 도저히 믿을 수가 없었다. 한 성의 기사단장은 동전치기로 뽑는 것이 아니다. 그만한 능력이 필요하다. 그런 자신이 검을 뽑을 새도 없이 당하다니……. 이어 라모가 한 손으로 자신을 허공에 띄우는 괴력을 발휘할 때에야 라칸은 잘못 걸렸음을 실감했다.

놀라기는 파울 영주도 마찬가지였다. 파울 영주 또한 라모의 신위에 두 눈이 휘둥그레져 쳐다만 보았다. 매일 오후마다 비밀리에 무슨 수련인가를 한다고 들었지만 이토록 뛰어난 능력을 발휘할 줄은 몰랐다.

라칸은 상급의 그래듀에이트였다. 검에 마나를 능숙하게 주입할 수 있는 뛰어난 기사인 것이다. 파울 영주의 눈으로 보기에는 곧 소드 마스터가 될 인물이었다. 물론 라모의 눈으로 보기에는 허접쓰레기에 불과하지만.

그런 라칸을 마치 인형 다루듯 하고 있으니 파울 영주로서는 천지가 뒤바뀌는 듯한 충격을 맛보았다. 라칸의 무력이 무서워서, 그의 무시무시한 칼날이 자칫 자신의 목에 떨어질지도 모른다는 불안감에 전전긍긍하며 살아왔는데… 그 공포와 두려움의 대상이 지금 라모의 손에 쥐어져 허공에 떠 있는 것이었다.

라모는 라칸의 목을 거머쥔 채 성큼성큼 밖으로 나가 성주의 거처와 내성문 사이의 넓은 광장으로 내던졌다. 이미 전신혈도와 아혈을 짚인 라칸은 '쿵' 하는 소리와 함께 신음 소리도 못 내고 널브러졌다.

"렌토 대장, 어디 있나?"

렌토는 궁궐로 말하자면 근위대장 격으로 1천 명 인원의 하레스 성 경비대장이었다. 렌토가 갑옷을 절그럭거리며 급히 뛰어와 한쪽 무릎을 꿇었다.

"소영주, 부르셨습니까?"

그는 뛰어오는 와중에 하레스 전체의 병력을 관장하는 기사단장이 광장 위에 널브러져 있는 걸 보았지만 본체만체했다.

"일급 비상령을 발동한다. 성안의 경계를 강화하고 전체 병력을 소집하라. 라칸은 기사단장에서 직위 해제하며 당장 감옥에 투옥하라."

한쪽 무릎을 꿇은 렌토의 눈에 신광이 번뜩 스쳤다.

'이제 드디어 소영주가 일을 벌이시는구나.'

"즉시 시행하겠습니다."

곧 일어난 렌토 대장이 휘하 기사들을 소집하는 커다란 목소리와 다급하게 움직이는 병사들의 부산한 몸짓으로 하레스 성안은 순식간에 소란스러워졌다. 뒤에서 지켜보고 있던 파울 영주는 렌토 경비대장의 움직임에서 눈을 뗄 수가 없었다. 렌토가 라모의 지시에 고분고분 순응하는 모양도 놀라웠고, 두 사람의 지시와 응대가 미리 입을 맞춰놓은 듯 일사불란하여 더욱 놀랐다.

라모는 지난 5년간 수련을 하면서도 영지의 일에 관심을 끊은 적이 없었다. 관심을 끊기는커녕 블레이드를 주축으로 마법사 집단을 결속하고 수시로 젊은 기사들을 만나 '될 성 부를 나무'를 찾아다녔다.

렌토 대장도 그중의 하나로, 포섭 대상 1호가 바로 그였다. 하레스성의 안위가 불안하다면 만사휴의가 아닌가. 렌토의 포섭 계획은 3년에 걸쳐 이루어졌다고 해도 과언이 아니었다. 원래 렌토야말로 라칸의 심복 중의 심복이었다. 경비대장 같은 중요 요직에 자신과 무관한 인물을 배치할 라칸이 아니었다.

렌토의 포섭은 분골착근으로 시작됐다. 은밀히 그를 불러 말로 설득하는 척하다 곧 이어 반발하자 혈도를 짚어버린 것이다. 끔찍한 고통을 한차례 경험케 한 연후 폐혈수법을 전개해 그를 금제시켰다. 하루에 한 번씩 라모를 찾아오지 않으면 죽지도 살지도 못하는 고통이 닥쳐오게 한 것이다. 실제로 죽어가는 렌토를 라모가 직접 찾아 나선 경우도 있었으니, 그가 그동안 얼마나 뼈저린 삶을 살았는지 짐작할 만하지 않는가.

당연히 그는 또다시 그런 고통을 당하기 싫었고, 감히 라칸에게 달려가지 못했다. 아울러 올 때마다 그의 무공을 점검해 주고 광한마공의 일부를 전수했다. 채찍과 당근의 병행이라고나 할까? 2년가량은 여전히 라모를 경원하고 억지로 복명하는 기색이 역력했으나, 광한마공이 어느 정도 성과를 보이자 완전히 라모의 편으로 돌아섰다. 광한마공은 익히기도 쉬울 뿐더러 진기가 쌓이는 속도도 빠르고 위력도 컸다. 반면 성격이 조금 포악해지고 살인의 충동도 일어나곤 하지만 기사로서 큰 흠이 될 수는 없었다. 그리고 일단 렌토가 주화입마를 겪을 정도

나 마경을 넘어설 정도로 광한마공을 연마할 가능성은 거의 없었다. 그러기엔 렌토 대장의 40세에 이르는 나이가 너무 많았다.

그럼에도 불구하고 2년 만에 검신에 진기를 주입하면 붉은빛의 검기가 맺히는 검기충소에는 이를 수 있었다. 요즘은 아주 조금이지만 검기를 검끝으로 10센티가량 뽑아낼 정도로 대단한 성과를 이룬 상태였다. 그 정도로도 자르지 못하는 것이 없었고, 베어지지 않는 물건이 없을 정도이니 비로소 라모에게 감복해 진심으로 복명하게 되었던 것이다.

라모는 일단 사태 해결을 위한 일의 선후를 정했다. 현재 하레스 영지 전체의 병력은 1만가량으로 총 여섯 군데로 병력이 나뉘어진 상태였다. 제일 큰 병력인 '레드스톰' 기사단은 하레스 성 서쪽으로 80킬로미터 떨어진 황무지 위에 주둔해 있었다. 기병 4천에 보병 1천 명의 총 5천 병력이었다. 이른바 기병 부대였으며 보병은 기병의 보조 역할로 붙여둔 부대였다.

그리고 하레스 영지를 동서남북으로 나누어 외곽에 각각 1천의 병력을 두었다. 각각 보명 9백에 기병 1백으로 된 편성이었다. 그 외의 1천 명은 바로 하레스 성의 경비 부대였다. 이제부터 이 모든 부대를 삽시간에 장악해야 했다. 자칫 장악이 느려지면 혼란이 올 수도 있었기 때문이다.

라모는 아버지 파울 영주와 함께 마법사탑으로 이동했다. 수석 마법사 블레이드도 부산한 성의 움직임에 어느 정도 사태를 눈치 챈 상태였다. 라모가 페넬의 도움으로 마법진 위에 나타나자 얼른 한쪽 무릎을 꿇었다.

"영주님, 소영주, 명령 하달을 기다리고 있었습니다."

파울 영주는 일이 이토록 급박스럽게 흘러가자 경악한 표정으로 그저 라모를 따라다니며 사태의 경과를 지켜볼 따름이었다.

"블레이드 경, 일급 비상령을 발동하겠소. 계획된 대로 네 방향의 각 부대 마법사들과 젊은 기사들을 동원해 라칸의 수족들을 체포 구금하시오. 그리고 직접 경이 각 부대를 순회하며 내가 갈 때까지 병사들의 혼란을 막아주시오."

블레이드가 벌떡 일어서며 고개를 숙였다.

"알겠습니다. 그대로 시행하겠습니다."

그리고는 마법진을 통해 어딘가로 급히 이동해 갔다. 그제야 라모는 아버지 파울 영주를 돌아보며 한쪽 무릎을 꿇었다.

"아버지, 사안이 중요해 재가를 받지 못하고 제 독단으로 일을 처리했습니다. 용서해 주십시오."

파울 영주는 차마 말을 잇지 못하고 눈물을 주르륵 흘렸다. 그리곤 격동된 발걸음으로 다가와 떨리는 손을 들어 라모의 어깨에 얹었다.

"네가… 이토록 용의주도한지는… 몰랐다. 잘했다, 라모야! 과연 내 아들이다."

덩달아 라모의 눈에서도 눈물이 핑 돌았다. 1백 세가 넘는 괴물 사마조가 이까짓 일에 눈물이 돌다니……. 한편으로는 쓴웃음을 지었다. 심약한 아버지 파울 영주의 따뜻한 부정을 받고 보니 그 역시 격동되는 마음을 금할 길이 없었던 것이다.

"앞으로 어찌할 작정이냐? 레드스톰 기사단의 반발이 매우 심할 텐데……. 부끄럽게도 영주의 이름만 가졌을 뿐 이미 기사단은 라칸의 기사단이 되었다."

파울 영주의 자괴심이 묘하게 라모의 슬픔을 자극했다.

"걱정 마십시오, 아버지. 제게 모두 맡겨주십시오. 제가 모두 처리하겠습니다. 아버지는 다만 저를 따라만 오십시오.”

라모와 파울 영주는 곧 페넬의 인도로 마법진을 통해 레드스톰 기사단의 주둔지로 이동했다. 레드스톰 기사단의 주둔지는 사면을 따라 한쪽은 병사들의 반영구적 숙소가 4층 높이로 길게 늘어서 있었다. 다른 한쪽은 4천 두의 마사가 끝없이 이어져 있었다. 또 다른 한쪽은 식당과 병사들의 편의 시설 및 휴게 시설이 늘어서 있다.

마법진이 그려진 건물에 나타난 두 사람이 거대한 연병장으로 나가 보니 이미 연락된 대로 5천의 병력이 집결해 있었다. 그런데 병사들의 앞쪽에서는 지금 2백여 명의 기사 복장을 한 인물들이 검을 날리며 치열한 접전을 벌이고 있었다. 피가 낭자한 채 여기저기 이미 시체가 된 사람도 보였다. 한쪽에서는 마법사들이 젊은 기사들을 도와 공격 마법을 시전하고 있었다. 반면 지휘부에 속하는 라칸의 심복 기사들은 병사들을 선동해 젊은 기사들을 공격하고 있었다. 창을 든 병사들이 곧 끼어들어 대혈겁이 일어날 뻔한 위험한 순간이었다.

“멈춰라!”

라모가 모든 진기를 모아 사자후를 펼쳤다. 모든 병사들의 안색이 창백해지며 신형을 비틀거렸다. 앞쪽에 위치한 몇몇 병사들은 충격을 이기지 못하고 귀를 막으며 고꾸라졌다. 순식간에 연병장이 숨 막히는 정적에 잠겨들었다.

“하레스의 기사들은 왼쪽으로 물러서라!”

진기를 돋워 소리친 덕분으로 병사들은 하나같이 라모의 목소리를 똑똑히 들을 수 있었다. 마법사들과 젊은 기사들이 왼쪽으로 급급히 물러났다. 라칸의 심복 기사들은 여전히 검을 빼 든 채 승복하지 못하겠다는 표정으로 일제히 라모를 쳐다보았다. 그리고 그중의 한 명이 앞으로 나섰다.

"소영주, 아무리 소영주라도 이런 식으로 일을 처리하면 곤란하오. 레드스톰 기사단은 우리 모두의 것이오. 당장 라칸 기사단장을 석방하시오!"

그 모습에 라모는 이마의 신경줄 하나가 툭 끊어지는 느낌이었다. 라모가 환생한 후 가장 크게 열기가 뻗치는 중이었다. 파울 영주도 사태가 이렇게 되는 걸 우려했던지 안색이 말씀이 아니었다.

"이 벌레 같은 놈들! 그래서 라칸을 도와 온갖 비리를 저지른 것이냐! 나는 라모 하레스다! 하레스 성의 소영주다! 너희 놈들이 감히 영주님께 반역을 하자는 것이냐!"

라모는 성질을 이기지 못하고 단상 위에서 몸을 날렸다. 라모의 몸이 공기를 찢으며 날아갔다. 날아가는 모양이 마치 커다란 한 마리의 독수리 같았다. 무려 30여 미터를 한 번에 날아간 라모는 맨 앞에 서서 불손한 언사를 내뱉은 기사의 머리를 발뒤꿈치로 내리눌렀다. 진기가 주입된 일격에 투구를 쓰고 있던 기사는 피하고 자시고 할 사이도 없이 머리가 터지며 즉사해 버렸다.

라모는 머리를 밟은 기세를 빌어 라칸의 심복 기사들 사이로 떨어져 내렸다. 그리고는 팔이고 다리고 가슴이고 걸리는 대로 부러뜨리고 내지르며 종횡무진 누비기 시작했다.

불만에 가득 찬 기사들은 어정쩡하게 검을 들어 올리며 라모에게 대적하고자 노력했으나 멱살을 잡힌 순간 허공으로 날아올랐다. 허공으로 날아오른 기사는 10여 미터는 날아가서 내동댕이쳐졌고 그 충격에 피를 토하며 기절해 버렸다.

일껏 검을 내지른 기사는 더욱 참혹했다. 라모가 손바닥을 활짝 펴

검봉을 되받아치자 검의 손잡이가 비수처럼 가슴속으로 파고들었다. 검이 부딪치면 부러지고 사람이 걸리면 피를 토했다. 아무도 막을 수가 없는 미친 폭풍이 한바탕 연병장을 몰아쳤다. 전생의 광한마제가 환생해 피의 축제를 벌이는 듯했다.

5분여 만에 라칸의 심복들로 구분된 자 중 서 있는 자는 아무도 없었다. 라모는 그래도 분이 풀리지 않았는지 어정쩡하게 서 있는 병사들까지 걸리는 대로 잡아 던지기 시작했다. 병사들이 비명을 지르며 도망치기 시작했다.

"라모야!"

라모는 자신을 부르는 소리에 제정신으로 돌아왔다. 단상 위에 선 파울 영주가 파랗게 질린 얼굴로 라모를 내려다보고 있었다. 그제야 라모는 주변을 둘러보았다. 젊은 기사들과 병사들도 모두 질린 표정으로 라모를 바라보고 있었다. 라모의 발 밑으로는 팔다리가 부러진 기사들이 즐비하고 그들이 뿌린 선혈이 땅을 적시고 있었다.

참상에 놀란 파울 영주의 안색이 순식간에 푸르죽죽하게 흙빛으로 변했다. 그러나 이까짓 일에 눈 하나 깜짝할 라모가 아니었다. 광한마제 사마조의 재현이나 다름없었다. 잠시 경허의 당부가 떠올라 인명의 소중함을 경시한 가책이 느껴졌으나 곧 지워 버렸다.

"이 한심한 놈들! 너희가 라칸의 병사들이냐, 아니면 하레스의 자랑스런 기사단이냐! 누구에게 충성을 해야 할런지 구별이 안 되는 멍청이들만 모였느냐? 이 단칼에 쳐 죽일 놈들!"

다행히 죽은 자는 얼마 되지 않고 하나같이 팔다리가 부러지는 중상을 입었다. 라모는 젊은 기사들과 병사들을 불러 전부 감옥에 집어넣은 다음 적당히 치료해 줄 것을 명하고 다시 단상으로 올라갔다. 라모는 다시 육성으로 병사들을 향해 사자후를 발했다.

"너희 놈들을 믿고 어떻게 200만 하레스 영지의 주민들이 평안한 삶을 영위하겠느냐! 내 심정으로는 모두 수족을 꺾어놓고 싶지만, 자비로우신 영주님께서 너희들에게 기회를 주시겠다고 하신다! 지금 당장 복명하라!"

라모가 발을 구르자 기다렸다는 듯이 젊은 기사들과 마법사들이 라모와 파울 영주가 위치한 단상 앞쪽으로 달려와 무릎을 꿇었다.

"하레스에 영광을! 영주님께 충성을 맹세합니다!"

일단 1백여 명의 구호가 앞장서자 5천의 병사들이 일제히 무릎을 꿇었다.

"영주님께 충성을 맹세합니다!"

5천 명이 한꺼번에 내지르는 함성이 온 연병장을 쩌렁쩌렁 울렸다. 라모는 속으로 안도의 한숨을 쉬었다. 자칫 자신이 대부분의 병사들을 학살하는 최악의 경우는 넘긴 것이다. 원래 이렇게 쉽게 일단락되어질 기사단이 아니었다. 라칸이 오랫동안 관장해 왔던 타성이 붙어 있었던 데다 회식이니 뭐니 해서 어지간히 병사들의 비위를 맞추어둔 덕에 라칸에 대한 충성심이 영주에 대한 충성심을 눌렀던 것이다. 하지만 라모의 잔인할 정도로 뛰어난 손속에 혼비백산해 몸과 마음이 다 얼어버린 것이다. 그리고 보면 기사 몇 명의 희생이 마냥 헛것은 아닌 셈이다.

"이 앞에 서 있는 기사들이 앞으로 제군들의 상관이 될 것이다. 당장 시체들을 치우고 편제대로 병력을 나누어 다시 집합하라."

1백 명의 젊은 기사들이 우렁차게 대답하며 일어나 병력들의 앞으로 산개했다.

"너희들은 빨리 시체를 치워라!"

"헤르먼 지역 소속의 백인장들은 이 앞으로 집결해라!"

"빨리빨리 움직여라! 늦는 놈은 혼날 각오를 해라!"

젊은 기사들이 각각 외쳐 대는 소리로 연병장이 시장통처럼 시끄러워졌다. 20분가량이 흐르자 점점 고함과 호통 소리가 줄어들더니 드디어 편제가 완료됐다.

"스턴 대장."

라모가 맨 앞에 나와 서 있는 5명의 기사 가운데 한 명을 불렀다.

"예!"

스턴이라는 젊은 기사가 뛰어나와 한쪽 무릎을 꿇었다. 개중에 지도력도 있고 검술도 뛰어나 라모가 평소 눈여겨봐 온 젊은 기사였다.

"그대를 레드스톰 기사단의 임시 단장이자 선임 천인장으로 임명한다. 당분간 병사들의 규율과 충성심을 배양하는 데 전력을 기울여라."

스턴 선임 천인장이 제자리로 돌아간 후 라모는 파울 영주를 되돌아보았다. 파울 영주는 레드스톰 기사단의 새로운 편제를 보자 놀라움에 입을 벌린 채 뻐끔거릴 뿐이었다.

원래 라칸이 기사단을 장악하고 있을 적에는 그와의 친분도에 따라 한 기사가 장악하는 병력의 숫자가 달랐다. 어떤 기사는 기백이고, 어떤 기사는 기십에 불과하였다. 그러다 보니 효율적인 병력의 운용이 어려웠고 기사들 간 또는 병사들 간의 위화감만 심화되었다. 도대체가 라칸이라는 인물은 건방질 뿐만 아니라 병력 운용의 기본도 모르는 자였다. 이런 상태로 전쟁에라도 투입되었다면 그 결과는 상상하기에도 끔찍했으리라.

지금의 군 편제는 라모가 젊은 기사들을 포섭하면서 열렬히 환영을 받은 바 있었다. 병력을 1백 명 단위로 나누고, 그 1백의 열 단위를 다시 묶어 또 하나의 집단으로 나누었다. 서로 간격을 맞추어 오와 열을 짓고 서니 마치 바둑판처럼 질서정연한 모습이었다. 실로 오합지졸에 서 단숨에 강병으로 탈바꿈한 듯한 변화였다.

"아버지, 잠시 열병을 해주세요."

라모는 파울 영주를 채근해 연병장으로 내려가 걸어갔다. 제 일 천 인대의 앞을 지나자 스턴이 검을 빼 들어 가슴 앞에 세웠다.

"일동 차렷! 하레스에 영광을! 영주님께 충성을!"

스턴이 선창하자 1천 병력이 되받아 일제히 소리쳤다.

"하레스에 영광을! 영주님께 충성을!"

병사들의 함성이 앞의 건물에 부딪쳐 반향돼 돌아왔다. 파울 영주의 안색이 흥분으로 벌게졌다. 마찬가지로 나머지 네 개 천인대를 차례차 례 열병하고 다시 연단으로 돌아왔다.

"아버지, 병사들에게 한말씀 하시죠."

라모가 권하자 머뭇거리던 파울 영주가 연단으로 올라갔다. 마법사 가 음성 증폭 마법으로 옆에서 거들었다.

"병사들이여! 오늘 비록 약간의 불상사가 있었지만 우리 하레스 기 사단의 사기를 떨어뜨리지는 않았으리라 믿소. 나 파울 하레스 영주 가 약속하겠소. 앞으로 더 이상의 처벌은 없을 것이오. 그러니 안심하 고 본연의 임무에 충실해 주길 바라오. 그리고 앞으로는 우리 기사단 은 물론이요, 하레스 영지 전체가 일심으로 단결해 이 호른 제국 어느 영지보다 강한 기사단, 그리고 풍요로운 땅이 되도록 서로 노력하도 록 합시다. 그 일에 내가 앞장을 설 테니 여러분들도 많이 도와주시길 바라오."

짤막한 연설이었지만 그의 성품이 잘 드러나는 대목이었다. 파울 영주는 여전히 흥분된 표정으로 단상에서 내려왔다. 라모는 예상외로 훌륭한 아버지의 연설에 마음이 놓였다. 책을 많이 봐서 그런가? 라모는 파울 영주의 유창한 연설이 남다르게 보였다.

"와!"

"파울 영주님 만세!"

더 이상 처벌이 없을 것이란 영주의 약속에 안도한 병사들의 함성이 울리고 잠시 떠들썩해졌다. 그러나 라모가 다시 단상에 오르자 순식간에 물을 뿌린 듯 조용해졌다.

'저들은 나를 무지막지한 살인마로 보는 것은 아니겠지?

화를 이기지 못해 기사 몇몇의 생목숨을 끊어버린 사건은 라모로서도 예측하지 않은 사고나 다름없었다. 그러나 처리하지 않았다면 더 큰 혼란이 다가왔을 테니……. 반면 경허의 당부가 조금씩 라모의 가슴에 차올라 무언가 꺼림칙한 느낌이 든다.

'이것이 사마외도의 한 측면일까? 한순간의 성질을 누르지 못하고……. 젠장.'

속으로 욕지거리를 뱉어보지만 이미 벌어진 일이었다.

"일단 모두 해산하여 휴식을 취하라. 이상."

병사들이 해산한 후 5명의 천인장들에게 따로 군기 엄수를 철저히 교육시킬 것을 몇 번씩이나 강조하며 당부했다. 라모는 레드스톰 기사단에 마련된 전용 마법진을 향해 다가갔다. 그곳엔 이미 페넬이 대기하고 있었다.

"소영주님, 반역도당의 무리들은 죽어 마땅합니다. 소영주님께서는 언제나 조용한 분이신 줄 알았는데 오늘 보니 결단력이 넘치는 사나이 셨군요. 감탄했습니다."

라모의 기색이 그리 밝지 않자 눈치껏 페넬이 위로하고 나섰다. 그런 페넬도 속으로는 라모가 가진 비할 바 없는 강한 무력이 놀랍기만 했다. 마법사의 눈으로 보기에 라모는 인간의 신체가 가진 가능성을 극대화한 기념비적인 인물로 비쳐졌다. 나름의 경지를 추구하는 자로서 또 다른 경지를 본 기분이었다. 따라서 기사들이 죽어 나갔다는 것에는 조금도 비난할 마음이 없었다.

하지만 받아들이는 라모의 마음은 달랐다. 페넬의 말을 듣는 순간 속이 뜨끔했던 것이다. 가족에게 둘러싸여 있거나 수련을 하고 있는 과정에서는 라모의 내면이 드러날 일이 없었다. 그러나 오늘과 같은 분노의 와중에서는 전생의 사마조가 고스란히 투영되었다. 그의 거친 기질과 냉혹한 손속, 분노가 분노를 부르는 상승의 마경이 온통 라모를 사로잡았던 것이다.

경허 대사가 새삼 떠오르며 잠시 참회의 기분이 들었다.

이후 라모는 파울 영주와 더불어 나머지 네 군데의 병력 주둔지를 숨가쁘게 순회하기 시작했다. 이곳들은 다행히 이미 마법사들과 젊은 기사들이 힘을 합쳐 라칸의 심복들을 제압해 놓은 상태였다. 비록 사소한 사건이 몇 건 있었지만 앞서 보냈던 수석 마법사 블레이드가 무난하게 처리한 이후였다. 체포된 라칸의 심복들은 일단 모두 감옥에 처넣어졌다.

라모는 들르는 곳마다 군기 엄수를 강조하며 새롭게 편제를 개편했다. 마법사들의 통신으로 이미 레드스톰 기사단에서의 선혈이 낭자한 참상을 전해 들은 병사들은 혹시라도 불똥이 튈까 봐 조심에 조심을 기하는 표정들이다.

지옥영주.

어느새 병사들 사이에 라모의 별명이 회자되기 시작했다. 일순간에 상황을 마무리한 경외감에 손속이 너무나 잔혹해 부정적인 이미지까지 가득 담은 적절한 칭호였다. 또 세월이 흐르면 어차피 영주가 될 터이니 미리부터 '지옥영주'라고 부르기도 했다. 1만에 이르는 하레스 영지의 병력을 다 돌아보고 성으로 돌아왔을 때는 벌써 늦은 밤이었다.

텔레포트를 끝내고 마법사의 탑에서 걸어나오니 내성의 곳곳이 불타오르는 횃불로 대낮처럼 환했다. 성안의 경비대 대부분과 시종, 하녀들도 모두 나와 있었고, 어머니 헬렌과 귀여운 동생 라도와 헬라까지 졸린 눈을 비비며 자지 않고 기다리고 있었다.

"하레스 만세!"

"파울 영주님 만세!"

"소영주님, 최고입니다."

병사는 물론이요, 시종, 하녀들까지 일제히 만세를 부르니 라모와 파울 영주는 겸연쩍은 미소를 흘렸다.

"어머니, 왜 아직 안 주무시고……."

라모가 헬렌의 앞에 서자 그녀가 눈물을 글썽이다가 와락 달려들어 껴안았다.

"라모, 내 아들! 수고했다. 과연 내 아들답다."

이들이 이렇듯 좋아하는 모습을 보니 라칸이 그동안 얼마나 많은 전횡을 저질렀나를 짐작할 만했다. 어머니 헬렌은 그간의 한이 다 풀렸다는 듯 눈물 끝에 미소를 머금었다.

"하지만 라모야, 아무리 반기를 든 기사들이라지만 그들은 오랫동안 우리 하레스의 충성스런 기사들이었다. 네가 앞으로 그들의 넋을 위로해 줄 방안을 찾아보거라. 그리고 다친 사람들 중 다시 거둘 기사들은 분명히 있을 거다."

라모는 어머니 헬렌의 이런 인자한 면모가 좋았다. 과연 하레스 성의 안주인다운 품성이다.

라모는 지체없이 어머니의 말에 동의했다. 기분이 진정되자 라모는 모두를 해산시키고 렌토 경비대장과 성의 재정부장인 파르멘 경을 불러 아버지 파울 영주의 집무실에서 잠시 회의를 가졌다.

"아버지, 그동안 제가 취득한 정보에 따르면 라칸이 자기 마음대로 주민 수입의 거의 절반에 해당하는 금액에 세금을 매긴 데다가, 그 대부분을 자기 배를 불리는 데 사용하거나 사사로이 유용했다고 합니다. 이 때문에 주민들의 원성이 자자해 자칫 폭동까지 일어날 조짐까지 보인다고 합니다. 일단 아침이 되면 라칸의 죄상을 고발하고 세금을 수입의 1할로 경감했으면 합니다. 또 라칸을 비롯한 그의 심복들의 재산을 모두 몰수해 영지 재산으로 환수해야 합니다."

라모가 그간 구상한 바를 말하자 파울 영주가 고개를 끄덕였다.

"파르멘 재정부장은 어떻게 생각하오?"

하루 사이에 변한 세태를 반영하듯 그간 어느 정도 뻣뻣하던 파르멘이 조심스럽고도 공손한 태도도 대답했다. 꼼꼼한 성격을 드러내는 오밀조밀한 얼굴을 한 40대의 파르멘은 라모의 말에 얼른 맞장구를 쳤다.

"지당하신 말씀이십니다. 그간 라칸, 그자가 성의 재정을 마음대로 가져다 쓰는 바람에 성 유지비조차 모자랄 지경이었습니다."

파르멘이 잠시 머뭇거리다가 조심스런 태도로 다시 입을 떼었다.

"그런데 소영주님, 세금 감면은 이루어져야 할 테지만 아무래도… 1할은… 너무 하향 조정한 것이 아닐까 걱정이 됩니다. 호른 제국 전체를 둘러봐도 3할 아래로 내려가는 곳은 거의 없다시피 한 처지라…… 그리고 성의 원활한 유지를 위해서는 최소한 2할은 되어야 할 듯싶습니다.”

파울 영주가 공감한다는 듯 고개를 끄덕였다.

“그건 맞는 말이야. 그럼 2할로 합시다.”

호른 제국 전체가 그렇다는 데야 라모도 구태여 고집을 주장할 필요가 없을 듯했다.

“그럼 그건 그렇게 정하기로 하지요. 그러면 재정부장은 지금부터 직원들을 동원해 라칸과 그의 심복들의 재산을 한 푼도 남김없이 깡그리 몰수해 오세요. 보석과 현금은 물론이고 토지, 채권, 저택 문서 등등 돈 될 것은 모조리 압수하세요. 밤이 늦었지만 하루 안 잔다고 죽는 건 아니니까 지금 바로 시작해 주세요. 그리고 렌토 대장.”

렌토가 기다렸다는 듯 복명했다.

“예, 하명하십시오.”

재차 라모의 명령이 떨어졌다.

“렌토 대장은 파르멘 재정부장을 도와 일단 라칸과 심복들의 집을 들이치고 그들의 식솔들을 체포 구금하시오. 만약 재물을 들고 도망친 자가 있다면 끝까지 추적해 회수해 올 것이며 즉결처분도 무방하오. 그리고…….”

라모는 말을 잠시 끊었다.

“만약 재산 몰수 과정에서 불미스러운 말들이 내 귀에 들린다면 내가 두 사람에게 책임을 묻겠소.”

두 사람은 라모의 살기 어린 시선을 받자 모골이 송연해졌다. 말인즉, 재산 몰수 과정에서 은근슬쩍 빼돌리다 들키면 살아남지 못하리라는 경고가 아닌가. 두 사람은 과연 소영주가 이제 15살에 불과한 소년이 맞는가 궁금해지기 시작했다. 그러나 라모의 성장 과정을 쭉 지켜 봐 온 두 사람이었다. 아무리 머리를 굴리더라도 엄청난 무력을 지닌 천재라는 것 외에는 진의를 알 수 없었다.

항상 침착하고 엄숙한 분위기의 라모였다. 그는 마치 어릴 때부터 오늘을 예비한 사람처럼 보였다. 라모가 장차 영주의 위에 오른다면 호른 제국을 질타하는 무서운 세도가가 될 것이다. 이것도 자못 기대 할 만한 구경거리가 아닌가. 두 사람은 두려움 반 기대 반으로 밤을 세 워 명령을 이행하기 위해 물러났다.

라모는 그들이 나가자 비로소 파울 영주를 의식하고 머리를 긁었다.

"그러고 보니 라칸 대신에 제가 전횡을 저지르고 있었군요. 죄송해 요, 아버지."

파울 영주가 라모를 지그시 쳐다보았다. 깍지를 끼고 의자에 깊숙이 몸을 파묻었다. 착잡해진 모양이다.

"아니다, 라모야. 너는 영주로 타고난 인물 같구나. 난 오늘 같은 날 을 얼마나 기다렸는지 모른다. 너도 알다시피 난 영주의 재목이 아니 야. 내 평생 소원이 매일 여행 다니고 시나 읊으며 유유자적하게 사는 것이었단다. 그러나 난 불행히도 외아들이었고 아버지가 일찍 돌아가 시면서 원치 않던 영주의 자리에 오른 것이다. 그 후 한시도 편할 날이 없었단다. 라모야, 난 네가 이토록 빨리 커준 것이 얼마나 고마운지 모 른단다. 네가 내 아들로 태어나서 너무나도 기쁘구나. 넌 어릴 때부터 나의 희망이요, 미래였단다. 이제 이후 영지의 모든 대소사를 너에게 다 맡길 테니 네 마음대로 한번 다스려 보려무나. 대신 이 아비는 너만 믿고 내가 하고 싶은 일을 해보련다. 괜찮겠지, 아들아?"

콧등이 시큰해진다. 이렇게까지 말하는데 들어주지 않는다면 그것이 바로 불효가 아닌가.

"알겠습니다, 아버지! 기대에 어긋나지 않도록 하겠습니다."

이 밤은 라모에게도 또 하레스 영주민들과 하레스 기사단에게도 뜻 깊은 시간이었다. 역사가 바뀌고 새 날이 시작되고 있는 것이었다. 세상이 뒤바뀐 사실은 다음날 하레스 영지 곳곳에 나붙은 포고령으로 명명백백해졌다.

영주민들에게 고함.

1. 하레스 영지 전체에 한 달 동안 일급 비상령을 발동한다. 전체 지역에 기병 2천과 보병 2천을 상시 주둔시켜 불손분자들을 색출한다.

2. 라칸 기사단장은 그간 영주민들이 내는 세금을 임의로 과다하게 부과하여 민심을 어지럽혔다. 또 엄청난 세금을 포탈하고 성의 공금을 사사로이 유용한 죄가 커 직위해제하며, 그에 동조하고 가담한 일당들을 모두 체포 구금할 것이다. 또 그들의 재산을 적몰하여 환수하고 식솔들은 영지 밖으로 추방한다. 만약 영주민 가운데 그들을 비호하는 자가 있다면 영주의 권한으로 엄벌에 처할 것이다.

3. 이번 전반기부터는 세금을 대폭 감면해 수입의 2할로 정한다. 이미 세금을 납부한 사람은 그 초과분을 관할 관청에 신고하면 되돌려 받을 수 있다.

하레스 영지는 호른 제국의 수도 북쪽에 약간 치우쳐 있는데, 그 영지가 하레스 성을 중심으로 반경 100킬로미터 내외나 된다. 즉, 하레스 성에서 어느 방향으로든 말을 타고 출발해 전속력으로 하루 종일 달려야 간신히 벗어날 만큼 거대한 영지였다.

하레스 성을 포함한 동쪽은 상가 밀집 지역이었다. 거상 거부들이 대부분 이곳에 거주하고 큰 시장과 거대 상가, 예술 극장, 문화 시설이 이곳에 몰려 있어 가장 화려한 구역이었다. 남쪽은 거대한 곡창 지대였다. 하레스 평야가 끝없이 펼쳐져 이곳에서 수확되는 밀로 영주민들의 식량을 수급한다. 흉년이 들더라도 자급자족에는 문제가 없을 정도였다. 그래서 식량은 하레스 영지의 주요 반출 품목 중 하나였다.

서쪽은 크고 험준한 산맥을 끼고 있는데, 이곳에서는 광산과 약초 재배, 검 제조창을 비롯한 공장들이 밀집해 있는 곳이었다. 산맥에는 심심찮게 몬스터들과 산적이 출몰하므로 1천 명의 정규 병력 외에도 약 3백 명가량의 레인저 부대를 따로 운용하고 있었다.

북쪽은 호른 제국의 수도인 수호른을 관통해 내려온 수량이 풍부한 강과 자주 안개가 끼는 여러 개의 넓은 호수, 그리고 아름다운 숲으로 유명한 천혜의 관광 명소였다. 그래서 숙박 시설이 잘 발달돼 있고 제국 곳곳에서 음유 시인들과 여행객들이 몰려드는 곳이었다. 하레스 영지는 이들의 치안을 위해 네 방향으로 관청을 설치하고 각 청마다에는 정규 군을 제외한 1천~1천 5백 명 내외의 자치대를 따로 운영하고 있었다.

파울 영주와 라모는 이틀에 걸쳐 이들 관청들을 방문해 실권자가 누구인지 확인시켜 주었다.

각 청의 책임자인 남작들은 이제 '지옥영주' 라 불리는 라모가 자신들의 목줄을 쥔 우두머리가 되었음을 여실히 깨달았다. 라모도 이들이 평소 영주인 아버지보다도 라칸의 명령을 더 우선시했다는 걸 잘 알고 있었다. 하지만 아직 마땅한 인재가 없어서 두고 보기로 했다. 어차피 쳐내야 할 가지들인 것이다. 각 남작들은 그동안의 죄과를 인정하는지 보기에도 민망하리만큼 개처럼 엎드려 복명했다.

각 청을 방문할 때마다 청사 앞으로 달려나온 영주민들의 함성이 메아리 쳤다.

"하레스 영주 만세!"

"지옥영주 만세!"

세금이 인하되고 들끓던 좀도둑들이 일급 비상령을 기회로 뿌리 뽑
혔다. 또 각 청의 여유 예산을 돌려 고아와 불우한 영주민들을 위해 적
지 않게 풀었다. 불편부당한 점이 발생하면 엄중한 라모의 훈도를 받
은 병사들이 득달같이 달려들어 공평하게 해결했다. 괜히 잘못 헛발질
을 했다가는 당장에 참수형에 처한다는 공포의 분위기가 기사단을 엄
습한 것이다.

이를 위해 천인장들을 포함한 지휘관급 기사들을 수차례 소집해 닦
달해 놓은 뒤였다. 그러니 눈에 띄게 좋아져 가는 영지의 분위기에 영
주민들이 절로 환호성을 올리지 않을 수 없었던 것이다.

라칸은 그동안의 죄과가 너무 무거워 결국 참수형에 처했다. 그 외
의 심복들은 죄질에 따라 각각 경중을 달리한 징역형에 처해졌고, 그들
의 식솔들은 영지 밖으로 추방되었다. 죄 없는 식솔이라지만 일벌백계
로 삼는다는 점에서 라모로서도 불가피한 결정이었다.

재정부 직원들이 색출해 성으로 옮겨온 몰수 재산의 양은 라모로
서도 입이 딱 벌어질 만큼 어마어마한 금액이었다. 큰 방 하나에 금
화와 보석이 가득 찼다. 그중의 절반이 라칸의 집에서 나왔다니 과연
그의 배포에 놀랐고 죽어 마땅한 자였다. 이 정도 재물이면 1만의 기
사단을 백 년은 운영할 수 있을 거라고 보는 사람마다 이구동성으로
외쳤다.

일부에서는 이 돈을 다시 풀어 영주민들에게 되돌려주는 것이 옳다
는 주장도 나왔지만 무시했다. 라모는 전혀 그럴 생각이 없었다. 이왕
모인 이 돈은 하레스 영지의 백년대계를 위해 다른 쓸모가 있다고 생

각한 것이다. 마침 꼼꼼한 재정부장도 라모와 같은 의견이어서 짐짓 다른 의견들은 무시하고 넘어갔다.

재물을 본 어머니 헬렌의 씀씀이가 조금 헤퍼졌지만 그 정도는 얼마든지 눈감아줄 수 있는 라모였다. 쓰는 만큼 밝아지는 어머니의 안색이 너무도 보기 좋았기 때문이다. 이렇게 모든 것이 안정된 지 불과 일주일가량이 지난 것이다.

완전한 것은 아니지만 영지의 고민이 해소되자 평화가 찾아왔다. 그래서 오늘 아침 식사 시간은 이전과는 비교할 수 없으리만치 푸근하고 넉넉하게 진행되었다. 이제 13살이 된 라도와 11살이 된 헬라는 여전히 귀여웠다. 라모의 눈에 여전히 작고 귀여운 동생들인 것이다.

"여보, 헬렌. 우리 여행이나 한번 가볼까?"

식사를 하다 말고 파울 영주가 느닷없이 제안했다.

"어머, 좋지요. 우리 큰아들 덕분에 여행도 다 가보네."

어머니 헬렌이 좋아라 반색했다.

"아니, 내가 가자는데 왜 공치사가 라모한테 돌아가는 거요?"

아버지의 반문에 금방 반격이 들어간다.

"흥, 당신만 믿고 있었다면 어느 세월에 여행씩이나 갈 수 있었겠어요."

아버지 파울이 머쓱한 표정이 되었다.

"아, 그런가?"

그 틈에 헬라가 끼어들었다.

"엄마! 아빠! 나도 데려가, 나도!"

여전히 극성스러운 헬라가 어리광을 섞어 찢어지는 목소리로 졸라댔다.

"헬라, 넌 안 돼. 이제 한참 마법 공부에 속도가 붙었는데……. 중간에 멈추면 안 돼."

라모가 짐짓 제지하고 나섰다.

"아냐, 큰오빠. 나 여행 가서도 열심히 수련할게. 정말이야, 응? 응응응……."

아예 밥 먹다 말고 쪼르르 달려와 팔을 잡고 흔들어댄다. 라도를 보니 자신도 가고 싶지만 소심한 성격에 말은 못하고 끙끙대는 눈치다. 이런 녀석은 이게 약이다.

팡!

라도의 등짝을 손바닥으로 세차게 두드렸다. 물론 소리만 요란하게.

"아야, 놀랐잖아, 형."

화들짝 놀라서 토끼눈이 되어 일어나는 라도의 팔을 잡았다.

"너도 가고 싶지?"

그제야 라도도 고개를 끄덕인다.

"응, 나도 가고 싶어."

라모는 어쩔 수 없다는 미소를 지었다.

"보자… 요즘 라도의 수련 상태가 꽤 양호해서 여행 가서도 계속 노력한다면 보낼 수도 있는데……. 하지만 아버지께서 허락을 하셔야지."

라도와 헬라가 눈을 반짝이며 파울 영주를 열렬히 노려보았다.

"하하, 이놈들아! 아비 얼굴에 구멍나겠다. 그럼 온 가족이 한번 여행을 떠나볼까?"

라도와 헬라가 양손을 번쩍 쳐들었다.

"와! 만세!"

식탁 앞에서의 만세 삼창이 이어졌다.

쇠뿔도 단숨에 빼렸다고 말 나온 김에 바로 여행을 떠나기로 결정하고 어머니 헬렌과 라도, 헬라가 여행에 필요한 물품을 산다고 시녀들을 데리고 직접 시장으로 달려갔다.

헬렌은 요즘 톡톡히 돈 쓰는 재미를 느끼는 모양이다. 라모 또한 여행에 필요한 길잡이와 호위 병력을 뽑아 만전을 기했다. 호위대장으로는 렌토 경비대장을 선임하고 그 외 검술이 뛰어나고 몸이 재빠른 병사 1백 명을 붙였다.

"너무 많은 것 아니냐?"

파울 영주가 투덜댔지만 이것만큼은 양보할 수 없었다.

"안전이 제일입니다. 이 외에도 6써클과 5써클의 마법사 두 명을 붙일 테니 뭔가 일이 생기면 즉시 연락해 주세요. 제가 바로 달려가겠습니다."

부모 자식 간의 위치가 바뀐 말이지만 라모로서는 이곳에 와서 얻은 가족을 잃고 싶지 않아 걱정이 앞섰다.

다음날 새벽, 영주 부부와 동생들을 포함한 1백 명의 병사들이 여행지인 가이스 신전과 그 주변 명소를 향해 출발했다. 마법사와 병사들은 덩달아 여행을 떠난다며 희희낙락했고, 남겨진 병사들의 부러운 눈초리를 받았다.

부모님들이 여행을 떠난 이후로도 평화로운 나날이 계속되었다. 라모는 영지의 주요 업무와 결재는 아침 일찍 한꺼번에 해치워 버리고 오전 내내 각 병영을 방문해 병사들의 훈련 상태를 점검했다.

지금 그룬디아 대륙의 공기는 흉흉해지고 있었다. 대륙제일의 영토를 자랑하는 도란 제국과 현재 구르는 눈덩이처럼 형세를 키워가는 새로운 신흥 강국인 자코 왕국이 일촉즉발의 결전 태세를 갖추고 있었던 것이다. 양국과 국경을 맞대고 있는 호른 제국이 아무리 애를 쓴다 해도 전쟁의 소용돌이 속에서 홀로 유유자적할 수는 없으리라. 언제 진흙탕 속으로 끌려 들어가 이전투구를 할런지 알 수 없는 것이다. 라모는 예민한 코로 전쟁의 냄새를 맡고 있었다. 한때 피를 몰고 다니던 광한마제 사마조의 직감은 녹록한 것이 아니었다.

병사들의 훈련 상태를 점검하면서 느낀 점이지만 아무래도 라칸의 숙청 과정에서 너무 심한 정혈을 흘린 모양이다. 일단 지휘관이라 할 수 있는 기사들이 너무 젊었다. 그리고 전반적으로 기사들의 수준도 한 단계 내려가 있었다. 그래서 단시일 내에 어떻게 수준을 올릴 것인가 하는 것이 요즘 라모의 고민이었다. 또 능력있는 기사단장의 영입이 무엇보다도 절실한 시점이었다. 스턴 대장이 임시 기사단장을 맡고 있지만 30살도 안 된 애송이가 들기엔 너무 무거운 짐이었다.

그런데 어디서 안성맞춤의 기사단장을 구할 것인가? 골치가 아파오는 라모였다. 라모는 병사와 주민들에게 호른 제국 내의 소식을 탐문하는 한편 용병 길드에 의뢰해 검술이 뛰어난 자가 있으면 즉시 정보를 달라고 부탁해 놓았다. 기준은 최소한 검강을 발하는 수준은 되어야 한다고 지적했다.

용병 길드 하레스 지부장 어구스는 라모의 요청에 어이없다는 듯 웃었다.

"하하하, 소영주님! 검강을 발할 정도면 소드 마스터라는 말인데, 그 정도 인물이면 한 나라의 근위 기사단장감입니다. 그런 인물이 있을런지도 의문이지만 설사 있다 하더라도 아무리 이곳 하레스가 대영지라고는 해도 오려고 하지 않을 겁니다."

어구스의 말마따나 라모의 조건은 욕심에 불과했는지도 모른다. 몇 개월이 그냥 흘러갔으나 맞춤한 기사단장은 좀처럼 나타나지 않았다. 무려 5개월의 여행을 마치고 가족들이 돌아왔을 때도 라모가 찾는 기사단장은 발견되지 않고 있었다.

"라모야, 너무 욕심 부리지 마라. 네 성이 차지는 않겠지만 전국의 기사단에 의뢰를 하면 병력 운용에 노련한 기사가 있을 거야. 그 정도 선에서 마무리 짓거라."

아버지 파울 영주가 라모에게 충고했지만 라모의 욕심은 멈추어지지 않았다. 호른 제국 안에서 가장 강한 기사단을 갖는 것이 라모의 꿈이었다. 나아가 그룬디아 대륙 전체에서 가장 용맹한 기사단을 만들고자 하는 욕망으로 이어졌다.

그래서 라모는 아예 100골드에 이르는 거금을 현상금으로 내걸었다. 오러를 발할 만큼의 기사를 발견하거나 소재지를 알려주는 자에겐 100골드를 주겠다고 공고문을 내걸었다. 이 내용이 한동안 떠들썩한 하레스의 화제가 되었다. 그럼에도 불구하고 누구도 소식을 물어오는 자는 없었다.

그동안 라모는 할 수 없이 자신이 천인장들을 따로 모아 교육을 강화하고 병사들의 훈련을 채근했지만 마음에 차진 않았다. 그렇다고 아직 15살에 불과한 라모가 직접 기사단장에 취임할 수는 없었다. 우선 세상의 입방아에 오를 테고, 아버지 파울 영주가 말릴 것이며, 자유롭고자 하는 라모 스스로가 20세 이전에 그런 굴레를 쓰기는 싫었다.

기사단장을 찾아서

기사단장을 찾아서

가족들이 여행에서 돌아오고 다시 두 달가량이 더 지났을 무렵이었다. 라모는 간혹 하레스 영지를 떠나 더 먼 곳으로 짧은 여행을 다녀오곤 했다. 하레스 영지를 벗어나 2~3일가량 말을 달리다 좋은 장소가 발견되면 즉흥적으로 그곳에서 하루를 묵곤 한 것이다.

라모의 여행은 계속해서 성장하는 육체와 관련이 있었다. 즉, 라모는 이즈음 육체가 급격한 변화를 보이며 더불어 정신에까지 영향을 미치고 있었다. 정신은 전생의 광한마제로 지내던 시기까지 합쳐 1백 세를 훨씬 넘는 노회한 괴물이었지만 육체는 불과 15세의 소년이었던 것이다.

전생의 사마조는 청소년기를 기아와 고통과 심중의 괴로움을 벗삼아 세상을 향한 분노로 다른 것을 생각할 여가조차 없었다. 하지만 지금은 사정이 판이하게 달라졌다. 양친이 건재하고 대귀족의 장자이며, 스스로 당적할 자 없는 무예를 한 몸에 지닌 부족함이 없는 인간이었다.

복된 청소년기며 고민이 없는 과도기였다.

그럼에도 불구하고 라모는 종종 잠을 이루지 못하고 상념에 빠져들곤 했다. 전생과 현생이 비교되면 괜스레 마음이 불안해지며 지금의 행복이 자신에게 어떤 의미인지 문득문득 의심이 들기까지 한 것이다.

그럴 때면 어디론가 떠나고 싶은 충동이 일어나 이렇게 성 밖으로 여행을 위해 나선다. 수염이 나고 목소리가 굵어지면서 남자가 되어가는 육체의 변화가 오랜 세월을 담은 정신에 혼란을 던져 주고 있었던 것이다.

그래서 때때로 한자리에 가만히 앉아 있으면 좀이 쑤시고, 어쩐지 속에서 알 수 없는 감정까지 숫아오르며 절로 말안장에 몸을 맡기게 된다. 그럼 자연이 그런 라모를 위로했고, 여행이 혼란에 빠진 정신에 새로운 기운을 부여하곤 했다.

이날도 라모는 홀로 말을 몰아 하레스 성을 나섰다. 말 등에는 간단한 취사 도구가 실려 있었다. 전속 마법사인 페넬이 따라붙으려고 했지만 라모는 혼자만의 시간을 방해받고 싶지 않았다.

라모는 하루 종일 말을 달려 하레스 영지를 벗어났다. 그리고 다음 날도 계속해서 말을 달려, 이윽고 올파리츠 지방에 당도했다.

정확히 말하자면 올파리츠의 일부인 소베르 산에 이르렀다.

소베르 산은 기암괴석으로 이루어진 작은 산이었다. 하지만 뭔가 영험한 기운이 흐르는 곳으로 기암절경이 뛰어나고 산 중턱에는 장쾌한 폭포까지 있어 운치를 즐기는 사람들이 간혹 찾는 곳이었다.

라모는 지난번 일차 방문한 적이 있어 쉽사리 쉴 곳을 발견해 나무 가지를 주어와 모닥불을 피웠다. 그리고 오는 도중 잡아온 토끼를 굽기 시작했다.

산속이라 해는 금방 넘어갔다. 산속의 밤은 유난히 어둡다. 그래서 밤이 깊어질수록 상념도 덩달아 깊어진다.

괴괴한 산중의 어둠과 소베르 산의 숨소리 외에는 기척이 없다. 이럴 때면 다시 전생의 삶이 또렷이 살아난다. 그리움 같기도 하고 환멸 같기도 하고, 미련인지 아쉬움인지 모를 감정에 사로잡히는 것이다. 인과에 얽힌 삶이니 기억이 남아 있는 한 버리지 못할 감정일런지도 몰랐다.

밤이 더욱더 깊어져서야 침낭에 든 라모는 간신히 잠이 들었고, 그 때는 이미 모닥불은 꺼져 있었다.

라모는 다음날 빗방울이 떨어지는 바람에 잠에서 깨어났다. 하늘을 바라보니 온통 먹구름이 가득해 새벽인지 아침인지 혹은 점심인지 분간이 가지 않았다. 그러더니 기어코 빗줄기가 더욱 굵어지고 조밀해지기 시작했다.

라모는 미리 준비한 준마용 우비를 말에게 씌웠다. 말이 빗물에 체온을 잃고 감기에 걸리지 않게 하기 위함이다. 그 후 라모가 말 위로 올라 온몸에 약간의 진기를 흘리자 라모의 옷을 적셔오던 빗방울이 튕겨져 나갔다. 약한 강기막이 라모의 온몸을 감싼 것이다.

라모는 산중에서 비를 만나자 어쩐지 기분이 좋아졌다. 아침에 눈을 떠 모처럼 찾아온 반가운 손님을 맞은 듯 빗줄기가 정겨워졌다.

라모는 취사 도구를 챙겨 소베르 산을 내려왔다. 이번엔 좀 더 먼 곳으로 갈 작정이었다. 라모는 비 때문에 길 상태가 좋지 않았지만 말을 다독이며 미지의 여행지를 향해 출발했다.

비는 나그네의 여행엔 무시할 수 없는 방해꾼이다. 하지만 라모에겐 아무런 영향을 미치지 못했다. 다만 진창길을 걷는 말이 조금 힘들어 하는 기색이어서 평탄한 길을 모색할 뿐이었다. 라모는 그렇게 한나절 가량을 앞으로 나아갔다.

그러다 코트부스 지방과 티하린 지방의 경계 부근에서 길가에 선 집 채만한 바위를 보았다. 길가에 선 바위 따위야 수시로 보는 광경인지 라 라모는 별 대수로워하지 않고 지나쳐 갔다. 그런데 길가로 난 바위 면이 매끈하게 잘려져 있고, 그 위에 글씨가 음각되어 있는 모습을 보고는 말을 멈춰 세웠다. 음각된 글자는 '카르넬리아' 라는 다섯 글자였는데, 글씨 하나가 사람 머리통만하였다.

"카르넬리아? 사람 이름인가? 여자 이름 같은데… 바위에 웬 여자 이름이지?"

잘려진 면이 유리처럼 반들거리는데다 대륙 공용어로 쓰여진 글씨의 홈을 들여다보던 라모는 세공한 자리의 새로움과 아직도 희개 묻어 나는 돌가루를 보고 누군가 하루 안에 이것을 제작했다는 걸 짐작할 수 있었다.

정교하게 휘어지는 데다 허공과 지상을 치달리는 용사비등한 필체 는 인간의 솜씨로 믿어지지 않을 정도다. 비석도 아니고 단순히 길가에 서 있는 바위에 누가 이토록 공을 들였을까 하고 라모는 의아하기 그 지없었다.

하나 라모는 의문이 들기는 했지만 자신과는 상관없는 일이라 치부하고 바위를 지나쳐 계속 앞으로 나아갔다. 비가 다행히 그쳐 여행은 더욱 순조로워지기 시작했다. 그런데 얼마 가지 않아 라모는 길가에 한 여자가 서 있는 모습을 발견했다. 한데 그 여자는 화려한 의상에 미동도 없이 서 있었다.

라모는 가까이 다가가서야 탄식을 토했다. 너무나 정교한지라 라모조차 깜박 속았던 것이다. 길가의 여인은 실제의 여인이 아니라 돌로 조각한 여인이었다. 붉은 머리에 붉은 입술 등, 뚜렷한 이목구비까지 정밀하게 채색해 놓아 실로 살아 있는 여인을 보는 듯 생동감이 넘쳐 흘렀다.

"이상하군. 이 근처에 드워프가 있던가? 이건 분명 인간의 솜씨가 아냐. …그런데 정말 아름다운 여자군."

라모는 석조여인이 만약 살아 있는 여인이라면 당장에라도 말을 붙여보고 싶을 정도로 유혹을 느꼈다. 라모는 이 석조여인의 이름이 카르넬리아라는 걸 알 수 있었다. 그건 앞서의 바위와 유사한 재질에다 둘 다 절묘한 솜씨여서 동일인의 작품이라는 걸 짐작했기 때문이다.

라모는 석조여인 앞에서는 한동안 서성거리며 관찰하다 아쉬움을 품고 다시 길을 나섰다. 이 또한 자신과는 상관없다고 여긴 것이다.

라모는 다시 길을 따라 말을 몰다가 황혼이 늘어질 즈음 1백 가구가량이 몰려 있는 작은 마을을 발견했다. 그런데 그는 마을 입구로 들어서다가 붉은 머리에 붉은 입술을 한 여인을 발견했다. 라모는 퍼뜩 정신이 들어 여인을 향해 말을 몰았다. 그리고 말에서 내려 여인에게 접근했다.

말이 달려오는 소리에 여인이 라모를 향해 돌아섰다. 그제야 라모는 그냥 붉은 머리를 한 보통의 아낙임을 발견했다. 평범한 외모의 여인이었다.

"실례했소. 사람을 착각했습니다."

라모는 여인에게 사과하고 돌아섰다. 그리고 다시 마을 안으로 진입해 들어가려는데 맞은편에서 한 여인이 걸어오고 있었다.

붉은 머리에 붉은 입술이 황혼을 배경으로 멋들어진 자태를 연출하고 있었다. 라모는 괜스레 마음이 설레며 저 여인이야말로 석조여인이 아닐까 하는 짐작에 여인을 향해 시선을 집중해 보았다. 하지만 바로 실망했다. 조금 예쁘기는 하지만 석조여인은 아니었다.

라모는 여인을 지나쳐 계속해서 마을 안으로 들어갔고, 마을의 중간쯤에서 여관 겸 식당을 하나 발견했다. 그가 식당으로 다가가자 12살 가량의 남자 아이가 뛰어나오더니 라모의 말을 인수받아 마구간으로 데려갔다.

라모가 식당 안으로 들어가자 그곳에서는 음유 가인 한 명이 노래를 부르고 있었고 10여 명의 사람들이 식사를 하고 있었다.

들어라, 사랑의 노래를.
길고 긴 세월을 오직 하나의 목소리로 속삭이네.
때로는 높고 때로는 낮으며
언제나 간절하게
하나의 사람을 기다리며 애타한다네.
흐르는 구름은 창공을 가로지르고 내리는 비 그쳤지만
님을 부르는 간절한 노래는 멈추질 않네.

꿈같이 사라진 그대여!
아름다운 그대여!
이 맘의 괴로움 남기고 간 그대여!
불타는 내 마음 어찌하리.
사랑의 불에 훨훨 타는 내 가슴,

달콤한 추억은 끝없이 이어지고
황홀한 기쁨은 아직 내 심중에 남았는데
가버린 그대여,
언제 또다시 내게로 오려나.

그대여 들으라, 사랑의 노래를.
잠에서 깨어난 종달새는 이내 지저귀고
그리운 기억 다시 아로새기니
그대여, 내게로 오라.
꿈꾸는 나라로.
언약의 세계로.
그리하여 축복의 발코니에서
그대와의 사랑을 기대하는
카르넬리아의 노래를 들어라.

라모는 자리를 찾아 앉으며 노래를 듣다가 깜짝 놀랐다. 목소리가 너무나도 감미로웠던 탓도 있었지만 음유 가인의 모습이 바로 석조여인과 똑같았기 때문이다. 그리고 그녀가 노래하는 내용이 뭔가 굉장한 의미로 라모의 마음을 두들겼다. 알 수 없는 인연의 끈이 닿아 있다는 느낌이었다. 더군다나 음유 가인은 분명 노래 말미에 카르넬리아라는 이름을 거론했다. 심지어 카르넬리아라는 여인으로 짐작되는 음유 가인은 라모를 정시하고 있었다. 미소를 지은 다분히 정감 어린 표정이었다.

라모는 도저히 참을 수가 없었다. 벌떡 일어나 음유 가인에게 다가갔다. 그러나 가까이 다가간 라모는 또다시 크게 실망했다. 석조여인과 비슷하기는 했으나 자세히 보니 확연히 다른 점이 나타났던 것이다. 석조여인보다는 눈도 작고 코도 낮았다.

'이거 내가 귀신에 홀렸나? 오늘 왜 이러지?

라모가 갑작스런 혼란에 머뭇거리자 미소를 짓고 있던 음유 가인이 먼저 말을 건넸다.

"도련님께서 제게로 오신 건 무슨 할 말이 있어선가요?"

여인의 질문에 라모는 궁금한 점을 묻지 않을 수 없었다.

"노래 중에 카르넬리아라는 이름이 나오던데… 그 여인이 누구입니까? 실재하는 여인입니까?"

음유 가인은 라모의 말에 다시 담담한 미소를 지었다.

"물론 실재하는 인물이지요. 그리고 위대한 여인이라고 들었어요. 하지만 저도 다른 사람으로부터 그냥 노래만 전수받아 이 이상은 알지 못해요."

라모는 몇 마디 질문을 더 던져 보고서야 정말로 음유 가인이 카르넬리아라는 여인을 모른다는 걸 알고는 사례를 한 후 다시 제자리로 돌아와 식사를 주문했다. 식사를 하는 동안 음유 가인은 또 다른 노래를 불렀는데 다시 바라보니 석조여인과는 역시 생김새가 확연히 달랐다.

라모는 생사현관이 타통된 고수였다. 눈썰미는 보통의 인간과 비교할 수가 없다. 그런데 벌써 오늘 착각하기를 몇 번이나 했는가? 이는 사소하게 넘겨버릴 수 없는 심각한 문제였다. 전생의 사마조라면 벌써 여인의 주리를 틀어 궁금한 점을 뿌리 끝까지 해소하려 했을 테지만 라모는 그럴 수 없었다. 사마조와는 환경이나 신분이 다른 것이다. 호의적인 미소를 짓고 있는 여인에게 해코지를 할 수는 없었다.

다음날 아침 라모가 여관을 나설 때였다. 어제 말을 마구간으로 데려갔던 아이가 다시 말을 끌고 와 넘겨주면서 편지 한 통을 덤으로 넘겼다.

"어제 밤늦게 음유 가인이 떠나면서 이 편지를 남겼어요. 아침에 일어나면 나으리께 전해 드리라고 하던데요."

편지지에는 단 한 줄이 적혀 있었다.

뱅가드 숲 서쪽에 소드 마스터가 살고 있어요.

편지 내용을 보자 라모의 심정은 복잡해질 대로 복잡해졌다. 한낱 음유 가인이 어찌 소드 마스터의 행방을 알고 있단 말인가? 또, 편지를 건넨 걸로 보아 음유 가인은 라모의 정체를 알고 있었다는 얘기였다. 그렇다면 그녀는 보상금을 받을 수도 있었는데 왜 밤을 세워 떠나 버린 것일까? 의문이 뭉게구름처럼 일어났다. 그토록 찾아 헤매던 소드 마스터를 이토록 손쉽게 찾을 수 있다니……. 반갑기도 했지만 한편으로는 누군가의 손바닥 위에서 놀아나는 것 같아 기분이 편치 않았다.

라모는 10일이나 걸려 뱅가드 숲 서쪽 방면에 도착할 수 있었다. 라모는 소드 마스터를 만나볼 욕심에 말을 인가에 맡기고 바로 뱅가드 숲으로 걸어 들어갔다. 그리고는 서쪽 숲을 샅샅이 뒤지기 시작했다. 짐작하기에 이곳은 라모가 수련하던 장소와는 많이 떨어진 곳이었다. 자신은 뱅가드 숲 중앙에서 수련을 하였지만 이곳은 그곳으로부터 약 200킬로미터는 떨어진 서쪽 외곽에 불과했다. 그만큼 뱅가드 숲은 광활했다.

하루가 가고 이틀이 가도 소드 마스터의 종적은 찾을 수 없었다. 숲은 점점 더 깊어만 가는데 어디서도 흔적을 발견하지 못했다. 그런데 3일째 되는 날 라모는 간신히 곳곳에 검을 수련한 흔적이 남은 공터 하나를 발견할 수 있었다. 라모는 뛸 듯이 기뻐 주변을 샅샅이 뒤졌다. 그러나 근방에서 소드 마스터의 주거지를 발견할 수 없었다. 할 수 없이 라모는 공터에 주저앉아 명상에 들어갔다. 기다리다 보면 언젠간 나타나겠지. 그런 느긋한 마음을 먹기로 작정을 했다.

그렇게 또 일주일이 속절없이 흘러갔다. 배 고프면 사냥을 해 허기를 채우고 잠은 명상으로 대신했다.

그날에도 라모는 큰 나무 아래의 그늘을 찾아 가부좌를 틀고 앉아 운기 겸 명상을 하고 있었다. 그런데 잠시 후 무언가가 다가오는 느낌을 받고 라모는 운기를 멈췄다. 자신의 반경 백 미터 안이라면 풀잎 밟는 소리라도 다 들을 수 있는 뛰어난 청력을 지닌 라모였다. 그런데 아무런 소리도 들리지 않았다. 다만 공기의 파동이 움직이는 물체에 부딪쳐 반향돼 점점 커져 오는 걸 느꼈을 뿐이다. 잠시 후 수풀 사이로 한 사내가 걸어나왔다. 여전히 수풀이 걸리거나 밟히는 소리는 전혀 들리지 않았다.

"엇?"

사내는 뒤늦게 나무 아래에 앉아 있는 라모를 발견한 모양이다. 두 사람은 서로를 바라보았다. 나타난 사내는 20대 중반의 갈색 머리의 미남형 인물이었는데, 어딘가 모르게 절제와 위엄이 흘렀다. 그의 허리에는 바스타드 소드와 시미터의 중간 형태를 한 검을 차고 있었는데, 그 굳건하며 날렵한 모양만 봐도 그 주인이 얼마나 뛰어난 검술의 소유자인가를 단적으로 알 수 있었다.

"드래곤인가?"

그가 나직이 물었다. 라모를 바라보는 두 눈에 경계심과 굴할 수 없다는 검사의 의지가 번뜩였다.

"왜 그렇게 생각하는 거지?"

라모는 짐짓 모르겠다는 듯 반문했다.

"이곳은 몬스터의 천국이다. 숲 외곽에서부터 3일은 걸어와야 도착하는 이곳에 경장 갑옷도 아닌 평상복을 입고 태연하게 앉아 있는 사람이 과연 인간이랄 수 있는가? 그리고 이곳으로 오는 동안 나는 당신의 기척을 전혀 알아채지 못했다. 당신의 초탈한 기세는 결코 인간의 것이 아니다."

라모는 자신의 옷차림을 슬쩍 되돌아보았다. 하긴 이런 복장으로 뱅가드 숲으로 들어온다면 누군들 의심하지 않겠는가. 하지만 일원심공을 극성으로 익힌 라모에겐 갑옷이란 오히려 거추장스러울 뿐이다.

라모는 일이 재미있어진다고 생각했다. 상대는 자신이 찾던 소드 마스터가 분명할 것이다. 그러니 한번 대련을 하는 것도 나쁘지 않아 보였다.

"그렇다면 어쩔 텐가?"

라모가 약간의 기세를 흘리는 순간 검사의 신광이 무시무시하게 짙어졌다.

"나의 꿈은 드래곤 슬레이어다. 각오하라!"

검사가 순식간에 검을 뽑아 휘둘렀다. 반월형의 검강이 라모 쪽으로 쏟아져 왔다. 그러자 신법을 발휘한 라모의 신형이 순간적으로 사라졌다가 검사의 왼쪽 5미터가량 되는 곳에 나타났다. 검사가 다시 자세를 취하는데 라모가 손을 슬쩍 흔들었다. 막 다시 공격을 감행하려던 검사는 무언가가 놀라운 속도로 자신의 이마로 쏘아오자 혼비백산해 검강이 짓든 검을 휘둘러 쳐냈다.

쾅!

굉음이 터지며 그 반탄력에 검사가 서너 발자국 주춤주춤 밀려났다.

"과연 드래곤! 그건 무슨 수법이지?"

라모는 속으로 웃음이 터져 나왔지만 억지로 참았다. 사실 라모는 효과적인 암기, 이 세계에서는 블랙암이라 부르는 무기를 사용하기 위해 소매춤에 특수 제작된 바늘 쌈지를 붙여놓았던 것이다. 거기엔 약 2천 개의 바늘을 갈무리할 수가 있었다.

"이것 말인가?"

라모는 다시 한 번 슬쩍 손을 쳐들었다. 다시 암기 하나가 쏜살같이 검사의 미간을 향해 날았다. 이미 준비하고 있던 검사는 손쉽게 암기를 쳐냈다. 그러나 그것이 시작이었다.

처음에는 한 개가 날아오더니 다음에는 두 개, 그 다음에는 세 개, 네 개…… 암기의 수가 점점 늘어나더니 종내에는 스무 개가량의 암기가 한꺼번에 짓쳐왔다.

검사는 그의 빠른 발놀림과 검강으로 몇 개를 여유있게 피하고 쳐내다가 열 개가 넘어가자 검으로 벽을 만들 듯 눈부신 검무를 추기 시작했다. 검강이 줄기줄기 뿜어 나오며 엄밀한 방어를 이루니 빗방울 하나 들어갈 틈이 없어 보였다.

라모도 모처럼 신이 나서 정신없이 암기를 던졌다. 그러자 검사의 신형이 흔들리기 시작했다. 암기가 뚝 그치자 검사의 검무도 거짓말처럼 멈췄다.

"잠시 쉬었다 다시 하지."

호흡을 고르느라 미처 대답을 못하는 검사의 꼴이 볼 만했다. 단정

히 묶었던 머리카락은 온통 흐트러져 휘날렸고 이마에서는 땀이 줄줄
흘러내렸다. 라모는 이곳에도 저처럼 고강한 검사가 있다는 데 놀랐
다. 그리곤 저자야말로 기사단장감이라고 혼자 낙점하고 속으로 즐거
워했다. 그러나 정작 놀란 사람은 검사였다. 그제야 한숨을 돌린 검사
가 자신을 습격하다 조각난 은빛 물체들을 보고 신음성을 흘렸다.

"바늘이라니……. 세상에 드래곤이 바늘을 무기로 쓴다는 말은 들
어본 적이 없는데……."

검사는 조금 전의 상황을 되돌아보았다. 바늘 하나하나에는 상대의
진기가 주입돼 있어 자신이 펼치는 호신강기쯤은 너끈이 파괴할 기세
가 담겨 있었다. 그중에 하나라도 허용했다면 자신의 몸에 구멍이 났
을 테고, 이렇게 온전히 서 있지도 못했을 것이다.

지금 드래곤이 어째서 자신에게 여유를 주는지는 몰랐지만 기회를
노릴려면 충분히 쉬어둘 필요가 있었다. 검사는 호흡과 몸의 평형을
위해 선 상태 그대로 전심전력을 다해 운기하기 시작했다.

보고 있던 라모는 다시 한 번 깜짝 놀랐다. 지금 저 검사는 제대로
된 운기조식을 취하고 있었다. 설마 저 검사도 나처럼 중원으로부터
온 환생체인가? 호기심과 의문으로 라모는 눈을 크게 떴다. 천천히 차
한 잔을 다 마실 시간이 지나자 검사가 눈을 떴다.

"고맙소, 드래곤! 다시 시작합시다."

한번 혼이 난 검사는 바짝 긴장해 검을 들었다.

그러자 쉬고 있던 라모도 서서히 일어나 자신의 허리에 걸린 평범한
바스터드 소드를 빼 들었다. 보검임이 분명한 검사의 것에 비해 너무
나도 평범한 장검이었다.

'정말 특이한 드래곤이군. 검으로도 나를 충분히 상대할 수 있다는

말인가?

라모의 바스터드 소드에서 검강이 3미터 정도 쭉 뻗어 올랐다.

"헉! 저럴 수가……!"

검사가 놀랐다가 자신도 질 수 없다는 듯 검신에 진기를 주입했다. 검강이 쭉 솟아올랐으나 역시 라모에게는 손색이 있었다. 하지만 검사는 실망하지 않았다. 검강의 차이는 운용의 묘로 얼마든지 극복할 수 있었다. 누구의 검술이 더 빠르고 정확한가가 관건인 것이다.

그러한 사실은 라모가 더 잘 알고 있었다. 라모는 검으로 원을 그리며 차츰 검사에게로 접근해 가기 시작했다. 바로 중원의 구대문파 중의 하나인 무당의 '태극혜검' 을 응용한 검법이었다. 물론 사마조가 무당파 출신이 아닌 이상 그 깊은 오의야 알 수 없었지만 대강의 흉내는 가능했다. 아니, 일단 라모가 펼쳐 내자 그것은 흉내만 내는 정도가 아니었다. 생사현관이 타통된 고수가 새로운 검의 경지를 개척한 것이나 다름없었다. 라모는 자신이 창안한 검술을 그대로 태극혜검이라 이름 붙였다. 어차피 태극혜검을 모방했으니 이름까지 모방한 셈이다.

라모는 검강으로 검사를 겨누었다. 그러자 하나의 원이 그려지고 완성되며 검기가 파도처럼 검사에게 밀려갔다.

검사는 빠른 몸놀림으로 회피하며 반격을 노렸으나 도저히 틈을 찾을 수가 없었다. 그가 어쩌다 찔러 넣는 검은 라모가 그려내는 크고 작은 원에 여지없이 걸렸고 곧 반탄되어 튀어나왔다. 그리고 원으로 합일된 검기가 검사의 전신을 노리며 사방에서 몰려왔다. 검사는 아까와 마찬가지로 미친 듯이 검을 휘두르며 이리 뛰고 저리 뛰었다.

'허! 태극혜검으로 제압하지 못할 적수가 없다고 생각했는데…….'

검사는 비록 밀리고는 있으나 아직까지는 라모의 검기가 절대로 자신을 침범하지 못하게 굳건하게 지키고 있었다. 그렇게 어느 정도 시간이 흐르자 또다시 검사의 신형이 흔들렸다. 그러자 라모는 검을 거두고 빠르게 뒤로 물러났다.

"잠시 쉬었다 다시 하세."

땀을 줄줄 흘리던 검사는 말짱한 기색의 라모를 피곤한 눈으로 바라보더니 선 채로 눈을 감았다. 그의 얼굴이 몹시 침울하고 비통해 보였다. 운기조식을 하는가 했더니 그의 벌렁거리던 가슴이 진정되지 않고 점점 더 기복이 심해졌다. 라모는 그것이 바로 주화입마의 시초라는 걸 한눈에 알아보았다.

"갈!"

라모가 사자후를 외치자 검사의 눈이 퍼뜩 뜨여지며 조금씩 진정돼 갔다.

"호흡은 검사의 생명일세. 마음이 자신을 보지 않고 외부의 쓸데없는 자극에 휩쓸리면 스스로를 망칠 뿐이야."

라모의 충고에 검사는 지그시 라모를 바라보았다. 자신의 혈맥이 알 수 없는 힘에 의해 뒤틀리기 시작하면서 끝없는 나락에 빠질 뻔했으나, 라모의 적절한 사자후 한 방으로 위기를 벗어날 수 있었다.

"휴, 지상 최강의 생명체인 드래곤에게 덤비다니……. 나의 만용이 어리석었소. 드래곤이여, 이제 그만 그대의 오락을 끝내고 나의 생명을 거두어주시오."

검사는 검을 바닥에 떨구고 눈을 감았다. 이만한 경지에 오르기 위해 그동안 애써온 수련이 다 헛것이 되었다는 자괴감이 흘렀다. 라모는 검사가 자신을 완전히 드래곤으로 믿어버리는 기색이자 웃음을 금치 못하고 자신을 밝히려고 할 때였다.

짝짝짝.

박수 소리가 들리며 누군가가 이쪽으로 어슬렁거리며 다가왔다.

"이제 승부가 난 건가? 정말 모처럼 재미난 대결이었어. 너희들처럼 강한 인간들이 있을 줄이야……. 이봐, 승자여! 나하고 한번 붙어보자구."

어이없게도 묘령의 처녀였다. 붉게 타오르는 듯한 머리카락과 함께 흰 얼굴이 경국지색이었다. 그러나 형언키 어려운 기운이 그녀의 전신에 서려 있었다. 라모는 한눈에 그녀야말로 책에서 보고 소문으로만 듣던 드래곤임을 알 수 있었다. 그것도 광포하다는 레드 드래곤임을. 하지만 라모가 정말 놀란 점은 따로 있었다. 바로 석조여인을 만난 것이다. 드래곤은 완벽하게 석조여인과 닮아 있었다. 가까이 다가온 드래곤을 예의주시한 결과 과연 라모가 잘못 보지 않았음을 확인할 수 있었다.

라모가 너무나 자신의 얼굴을 뚫어질 듯 관찰하자 드래곤이 라모를 향해 웃었다.

"왜 나를 그렇게 뚫어질 듯 쳐다보는 거지? 내 미모에 반했나?"

라모는 그제야 정신을 차리고 검을 검집에 다시 꽂아 넣었다. 그리고 라모는 광한마제 사마조로서의 버릇을 버리지 못하고 강자에 대한 예의로 포권을 취하며 고개를 숙였다. 라모는 새삼 여인의 몸에 서린 강대한 기운을 깨달은 것이다.

"나는 하레스 영지의 소영주 라모 하레스요. 그대와의 비무는 오히려 내가 청하고 싶소이다, 위대한 드래곤이여!"

처녀의 얼굴에 이채가 흘렀다.

"특이한 인사법이군. 한데 드래곤인 줄 알면서도 내.가. 두.렵.지.

않.은.가?"

끔찍한 드래곤 피어가 두 남자에게로 밀려왔다. 무방비 상태로 서 있던 검사는 '헉' 하고 놀라며 몇 발짝 뒤로 물러났으나 곧 운기하며 잠잠해졌다. 반면 라모는 슬쩍 운기를 해 드래곤 피어의 기운을 흘려 버리고 오히려 투지에 불타올랐다. 자신의 계획된 대결은 아니었지만 피하고 싶은 생각은 들지 않았다.

처녀는 드래곤 피어를 흘렸음에도 불구하고 라모가 담담히 서 있을 뿐 아니라 오히려 더욱 기세를 올리자 고개를 끄덕였다.

"흠, 역시……. 나는 이 뱅가드 숲의 주인인 '카르넬리아'라고 해. 그냥 애칭으로 카릴이라고 부르면 더 좋고."

처녀가 눈을 찡긋하며 애교를 부리듯 말했다. 라모는 드래곤이 카르 넬리아라는 이름을 말하자 가슴이 두근거리기 시작했다. 과연 그녀는 석조여인이었다. 라모는 카르넬리아라는 드래곤이 자신을 이곳으로 불렀다는 걸 짐작했다.

"좋습니다, 카릴. 저의 대결 신청을 받아주시겠습니까?"

라모는 카릴이 비록 인간으로 폴리모프한 상태라는 걸 알면서도 이 처럼 아름다운 여인을 본 적이 없었고, 이곳으로 오기까지 그녀가 라모 를 배려한 점이 상기돼 크게 호감이 일어난 상태였다. 그래도 본질이 드래곤이라는 사실에 경각심을 늦추지 않고 있었는데, 이렇듯 여인 특 유의 애교를 부려대자 반쯤 전의가 사그라드는 걸 느꼈다.

"좋아, 라모 하레스. 너의 신청을 받아들이겠다. 우리 재미있게 놀 아 보자고. 홋호호호……."

카릴의 날카로운 웃음소리가 깔리는 가운데 두 사람은 똑바로 마주 보고 섰다. 카릴은 긴장한 기색은 전혀 찾아볼 수 없이 그저 흥미롭다는 표정으로 라모를 바라볼 뿐이었다.

"조심하시오!"

한소리 외치며 라모가 불쑥 주먹을 내질렀다. 상대와의 거리가 제법 먼 상태에서 빈 주먹을 내밀자 카릴의 얼굴에 의아한 빛이 떠올랐다.

쾅!

그러나 굉음이 터지며 카릴이 10여 미터는 뒤로 날아가 나뒹굴었다. 꽤 큰 충격을 받았던지 한참을 누워 있던 카릴이 고개를 절레절레 흔들며 일어났다. 기의 직격을 느끼고 순간적으로 실드를 치지 않았다면 자칫 머리가 박살날 뻔하지 않았는가?

"이건 뭐지?"

카릴이 라모를 바라보며 물었다. 생전 처음 보는 공격법이었다.

"백보신권이라 합니다."

"백보신권?"

라모가 웃음을 지으며 고개를 끄덕였다.

"허공을 격하고 기운을 담은 주먹을 날린 것이라고 이해하면 될 것입니다, 카릴."

카릴은 어느 정도 이해했다는 기색으로 손 위에 세 개의 파이어 볼을 불러일으켰다.

"특이한 공격법이군. 이제 정식으로 해볼까."

파이어 볼이 날아왔다. 드래곤치고는 평범한 공격이군. 생각하는 순간 파이어 볼이 라모의 시야에서 사라졌다가 코앞에서 불쑥 솟아올랐다. 기겁한 라모가 진기를 돋운 채 급히 뒤로 회피하는 동작을 취했다.

쾅— 콰광!

연속되는 폭발이 일어났다. 회피하려는 순간 라모의 뒤통수에서 파이어 볼 하나가 덮쳤고 연이어 앞의 두 개가 직격해 폭발한 것이다. 폭발하는 순간 더욱 진기를 끌어올렸으나 불길이 사그러들자 머리카락이 그슬리고 의복이 불타 낭패스런 차림이 되었다.

"이건 무엇이오, 카릴?"

카릴이 손으로 입을 가리고 웃었다.

"호호호홋, 허공을 격한 불꽃이라고나 할까?"

"이런! 파이어 볼을 순간 이동시킨 것이군."

과연 드래곤만이 할 수 있는 묘기였다. 그런데 젠장, 저렇게 웃으니 진짜 인간처럼 매력적이 아닌가. 라모는 그녀의 미태에 홀리지 않도록 마음을 다잡았다.

"좋아. 이제 나도 방심하지 않겠소."

라모가 튀어오르며 카릴을 겨냥하고 삼 권을 연달아 쳐냈다.

머리와 어깨, 배를 노렸다. 그러나 카릴은 이미 그 자리에 없었다. 백보신권에 맞은 땅이 움푹 패였고 뒤에 있던 커다란 바위 하나가 '쾅' 소리와 함께 터져 나갔다. 곧 이어 파이어볼 십 여 개가 동시에 라모를 향해 날아왔다. 라모 또한 상상하지 못할 빠른 신법을 발휘해 피했다. 카릴이 이것 봐라 하는 표정이더니 다시 파이어 볼을 집어 던진 후 라모가 다시 신법을 발휘하자 예상 지역으로 수없이 많은 파이어 볼을 난사하기 시작했다.

깜짝 놀란 라모가 초상비와 전생에 주로 썼던 환영보를 섞어 피하며 이번에는 손가락을 들어 카릴을 가리켰다. 카릴은 그것 또한 의아했지만 지금까지의 결과로 보아 아마 다른 특이한 공격법이라 예상하고 바로 순간 이동을 펼쳤다. 그러자 카릴이 서 있던 뒤편의 나무에 손가락만한 구멍이 뻥 뚫리는 것이 아닌가. 그리고 그것으로 끝난 것이 아니었다. 이번에는 라모가 사방을 향해 십지를 펼쳐 휘두르기 시작했다. 카릴로서는 혼비백산할 지경이었다. 라모의 공격에 실드까지 뻥 뚫리며 쏘아져 들어왔고, 드래곤만이 가진 빛의 방패를 몰래 소환해서야 막을 수 있었다.

한순간 주변이 초토화돼 버렸다. 수목은 불타고 바위는 박살이 나버렸다. 지면 여기저기는 구멍이 숭숭 뚫려 있고, 서로의 옷차림이 흐트러졌다. 관전하던 검사도 멀찌감치 떨어진 자리로 이동해 이 두 번 다시 보기 힘든 대결을 눈을 크게 떠 바라보고 있었다. 잠시 소강 상태가 이루어졌다.

"점점 재미있어지는데……. 라모, 그 손가락 끝에서 나오는 건 뭐지?"

카릴이 호기심 가득한 초롱초롱한 눈망울을 반짝인다. 작고 매력적인 입술을 꽃잎처럼 움직여 묻는 카릴을 보며 라모는 쓴웃음을 지었다.

"탄지신통이라고 합니다. 마나의 기운을 손가락 끝에 모아 내쏘는 기술이지요."

카릴이 흥미로운 표정을 지었다.

"배우고 싶은 기술이군. 자, 준비 운동을 했으니 이제 본격적으로 놀아볼까?"

카릴이 손에서 불을 뿜어내기 시작했다. 그런데 어이없게도 마치 떡가래같이 하염없이 뽑아져 나오는 것이었다. 그리고 소멸되지도 않은 채 긴 뱀처럼 한 겹 두 겹 똬리를 틀면서 꿈틀거렸다. 마침내 라모도 바스터드 소드를 뽑아 검강을 형성시켰다. 카릴이 손을 흔들자 불꽃뱀이 사방 10미터를 한꺼번에 점하며 공격해 왔다.

라모는 태극혜검을 펼쳐 크고 작은 원을 그리기 시작했다. 이윽고 완성된 원이 벼락같이 쏘아져 나가 공격해 오던 불꽃의 뱀을 쓸어갔다. 그러나 불꽃 뱀은 소멸되지 않는 불사조처럼 잠시 스러졌다 다시 맹렬하게 솟아나 공격해 왔다. 비록 흉내에 불과했지만 라모가 만든 태극혜검은 과연 뛰어난 위력을 발휘했다. 사방에서 밀려오는 공포스런 불꽃도, 또 그것이 뿜어내는 열기조차 검강이 뻗어 나가는 3미터 안으로는 접근을 불허했다.

카릴로서는 답답했고, 지켜보던 검사는 검술의 신기원을 보고 감격해했다. 밀고 밀리는 싸움이 계속됐으나 누구도 지친 기색 하나 없이 팽팽히 맞섰다. 라모는 오른손으로 계속 태극혜검을 전개하면서 바늘을 던질 기회를 노렸다. 카릴은 라모의 검을 주시하면서 더욱 불꽃의 강도를 높이는 와중에 라모가 왼손을 슬쩍 드는 걸 보고 깜짝 놀랐다. 그리곤 순간 이동을 펼쳤고 마나가 끊어진 불꽃의 뱀이 허공을 한번 유영하더니 사라져 버렸다.

만약 앞서서 검사와의 대결을 훔쳐보지 않았다면 라모가 저렇듯 슬쩍 손을 올리는 의미를 알지 못했을 것이다. 그랬다면 자신의 이마에 구멍이 났을지도 모른다고 생각하며 속으로 안도의 한숨을 내쉬었다.

이번에는 라모가 검강을 앞세워 쳐들어왔다. 무엇이든 뚫을 수 있고 자를 수 있는 검강이 카릴의 전신을 노리고 베어갔다. 라모는 카릴이 당연히 순간 이동이나 회피 동작을 취할 줄 알았다.

그러나 카릴은 피하는 대신 방패 모양의 빛나는 물체를 들어 라모를 후려쳤다. 라모의 검강은 그 빛의 방패에 걸리자 더 이상은 나아가지 못했고 오히려 하얀 빛줄기가 예기가 되어 쏘아오자 질겁하여 뒤로 물러섰다. 라모는 몇 발자국 물러나 빛의 방패를 예리하게 관찰해 보았다.

빛의 방패는 드래곤들이 인간으로 폴리모프했을 때 유용하게 사용하는 마법 아이템이었다. 탄지신통도 백보신권도 몇 번 내질러 봤지만 가벼운 충돌음과 함께 종적을 잃어버렸다. 카릴은 마치 빛의 성곽 안에 있는 형상이었다. 대신 카릴도 그 방패를 들고 있는 이상 공격이 안 되는지 저절로 공방이 끊어지고 말았다.

"이런, 이러면 승부가 안 나나?"

카릴도 그 사실을 알아차리고 손을 흔들자 빛의 방패가 어디론가 사라져 버렸다.

"자, 내가 다시 공격할 테니 잘 막아보라구."

카릴이 순간적으로 라모의 눈앞에 나타나 양손을 휘둘렀다. 한데 카릴의 손은 분명히 빈손이었는데 라모의 몸 가까이 접근하는 순간 불타는 두 개의 대검이 들려 있는 것이 아닌가. 라모는 소스라치게 놀라 백보신권으로 한쪽의 검을 쳐내 날려 버리고 또 한쪽은 자신의 바스타드 소드로 막았다. 두 사람이 너무 가깝게 붙어 있는 상태라 손가락을 들어 상대를 겨눌 틈도 없어진 라모는 한줄기 탄지신통을 카릴의 발등을 향해 쏘며 무릎을 들어 '퍽' 소리가 나도록 배를 걷어찼다.

"악!"

비명성이 터지며 카릴이 라모의 목을 양손으로 얼싸 안았다.

"라모, 너무 아파."

라모는 눈앞이 아찔해졌다. 이제 카릴이 양손에 힘을 줘 자신의 목을 비틀어 버리면 끝장이 나는 것이었다.

"어때, 라모! 방심했지?"

목을 끌어안은 카릴이 라모의 귀에 영롱한 목소리로 소곤댔다. 라모는 카릴의 드래곤답지 않은 애교스런 행동에 온몸의 맥이 쭉 빠지는 기분이 되었다. 아마 조금 전 저 검사도 이처럼 허탈한 기분이었겠지?

"방금 전 그건 뭐였지요?"

라모가 묻자 '흐응' 하며 라모의 귀에 카릴이 콧김을 불어넣었다. 갑자기 전신이 짜릿해진다.

"그건 화염쌍검이야. 공간에 숨겨져 있던 걸 공격 순간에 소환한 거지. 아마 그걸 알고 있었다면 아직도 승부가 나지 않았겠지? 오호호호!"

싸움 상대가 드래곤이란 걸 깜박한 라모의 실수였다. 그래서 약간 억울한 감이 들어 재대결을 요청할 순간이었다.

"아, 아파. 아이고, 배하고 발이 아파 죽겠어."

카릴이 포옹을 풀며 땅에 주저앉아 엄살을 떨었다.

"드래곤이 엄살을 떠는 거요? 나는 치료 마법을 모르니 스스로 치료하도록 하시오."

라모가 엄숙히 말했으나 카릴에게는 통하지 않았다.

"나도 치료 마법 몰라. 라모가 이렇게 해놓았으니 라모가 책임져."

드래곤이 치료 마법을 모른다니……. 기사가 검을 쓸 줄 모른다는 말과 진배없다. 그러나 라모는 카릴의 아름다운 모습이 인간 여자를 훨씬 능가하는 데에 유혹을 떨치기 어려웠다.

그녀의 발등은 탄지신통에 관통돼 피투성이가 되어 있었다. 그야말로 상처 입은 한 떨기 꽃이 아닌가.

"좋소, 내가 치료해 주겠소."

라모가 주저앉은 그녀에게 등을 돌려댔다. '헤' 하고 웃은 그녀는 냉큼 라모의 목에 팔을 두르고 업혔다. 카릴의 풍만한 가슴이 자신의 등을 눌러오자 라모는 가슴이 설레었다. 정신으로는 그녀가 위험한 드

래곤임을 연신 상기시키고 있으나 라모의 육체가 그녀의 아름다움에
먼저 취해 버렸다. 라모가 카릴을 업고 일어나 검사를 바라보았다. 검
사는 라모 쪽으로 걸어오며 알쏭달쏭한 눈길을 했다.

"당신은 드래곤이 아니오?"

라모가 피식 웃었다.

"보시다시피. 나는 하레스 영지의 소영주 라모 하레스일세."

검사가 라모의 등에 업힌 카릴을 경계하는 눈으로 노려보았다. 드래
곤을 경계하는 눈초리다.

"나는 야스퍼 핸슨이라 하오."

라모가 대답하기에 앞서 카릴이 낚아채듯 말을 받았다. 그녀는 라모
의 뺨을 쓰다듬던 손을 흔들며 빙긋 웃는다.

"안녕, 야스퍼! 만나서 반가워."

라모와 야스퍼의 신형이 순간적으로 비틀거렸다. 이미 정체가 드러
났는데 이렇게 귀여운 짓이라니……. 야스퍼의 얼굴이 어이없다는 표
정으로 바뀌었다.

"이봐, 야스퍼. 언제 몸의 골격이 바뀌었나? 나이가… 지금 한 70세
쯤 되었나?"

라모의 질문에 야스퍼가 흠칫했다.

"몸의 골격이 바뀐 줄 어떻게 알았소? 그리고 내 나이는 99살이오.
내년이면 꼭 100살을 채우지요. 몸의 골격이 바뀐 지는 한 10년가량
된 듯싶소."

라모가 고개를 끄덕였다.

"음, 조금 늦었군. 용하게 환골탈태를 했어. 나도 이미 경험한 일이
니 잘 알지. 내 나이가… 보자, 이제 한 130살쯤 됐나? 자네보다는 형

님이지? 어때, 자네와 할 말이 많을 것 같은데 같이 가지 않겠나?"

라모의 키는 자신과 비슷했으나 얼굴은 이제 막 소년의 티를 벗고 있었다. 직접 능력을 보지 못했다면 도저히 믿지 못할 모습이었다. 그 신묘한 주먹질이며 손가락의 묘기, 그리고 신의 경지에 이른 검술과 암기술 등 어느 것 하나 자신의 선배로서 부족한 점이 없어 보였다. 이제 자신이 직접 가르침을 청해볼 요량이었는데 라모 스스로 동행을 요청하니 야스퍼로서는 뛸 듯이 기뻤다.

"감사합니다, 선배님! 말씀만 하십시오. 어디든 동행하겠습니다."

기쁜 표정이 역력한 야스퍼의 얼굴을 보며 라모 또한 걸출한 기사단장을 구한 기쁨에 젖었다.

"좋아. 그런데 선배라니…… 좀 듣기가 껄끄럽군. 그냥 형이라고 부르게."

즉시 야스퍼가 고개를 주억거렸다.

"알겠습니다, 형님!"

곧 이어 라모는 품속에 소장한 스크롤을 꺼내 들었다. 항상 소지하고 다니던 비상용 마법 아이템이었다. 라모는 야스퍼를 가까이 불러 다가오게 한 후 스크롤을 찢었다.

한편 등에 업혀 있던 카릴이 슬며시 미소를 지었다.

'후후, 이번 유희는 몹시 기대되는군. 정말 재미있겠어. 이 녀석도 귀엽고.'

카릴이 기대감으로 라모의 목을 두른 팔에 살짝 힘을 주는 사이 마법진에서 흰 빛이 솟아오르며 세 사람은 하레스 성으로 공간 이동을 시작했다.

수석 마법사 블레이드는 마법진 안에서 라모 외에도 두 사람이 더

나오자 저으기 놀랐다. 여지껏 라모가 이곳으로 외인을 데려온 적이 한 번도 없었기 때문이다. 마법사의 탑은 하레스 영지의 비밀스런 전력으로 외부에 공개된다면 의외의 변란이 염려된다.

"음……. 하레스 성에 오려면 이곳으로 텔레포트하면 되는 건가?"

그러면서 좌표를 중얼거린다.

순식간에 좌표까지 알아내는 붉은 머리의 미녀를 보며 블레이드는 인상을 쓰지 않을 수 없었다.

"소영주, 이곳에 어찌 외인을……."

잔소리를 하려던 블레이드의 말은 라모의 외치는 듯한 목소리에 막혀 버렸다.

"블레이드 경, 이 상처 좀 봐주세요."

그러면서 등에 업은 카릴을 내려놓고 팔을 부축한 채 블레이드에게 상처난 발을 내밀게 했다. 상처의 크기와 출혈 정도로 보아 관통상임을 알아본 블레이드는 낮게 주문을 외었다.

"신성한 우주의 법칙을 따라…… 힐링."

그러자 푸른 빛이 일어나 발등에 뚫린 상처를 감쌌고 점차 구멍이 메워졌다.

이어 포션을 바르자 언제 그랬냐는 듯 상처는 말끔해졌다. 블레이드가 고개를 갸웃거렸다.

"그새 내 치유 마법력이 높아진 건가?"

카릴의 발등은 조금의 흔적도 없이 새하얀 살결이 반들거렸던 것이다.

"자, 이제 됐군요. 그럼 소개하겠습니다. 이쪽은 우리 하레스 성의 수석 마법사이신 블레이드 하퍼 경이고, 이쪽은 하레스 성의 새로운 기사단장인 야스퍼 핸슨, 그리고 이 아름다우신 레이디는 내 약혼녀 카르넬리아 양이라오."

세 사람이 저마다 경악했다.

"예… 에?"

"아니, 형님!"

"지금 뭐라고 했어?"

라모가 씩 웃었다.

"야스퍼 기사단장은 말한 그대로이고 카릴은 농담이었어. 사실은 블레이드 경의 마법력을 높이려고 저 뱅가드 숲에서부터 특별히 초빙해 온 드래곤이야."

"으악!"

"어이쿠! 라~모."

블레이드의 비명성과 카릴의 어이없다는 고성이 마법사의 탑을 벗어나 하레스 성을 들썩였다.

잠시 후 성의 접대실로 자리를 옮긴 네 사람은 시녀가 가져다 주는 음료수를 받아 한 잔씩 마신 후 주위를 물리고 결계를 쳤다.

"…이렇게 해서 광한마제 사마조는 죽고 차원 이동되어 이곳에서 태어나게 된 것이죠."

라모는 세 사람에게 다짜고짜 자신의 전생과 환생을 이야기했다. 부모 형제에게도 밝히지 않은 신상 내력을 이들에게 가감없이 풀어놓았다. 이들은 앞으로 라모의 좌우 날개가 되어야 하며 평생의 동료로서 함께 가야 할 운명이기 때문이었다.

블레이드는 원래 라모의 진면목이 그것이었구나 하고 감탄하는 얼굴이었고, 야스퍼는 무언가 불만스런 표정이었으며, 카릴은 담담한 기색이다.

"아니, 그럼 이제 겨우 15살이란 말이오?"

야스퍼가 볼멘소리를 뱉었다.

"야스퍼, 내가 조금 전에도 말했지? 몸은 단지 그릇이요, 진실로 중요한 것은 영혼이라고. 너, 돌대가리냐? 그 회색 빛 공간을 지나오며 10년이 흘렀는지 100년이 흘렀는지 나도 모른다. 어쩌면 야스퍼, 네놈은 내 손자뻘인지도……. 그런데도 딴소리야?"

라모의 호통에 찔끔하는 기색이었지만 이런 문제는 확실히 오금을 박아놓는 것이 좋았다.

"좋아. 증거를 보여주지. 야.스.퍼. 일.어.나.라."

야스퍼는 엉거주춤 일어났다.

"소.파. 옆.으.로. 나.와. 물.구.나.무.를. 서.라."

야스퍼가 물구나무를 섰다.

"이.번.에.는. 엉.덩.이.로. 너.의. 이.름.을. 써.라."

야스퍼가 엉덩이로 자신의 이름을 쓰기 시작하자 카릴과 블레이드는 이건 또 무슨 도깨비 장난인가 하며 흥미로운 눈으로 바라보았다.

"이제 그만!"

야스퍼가 엉덩이로 글쓰기를 마치자 라모가 약간의 진기를 담아 야스퍼의 금제를 풀었다. 야스퍼가 벌게진 얼굴로 다시 소파에 앉았다.

"그래, 기분이 어떠냐?"

라모가 낄낄거리며 물었다.

"정말 더러운 기분이오. 근데 도대체 어떻게 한 거요? 의식은 멀쩡한데 내가 마치 꼭두각시 인형이 된 느낌이오."

야스퍼가 모욕감에 얼굴을 붉혔다.

"그것이 내가 중원에 있을 때 익혔던 섭혼술이다. 상대의 의지를 제압해 시전자의 요구대로 움직이게 만드는 것이지. 물론 네가 나보다 공력이 우세하다면 전혀 소용이 없지만. 그래, 아직도 내가 15살인 게 불만이냐?"

야스퍼가 두 손을 번쩍 쳐들었다.

"항복이오, 항복! 내 다시는 형님에게 불복하지 않겠소."

카릴의 눈동자가 흥분으로 반짝반짝 빛났다.

"히야, 섭혼술이라… 드래곤 피어는 다만 겁만 줄 뿐이지 이처럼 우수한 성능은 없는데……. 시전자의 요구대로 움직이게 하는 방법이라니……. 라모, 이거 나한테 꼭 좀 가르쳐 줘. 응?"

붉은 머리를 휘날리며 꽃잎 같은 입술을 앞세워 카릴이 허리를 숙여 앞으로 다가오자 라모는 그만 덥석 안아버리고 싶은 충동에 잠겼다.

"좋습니다, 카릴! 가르쳐 드리죠. 대신 조건이 있습니다. 블레이드 경을 9써클의 마도사로 만들어줘요. 그러면 섭혼술 외에 특정한 영혼을 마음대로 불러낼 수 있는 제혼술도 덤으로 가르쳐 드리죠."

라모의 요구에 블레이드가 가슴을 움켜쥐었다. 9써클의 마도사라니……. 전 대륙에 오직 한 사람, 마법사 길드의 길드장인 헤스타 트로이얀이 유일한 9써클의 대마도사였다. 그런데 지금 자신에게 궁극의 마법사가 될 길이 열린 것이다. 심장마비에 걸릴 정도의 충격과 희열이 몰려왔다.

카릴이 그런 블레이드를 한심한 눈으로 바라보았다.

"이 멍청한 녀석이 내 방식에 잘 따라올까 몰라? 하긴 뭐, 안 되면 되게 하는 방법이 있지. 좋아, 라모. 그럼 약속했어?"

그러면서 손가락을 걸고 도장까지 찍게 한다. 라모는 갑자기 궁금해졌다. 이 드래곤은 도대체 어떻게 배웠길래 남자의 마음을 이다지도 흔드는 것일까? 또 그 방법을 이토록 완벽하게 터득할 수 있었을까. 불가사의할 정도다.

"감사합니다, 소영주! 그리고 잘 부탁드립니다, 위대한 드래곤이시여!"

블레이드가 벌떡 자리에서 일어나 허리를 반으로 접었다.

"이봐, 이봐! 너 언제까지 날 드래곤이라고 부를 거야? 앞으로는 스승님이라고 깍듯이 부를 것. 알았나?"

카릴의 추궁에 블레이드가 다시 허리를 반으로 접었다.

"영광입니다, 스승님!"

입이 찢어질 듯해져서 소파에 앉으려던 블레이드에게 라모는 뱅가드 숲 어귀에 남겨두고 온 말을 회수해 오도록 지시를 내린 후 내내 의문을 가졌던 질문을 카릴에게 던졌다.

"카릴, 당신이 나를 뱅가드 숲으로 부른 건 이미 이전부터 날 알고 있었다는 얘긴데… 어떻게 된 건지 설명해 주겠어요?"

라모의 질문에 카릴이 입을 가리고 웃으며 대답을 회피했다.

"글쎄, 내가 불렀을지도 모르고 라모 스스로 찾아왔는지도 모르지. 라모가 얼마나 빨리 해답을 찾아내는지 두고 보겠어."

카릴은 재미있다는 듯 크게 소리쳐 웃기 시작했다.

라모의 지시로 마법사의 통신 전언이 보내진 지 한 시간도 되지 않아 열 명의 천인장이 하레스 성내의 연무장으로 모여들었다. 젊고 패기에 찬 천인장들이 재기발랄한 기운을 흘리며 라모와 그 뒤에 선 야스퍼와 카릴을 바라보았다. 천인장들이 다 모인 것을 확인한 라모가 야스퍼를 앞쪽으로 나서게 했다.

"너희들에게 새로운 기사단장을 소개하겠다. 이름은 야스퍼 핸슨. 나이는… 그냥 알아서 추측해라. 앞으로 새로운 기사단장을 중심으로 호른 제일의 기사단으로 거듭나기를 바란다."

라모의 선언이 끝나자 천인장들이 웅성거렸다. 기껏해야 20대 중반으로 보이는 야스퍼인지라 도대체 인정하고 싶지 않았던 것이다. 중간에 있던 앰버 천인장이 앞으로 나섰다.

"소영주님, 무슨 이유로 저자를 선임하셨는지는 모르지만 단장은 1만의 군세를 이끄는 막중한 자리입니다. 저런 풋내기가 과연 감당할 수 있을지 의심스럽습니다. 차라리 스턴 천인장이 그 실력이나 경험으로 보아 더 적임이라고 봅니다."

야스퍼와 비슷한 20대 중반의 펠트로 천인장이 역시 앞으로 나섰다.

"앰버 천인장의 말이 맞습니다. 우리의 기사단장은 좀 더 검술이나 경륜이 뛰어난 인물이 맡아야 합니다."

카릴이 옆에서 킥킥대며 웃었다. 라모는 카릴에게 눈총을 한번 주고 야스퍼에게 말을 건넸다.

"영주관에서 현재 상황을 설명했으니 자네도 들어서 알겠지만 전임 라칸 기사단장을 직위 해제시키는 과정에서 전력의 누수가 많이 생겼네. 이들은 그 과정의 공로자들이라 할 수 있지. 전부 귀족들이라 그런지 지닌 실력보다는 자존심들이 무척 센 편이네. 자네가 잘 좀 가르쳐 봐."

한마디로 실력도 없는 놈들이 까분다고 평가절하하는 라모였다. 천인장들의 얼굴이 일그러졌다. 사실 이들은 몰락 귀족이거나 다른 귀족 가문의 상속권이 없는 유명무실한 귀족들인 것이다. 그래서 기사로 이름을 세워 자수성가하려는 마음이 절실했고 그만큼 투지는 다 강하다고 보아야 했다. 라칸 건으로 그들은 비로소 자신만의 입지를 세웠다고 볼 수가 있었다. 선배 기사들이 다행히 라칸의 심복이 되어 전횡을 저지르는 바람에 라모의 설득과 맞물려 젊은이로서의 의기를 내세워 천인장에 이른 것이다.

벼락출세이기는 하지만 그들은 요즘 자리에 걸맞는 실력을 키우기 위해 침식을 잊고 모두 노력하는 중이었다. 그런데 이런 모욕적인 말이라니…… 소영주라도 용서할 수 없는 기분이 들었다.

"큭큭큭, 아니, 형님! 이런 애송이들을 데리고 나보고 병정놀이라도 하라는 겁니까. 하, 전부 아직 핏덩이도 가시지 않은 놈들뿐이군."

라모보다는 훨씬 나이 들어 보이는 야스퍼가 라모에게 형님이라고 부르는 의아함을 풀기 전에, 천인장들은 먼저 야스퍼의 천지무색의 언변에 하나같이 분노했다. 천인장들이 모두 이빨을 드러냈고 그중에 일부는 반쯤 검을 빼며 앞으로 나왔다. 그러나 야스퍼는 태연자약했다.

"할 수 없군. 이미 수락한 기사단장 직이니……. 그럼 이놈들을 어떻게 단련을 시킨다? 너, 앞으로 나와서 그 검으로 덤벼봐. 날 이기면 기사단장 자리는 바로 너의 것이다."

야스퍼가 팔짱을 낀 채 분노를 이기지 못해 완전히 검을 빼 든 펠트로 천인장을 가리켰다. 펠트로는 분노를 못 이겨 앞으로 나서긴 했으나 자신의 성급함을 자책하며 라모를 쳐다보았다. 라모는 펠트로가 자신에게 밉보일 것을 저어한다는 걸 알고 입을 열었다.

"좋아. 누구든지 야스퍼를 이기는 사람이 오늘부터 우리 하레스의 기사단장이다. 내가 약속하마."

펠트로와 다른 천인장들의 얼굴에 희색이 만연해졌다. 그렇다면 얘기가 달라지는 것이다.

"좋소, 내가 먼저 도전하겠소. 검을 빼시오!"

펠트로가 의기양양한 목소리로 외쳤으나 야스퍼는 팔짱을 풀지 않았다.

"흐흥, 너 정도는 검을 뺄 필요도 없어."

펠트로의 얼굴이 붉게 타올랐다.

"좋다. 죽더라도 날 원망하지 마라!"

펠트로가 자세를 잡자말자 검을 쳐들고 일도양단의 기세로 내려쳤다. 야스퍼가 공중으로 떠올라 내려쳐지는 검의 옆면을 오른발로 걷어차며 왼발로는 펠트로의 복부를 내질렀다.

픽!

"크악!"

발길질 한 방에 펠트로가 5미터는 날아가 널브러져 기절해 버렸다. 야스퍼는 여전히 무슨 일이 있었냐는 듯 팔짱도 풀지 않은 채 담담히 서 있었다.

"도대체 검술의 기본도 모르는 놈이군. 방어는 생각조차 않는다는 건가?"

천인장들의 눈이 화등잔만해졌다. 펠트로의 무위에 비교해 별 차이가 없는 천인장들은 자신들의 눈을 믿을 수가 없었다. 펠트로가 저토록 쉽게 무너지다니……. 천인장들은 그제야 야스퍼의 실력이 보통이 아니라는 걸 눈치 챘다.

"이거, 한 놈씩은 재미가 없군. 너! 너! 두 사람 나와봐. 너희들은 공격을 하면서도 방어를 염두에 두도록. 한번에 무너지면 나중에 각오해라."

지적받은 서쪽 영지의 천인장인 귀네스와 북쪽 영지의 천인장인 마린이 침착한 얼굴로 걸어나왔다. 그리고 검을 빼 들고는 바로 달려들지 않고 신중히 겨눴다. 여전히 팔짱을 풀지 않은 채 야스퍼가 그들을 노려보았다.

"좋아, 조금 태도가 나아졌군. 자, 덤벼라."

두 사람이 조급증을 버리고 검을 앞세워 조금씩 조금씩 야스퍼에게로 다가갔다. 그리고 야스퍼가 팔짱을 풀려는 찰나 동시에 쳐들어갔다. 귀네스가 검을 눕혀 야스퍼의 오른쪽 허리를 양단해 들어갔고 마린은 어깨를 노리고 찔러갔다.

야스퍼의 신형이 다시 튀어오르며 자신의 허리를 노리던 검을 밟으며 귀네스의 턱을 걷어찼다. 귀네스는 자신의 검이 눌리는 순간 뒤로 물러서려다 야스퍼의 발길질이 자신의 턱으로 날아오자 뒤로 그대로 누워버렸다.

쉬잉—

간발의 차이로 턱을 스쳐 지나간 발이 거의 누워서 땅으로 떨어지는 귀네스의 가슴을 밟으며 허공을 빙그르르 돌아 뒤꿈치가 허공을 찌른 마린의 뒤통수로 날아갔다. 마린 또한 뒤통수로 살기가 뻗쳐 오자 최대한 고개를 숙였으나 이번에는 등 한가운데에 둔중한 통증을 느끼며 나동그라졌다.

순식간에 두 사람이 나동그라지자 남은 천인장들은 입을 쩍 벌렸다.

"세상에! 공중을 날았어!"

다행히 두 사람은 기절까지는 가지 않았는지 먼지에 더럽혀진 몸을 일으켰다.

"이거 정말 시시해서 못하겠군. 너희들은 빠지고 나머지 전부 앞으로 나서라."

귀네스와 마린이 빠지고 나머지 일곱 명의 천인장들이 앞으로 나섰다.

"자, 덤벼봐."

그러나 그들은 앞서 다른 천인장들이 당하는 모습을 본지라 쉽사리 달려들지 못하고 신중에 신중을 기하고만 있었다. 그 모습이 답답했던지 이번에는 야스퍼가 신형을 날려 달려들었다. 천인장들은 눈을 크게 뜨며 일제히 검을 내질렀다. 그러나 검이 닿을락 말락 한 지점에서 몸을 딱 정지시켰던 야스퍼가 다시 검을 회수하는 천인장들 사이로 재차 뛰어들었다.

"컥!"

"윽!"

순식간에 여섯 명의 대열이 무너지며 발길질 한 번, 주먹 한 방에 족족 나가떨어지기 시작했다. 연이어 야스퍼가 마지막 남은 두 명을 향해 달려들었다. 그러나 이자들은 조금 달랐다.

다른 천인장들의 속도만을 생각하고 달려들던 야스퍼는 그들의 두 배는 됨 직한 속도로 가슴을 찍어오는 검과 허리를 잘라오는 검에 질겁해 피할 시기를 놓치곤 왼팔에 검강을 일으켰다. 가슴을 노리는 검은 검강으로 잘라 버리고 허리를 갈라오는 검은 무릎으로 퉁겨 버렸다. 그와 동시에 남은 한쪽 팔과 발이 상대에게 날아갔다. 방어와 공격이 한순간에 이루어졌다. 그러나 두 사람은 어렵게나마 신형을 비틀어 야스퍼의 공격을 피했다. 야스퍼는 더 이상 공격하지 않고 몸을 세웠다.

"너희들은 누구냐?"

라모가 대신 대답했다.

"한 사람은 바로 선임 천인장인 스턴일세. 앞으로 자네의 부관 겸 부단장이지. 그리고 또 한 사람은 하레스 성의 경비대장인 렌토일세. 장차 레드스톰 기사단의 선봉장이지."

스턴은 음울한 눈으로 자신의 반쯤 잘려진 애검을 바라보았다. 설마 검강을 일으키는 고수라니……. 자신과는 비교할 수도 없는 강자였다. 렌토 또한 구부러진 자신의 검을 놀라운 눈으로 바라고 있었다.

"스턴 천인장! 그리고 렌토 천인장! 자네들은 내가 특별히 검으로 시험해 보겠네. 그렇게들 서 있지 말고 검을 바꿔오게."

스턴과 렌토는 자신들의 잘려지고 구부러진 검을 던져 버리고 한쪽의 무기 진열대에서 바스터드 소드를 하나 골라왔다.

두 사람은 잠시 눈빛을 교환한 후 동시에 야스퍼에게 달려들었다. 10년이 넘게 익혀온 검에 필승의 투지를 담아 빠르고 간결한 검격을 선보였다. 렌토는 라모로부터 전수받은 광한마공을 바탕으로 지칠 줄 모르고 달려들었다. 야스퍼는 두 사람의 검을 재빠른 눈으로 구분해 내며 하나하나 쳐냈다. 주의 깊게 두 사람의 자세와 검술을 관찰하는 데도 여유가 넘쳤다.

그때쯤에는 쓰러졌던 다른 천인장들도 다 일어나 마지막 남은 천인장의 자존심인 스턴과 렌토의 분투를 지켜보았다. 특히 그들은 힘이 넘치다 못해 코뿔소처럼 돌진하는 렌토의 검술에 모두 혀를 내둘렀다. 스턴이야 모두 인정한 바이지만 렌토의 활약은 다른 천인장들에게 부럽기 그지없는 모습이었다. 그들의 눈에는 검이 언제 위를 공격하고 아래를 찔렀는지 분간하기 힘들 만큼 검광이 어지럽게 번뜩일 뿐으로 보였다.

챙! 채챙! 챙!

검 부딪치는 소리와 어지럽게 밟아가는 보법, 그에 따라 일어나는 먼지가 세 사람 간의 치열한 접전을 보여준다. 5분여를 그렇게 관찰 겸 대련을 하던 야스퍼가 뒤로 훌쩍 물러났다. 스턴과 렌토도 검을 멈추고 가쁜 호흡을 이기지 못해 허리를 구부리고 헉헉거렸다. 야스퍼는 고요한 시선으로 두 사람을 바라보다 입을 열었다.

"그런대로 기본은 잡혔군. 서너 해만 정진하면 소드 마스터도 가능하겠어. 두 사람은 누구에게 검술을 사사받았나?"

호흡을 고르던 스턴과 렌토의 귀가 번쩍 뜨였다. 소드 마스터라니…… 그게 가능하기나 한가? 그러나 스턴과 렌토는 이 측량키 어려운 고수에게 어느새 존경심이 생기는 걸 느꼈다. 그래서 공손히 대답했다.

"전대의 황궁 근위대장이셨던 챠벨라인 경께 검술을 전수받았습니다."

"저는 소영주께 가르침을 받았습니다."

야스퍼가 설명을 요구하는 눈길을 던지자 라모는 어깨를 으슥거려 자신도 모른다는 시늉을 했다.

"스턴은 모르겠고, 렌토는 내가 조금 가르쳤네."

스턴은 자신의 신상에 대해 너무도 중요한 사항인지라 머뭇거리면서도 질문을 하지 않을 수 없었다.

"그런데 저… 제가 정말 소드 마스터가 될 가망이 있습니까?"

야스퍼 대신 라모가 '흐흐흐' 웃으며 대답했다.

"야스퍼 기사단장이 바로 소드 마스터일세. 그것도 그냥 소드 마스터가 아니라 상급… 아니지, 최상급의 소드 마스터야. 물론 그랜드 소드 마스터가 되려면 좀 더 배워야 할 부분이 있지만 그래도 그게 어딘가? 자네들은 복받은 줄 알아. 야스퍼가 맘먹으면, 또 자네의 자질이 괜찮다면 자네를 소드 마스터의 반열에 올려놓는 일은 손바닥 뒤집 듯 쉬운 일이지."

천인장들이 놀란 눈으로 야스퍼를 바라보았다. 이 기사단장의 눈에 들기만 한다면 자신들의 미래는 보장된 것이나 다름이 없었다.

천인장들의 존경심 어린 눈동자들이 야스퍼에게 몰렸다. 그러나 야스퍼는 라모의 말 가운데 자신이 상급의 소드 마스터는 되어도 아직 그랜드 소드 마스터는 아니라는 지적이 걸렸다. 나의 어떤 점이 부족해 아직 그랜드 소드 마스터에 이르지 못했다는 것일까. 당장 물어보고 싶었지만 보는 눈들이 많아 잠시 미루기로 했다.

"자, 아직도 불복하는 사람이 있나? 없으면 당장 기사단장에게 복명하게."

라모의 지시에 스턴이 먼저 야스퍼의 앞에 서고 나머지 천인장들이 그 뒤에 일렬로 정렬했다.

"선임 천인장 스턴 외 아홉 명의 천인장들은 기사단장님의 영입을 진심으로 환영합니다! 기사단장님께 충심으로 복명하겠습니다!"

스턴의 말을 받아 나머지 천인장들도 외쳤다.

"충심으로 복명하겠습니다!"

이렇게 신고식이 끝나자 라모는 이틀 후 오전 10시, 성의 남쪽 하레스 평야에서 기사단장 취임식을 가지기로 하고 그 시간, 그 장소에 하레스 영지의 치안대를 뺀 병력 1만 명 전부를 집합시키라고 지시했다. 그리곤 해산하라고 명령하려는 찰나 카릴이 사뿐사뿐 걸어나왔다.

"어머, 라모. 난 왜 소개시켜 주지 않는 거야? 안녕? 난 카릴이라고 해. 라모의 약혼녀야. 종종 놀러 올 테니 잘 부탁해."

살랑살랑 흔드는 카릴의 섬섬옥수를 보며 천인장들의 눈이 다시 휘둥그레졌고, 야스퍼와 라모는 머리를 저었다. 정말 드래곤이라 부르기 민망한 카릴이었다.

잠시 후 다시 성내 영주관으로 돌아온 일행은 라모가 배정한 방으로 들어가 휴식을 취하기로 했다. 하레스 성의 영주관은 총 4층으로 이루어졌는데, 1층은 로비와 식당, 시종들의 거처와 연회를 위한 큰 홀로 구성돼 있다. 2층은 영주 부부의 침실과 접대실, 도서관 등이 있고, 3층은 라모를 비롯한 동생들의 침실과 놀이 공간이었고, 4층은 손님들을 위한 거처 공간이었다.

라모는 카릴과 야스퍼를 자신의 침실 바로 옆에 있는 두 개의 방으로 배정했다. 그들은 라모에게 백년손님이요, 가족이 될 터였다. 야스퍼는 생전 처음 갖게 되는 자신의 화려한 방을 보자 '하, 이거 잠이나 제대로 올까 몰라' 라며 감탄했다. 반면 카릴은 담담했으나 자신이 반드시 라모의 옆방을 써야 한다고 강력히 주장했다.

"그런데 형님, 아까부터 궁금한 점이 있었는데……. 제가 상급의 소드 마스터는 되어도 그랜드 소드 마스터는 안 된다고 한 말 말입니다. 뭐가 부족한 거죠? 아니, 제발 좀 가르쳐 주세요. 어찌해야 제가 그랜드 소드 마스터가 될 수 있습니까?"

각자 자신의 방에서 휴식을 취하던 중 야스퍼가 찾아와 자신의 궁금한 점을 물었다. 야스퍼는 겸손한 양 물었지만 속으로는 조금 곤혹스러운 모양이다. 이 대륙에서 자신만한 경지에 오른 자를 듣지 못했다. 역사를 뒤져 봐도 무슨 신의 능력을 이어받은 용사 이야기 외에는 자신과 견줄 검술의 대가를 발견하지 못했던 것이다.

라모는 야스퍼의 심정을 이해하고 침대 옆에 앉은 그의 어깨를 가볍게 두드렸다.

"야스퍼, 사실 난 이곳에서 자네를 만난 후 무척 놀랐어. 그리고 운기조식을 할 줄 아는 점엔 더욱 놀랐지. 그런데 그것이 전래되는 것이 아닌 한 의사의 영감과 연구를 검술 수련에 접목했다는 자네 말을 듣고 감탄을 금치 못했네."

야스퍼가 접대실에서 라모에게 들려준 그의 성장 과정은 이랬다.

호른 제국의 기사를 아버지로 변방의 작은 도시에서 태어난 야스퍼는 청년 시절부터 검술에 뛰어난 재질을 보였는데 어느 순간부터 성장 속도가 너무나 지지부진해지기 시작했다는 것이다. 그래서 어찌하면 이 난제를 해결할 수 있을까 고민하던 중 아는 사람의 소개로 특이한 의사의 이야기를 듣고 방문했다고 한다.

이 의사는 평생 의술을 배우고 익힌 성실한 자였고, 인술을 펼치는 사이 수많은 사람들을 접했다. 특히 내상을 입은 자들의 완치 속도가 서로 다른 점에 주목했다. 즉, 검술을 익힌 검사와 일반인들의 완치 속도가 달랐다. 다른 의사들은 그거야 검사가 일반인들보다는 몸이 건강하니 당연한 것 아니냐 하는 반응이었지만 이 의사는 생각이 달랐다.

검사들의 완치 속도가 비정상적으로 빨라 보였고 그것에는 반드시 이유가 있으리라 추측한 것이다. 그리고 종종 검사들이 심한 내상에도 불구하고 누워 있지 않고 앉아 있는 경우를 목격했는데 이유를 물으니 그저 이렇게 앉아 있는 경우 더 편하다는 대답을 들었다. 그래서 이 부분에 더 자세한 관찰과 연구를 거듭하던 중 그것이 마나의 흐름과 연관이 있다는 것을 발견했던 것이다. 검사들은 오랜 수련으로 알게 모르게 자신의 몸에 조금씩 축적된 마나가 있었고 그것을 무의식 중에 자신의 편한 방식으로 흘러가게 한다는 걸 알았다.

그렇다면 이 마나의 흐름을 반강제적으로 몸에 받아들이고 길을 찾아 온몸을 돌게 한다면 어떨까? 의사는 이런 연구 결과를 주변 동료 의사들과 자신이 아는 검사들에게 말하고 수련을 권하는 한편 자신의 몸으로 그것을 실현해 보고자 노력했다. 그러나 마나의 길이 어디에 있으며 어찌 받아들여야 할 줄을 모르는 의사로서는 도무지 성과를 얻을 수 없었고, 그다지 신빙성이 없다고 생각한 검사들도 몇 번 시도를 해보고는 별 소용이 없다고 증언했다.

"인간의 몸에는 마나가 흐르는 길이 있다."

의사를 방문해 처음 이 말을 들은 야스퍼는 전율하는 자신의 정신과 육체를 느꼈다. 의사로서도 아무도 귀담아듣지 않는 자신의 연구 결과를 성심성의로 듣는 야스퍼가 너무도 고마워 그간 그가 겪었던 사소한 마나 운용의 성과를 약간의 과장을 섞어 미주알고주알 전해주었다.

야스퍼는 그 후 세상을 등졌다. 부모 형제를 모두 버리고 허리에 달랑 검 한 자루를 찬 채 뱅가드 숲으로 들어간 것이었다. 이후는 좌절과 환희의 쌍곡선이 야스퍼의 일평생을 사로잡았다. 원래는 어느 정도 성과가 나타나면 다시 세상에 나와 입신양명할 작정이었으나, 느리지만 꾸준히 나타나는 조금씩의 축기에 점점 더 세상을 잊어갔다. 그 과정에 단전을 발견했고 어렵사리 전신 혈도를 찾아 운기가 가능한 수준이 되었다.

그러나 그때는 이미 너무나 나이가 들어버렸고 세상은 자신을 완전히 잊어 있었다. 이에 실망한 야스퍼는 아예 이렇게 살다가 죽겠노라 결심하곤 계속 뱅가드 숲에서 수련을 계속했고, 어느 날 임독양맥이 타동 되며 환골탈태를 경험했던 것이다.

"예상했던 바이지만 자네의 운기 경로는 그 혈도의 방향이 두어 군데 비틀어져 있어. 세상에! 대맥이 아닌 세맥을 이토록 크고 강하게 키워놓다니……."

라모가 야스퍼의 맥문을 잡고 기운을 흘려 운기 경로의 혈도를 점검해 보고 실소를 금치 못했으며, 아울러 야스퍼의 초인적인 노력과 집념에 진심으로 감탄했다. 즉, 잘 나가던 운기 경로가 두어 군데서 삼천포로 빠졌다가 다시 대맥에 합류돼 있는 것이다. 이는 거세게 흐르는 물이 도랑으로 빠졌다가 다시 강물로 돌아가는 격이다.

"이렇게 운기를 하고도 주화입마를 당하지 않고 살아 있으니 정말 천운이군, 천운이야."

라모가 혀를 차자 야스퍼가 머리를 긁었다.

"저야 뭐, 남는 게 시간이니……. 조금 무리다 싶으면 쉬고 그러다 다시 시도하고 하다 보니 어느 날 무리없이 흘러간다 싶어 됐다고 생각했지요."

라모가 정색을 하고 야스퍼를 바라보았다.

"자네와 내가 뱅가드 숲의 대련을 하면서 격렬한 전투가 끝난 뒤에 호흡이 거칠어지고 진기가 끊어지는 걸 느꼈을 거야. 그것이 바로 자네가 아직 그랜드 소드 마스터가 되지 못했다는 증거일세. 앞으로 자네는 진기 경로의 잘못된 길을 바로잡고 생사현관을 뚫어야 하네. 그래야 진정한 그랜드 소드 마스터가 될 거야."

야스퍼가 생전 처음 듣는 말에 고개를 갸웃거렸다.

"생사현관이오? 그건 뭡니까?"

"임독양맥과 함께 생사현관이 타통돼야 진기가 끊어지지 않네. 내가 있던 중원에서는 3일 밤낮을 싸웠다거나 일 주야를 격돌했다는 강자의 전설이 종종 회자된다네. 바로 이들이 생사현관의 타통으로 반인반신의 경지에 접어들었기 때문이지."

야스퍼의 눈이 휘둥그레졌다.

"아니, 그런 사람들이 있었습니까? 그럼 형님도……?"

라모가 고개를 끄덕였다.

"그래, 나도 생사현관을 뚫었지. 생사현관은 인간의 머리 안에 위치한 혈도로써 기운만 축적된다고 타통될 수는 없어. 내가 가르쳐 준 방식으로 꾸준히 운기를 하면서 인간과 자연과 우주를 아우르는 큰 깨달음이 필요하네. 자네 끈기와 집념이라면 불가능한 일은 아냐. 자, 내가 인도해 줄 테니 자네의 운기 경로를 바로잡자구. 그게 우선이야."

라모는 야스퍼에게 가부좌를 틀게 한 후 명문혈에 장심을 가져다 댔다.

"이제부터 자네는 조금도 힘을 쓰지 말고 나의 진기가 흐르는 방향을 기억하게. 입을 열지도 말고 신음 소리도 안 돼."

라모가 진기를 주입하여 야스퍼의 혈도로 흘러가게 했다. 그리고 오랫동안 사용치 않아 막혀 있는 대맥의 일부를 뚫기 시작했다.

야스퍼는 그 충격과 아픔에 식은땀을 흘리며 괴로워했지만 라모의 당부대로 억지로 신음 소리를 삼켰다. 그리고 근 반 시진 만에야 구부러진 세맥이 아닌 정상적인 대맥에 아주 작고 미세한 길을 만들 수 있었다. 그제야 라모는 야스퍼의 명문혈에서 손을 떼고 잠시 운기조식한 후 일어났다. 야스퍼 또한 그제야 눈을 떴다.

"바로 기억했겠지? 앞으로는 그 경로를 통해 계속 운기를 하면 될 거야. 아마 두어 달이면 되겠지."

야스퍼가 감사한 마음으로 고개를 숙였다.

"감사합니다, 형님. 고마움의 표시로 제 월급은 매달 100골드만 받도록 하지요."

라모의 안색이 변했다.

"무슨 소리야? 자네 월급은 50골드야. 천인장들의 월급이 금화 10골드에 불과해. 그것도 호른 제국에서는 후한 편이지. 그들과 너무 차이가 나는 것도 위화감이 생겨 안 좋아."

1골드면 100실버이고, 1실버는 동화로 100쿠퍼이다. 1실버는 밀이 한 가마니였다. 괜찮은 집 한 채 값이 25골드에 불과하니 야스퍼에게 주는 50골드는 결코 작은 액수가 아니었다.

"아니, 형님! 제가 겨우 그 정도밖에 안 된단 말입니까? 그놈들 열 명이 다 덤벼도 저한테 상대가 안 됩니다. 100골드도 적게 부른 것인데……. 하레스 영지가 알부자란 소리는 저도 들었다구요."

억울하다는 야스퍼였지만 라모가 고개를 저었다.

"안 돼, 50골드야. 자네가 그랜드 소드 마스터에 오르면 100골드로 올려주지."

야스퍼가 투덜거리며 나가는 모습을 노려보며 라모는 머리를 흔들었다. 이거야 도둑맞은 물건 찾아주고 뺨 맞은 격이다. 하지만 '저놈, 저거 넉살도 좋네' 하며 결국 라모는 미소를 짓지 않을 수 없었다.

이후 조용한 저녁 시간이 지나고 잠자리에 들 무렵 이번에는 카릴이 라모의 침실로 찾아왔다.

"라모, 자는 거야? 할 말이 있어."

순백의 드레스를 입은 카릴은 너무나 아름다웠다. 불타는 듯한 붉은 머리카락과 눈동자가 라모가 주시한다. 라모는 모처럼 만난 호젓한 기회가 오히려 반가웠다.

"카릴! 어서 들어오세요. 그렇지 않아도 묻고 싶은 말이 있었는데……."

라모의 말에 카릴이 빙그레 웃었다. 그러면서 카릴은 침대로 다가와 앉으며 라모의 손을 잡았다.

"뭘 물어보고 싶은지 알 만해. 그대여, 들으라. 카르넬리아의 노래를……. 이것과 연관이 있겠지?"

꽃잎 두 장이 나풀거리는 듯한 붉은 입술을 보자 라모는 도저히 참을 수가 없었다. 라모는 어느새 질문을 던져야 한다는 걸 잊고 카릴의 팔을 잡아당겨 덥석 안고 말았다. 그리고는 길고 긴 키스를 퍼부었다. 한참 후 카릴이 헐떡거리며 간신히 입을 열었다.

"라모, 난 이런 인간이 너무 좋아. 이 긴밀한 거래 관계, 이 미칠 듯한 열정, 이 오묘하고도 친밀한 감정……. 드래곤으로서는 결코 알 수 없는 감정들이야."

라모가 키스 중에 '푸하하' 하고 웃었다. 정말 카릴은 웃음을 참을 수 없게 만드는 드래곤이었다. 하지만 인간 여자의 교태와 사랑의 묘미를 이토록 정확하게 파악한 카릴에게 또 한 번 감탄했다. 카릴이 혹시 바람둥이는 아닐까 의심될 정도였다.

"웃지 마! 그리고 내가 아무 남자에게나 이런다고는 생각하지 마. 난 라모가 좋아. 그리고 궁금한 점이 있더라도 지금은 묻지 마. 때가 되면 내가 다 말해 줄게."

라모의 걱정과 의문을 카릴은 또다시 정확히 짚어냈다. 라모는 다시 키스를 시작하며 고개를 약간 들어 품속의 카릴을 내려다보았다. 그녀의 반쯤 감은 눈동자 속에서 무언가가 소용돌이치고 있다.

"카릴, 당신은 사랑스러운 여자야. 너무 사랑스러워."

이렇게 꿈같은 하루가 지나고 있었다. 두 사람의 낯뜨거운 애정 행각 덕분에 야스퍼는 다음날부터 곤욕을 치르며 라모를 원망하게 되었다.

"도대체 이틀 전 밤에 무슨 일이 있었던 거요? 제발 좀 그만 하구려, 형님! 낯뜨거워서 볼 수가 없네. 오늘 내 기사단장 취임식이 있는 날이라는 건 알고 있소? 이거 영 불안하네. 취임식 날 아침부터 이런 요사스런 꼴을 다 보고……."

취임식날 아침, 접대실 소파에는 라모와 카릴이 나란히 앉아 포옹을 한 채 뜨거운 키스를 나누고 있었다. 어제 하루 종일 그렇게 붙어다니는 꼴로 머리가 복잡해졌는데, 지금 또 아침부터 열정을 불태우고 있으니 야스퍼로서는 돌아버릴 지경이었다.

"어린 놈은 빠져."

카릴이 잠시 키스 삼매경에서 빠져나와 일침을 가하고 다시 붙어버린다. 야스퍼는 '허허' 하고 허탈한 웃음을 흘릴 뿐이었다.

"내 살다살다…… 내 나이가 이제 99살이오. 어린 놈이라니?"

라모와 카릴이 동시에 한마디씩 한다.

"무예만 익히던 총각 주제에 이런 기분을 알기나 하냐?"

"너, 지금 내 앞에서 나이 자랑 하냐? 내 나이가 이미 5천 살은 넘었다."

라모의 눈이 동그래지자 카릴은 인간 남자의 속성을 잘 아는지라 손으로 황급히 입을 가렸다. 라모가 그런 카릴을 보고는 다시 손목을 잡아당겨 포옹했다.

"괜찮아, 카릴. 난 완숙한 여자가 좋아."

카릴이 행복한 표정으로 속삭였다.

"고마워, 라모."

그런 둘의 작태를 보던 야스퍼는 한숨을 쉬더니 버럭 고함을 질렀다.

"빨리 일어나요! 이러다 늦겠어요!"

두 사람은 투덜거리며 간신히 포옹을 풀었다.

"너, 자꾸만 그러면 취임식에 가서도 그대로 연출해 버릴 거다?"

라모가 위협을 하자 야스퍼는 취임식에서 들러붙어 키스를 하고 있는 둘과 그들을 바라보며 침을 흘리는 병사들을 상상해 보고는 입을 다물어 버렸다.

야스퍼 핸슨의 기사단장 취임식은 10시 정각 하레스 평원에서 거행됐다.

아버지 파울 영주가 행사를 주관했다. 아버지 파울 영주는 야스퍼의 기상이 넘치는 모습에 흡족해했고, 그가 소드 마스터라는 것을 알고 너무도 기뻐했다.

하레스 평원에 5천의 기병과 5천의 보병이 정렬해 있으니 마치 전쟁을 앞둔 듯한 긴장감마저 돌았다.

이런저런 식순을 거쳐 아버지 파울 영주가 무릎을 꿇은 야스퍼 핸슨의 어깨 위에 검을 올려놓고 기사단장으로 임명하는 서약을 받자 분위기는 절정에 달했다.

"나, 하레스 성의 영주 파울 하레스가 그대에게 묻노라. 그대 야스퍼 핸슨은 하레스의 기사단장으로서 호른 제국과 하레스 영지를 위해 그대의 육신과 영혼을 다 바쳐 충성을 맹세하는가?"

야스퍼가 지체없이 대답했다.

"예, 호른 제국과 하레스 영지의 평화와 안녕을 위해 충성을 다하겠습니다."

파울 영주가 야스퍼 핸슨이 하레스의 기사단장이 되었음을 선포하자 병사들이 일제히 검과 창을 빼 들고 하늘을 찌르며 함성을 외쳤다.

"야스퍼 기사단장 만세!"

"하레스에 영광을! 영주님께 충성을!"

취임식이 끝나자 야스퍼 기사단장을 필두로 하레스 영지를 관통하며 열병이 시작됐다. 먼저 5천의 보병이 보무도 당당하게 행진을 시작하고 그 뒤를 5천의 기병이 따랐다.

오랜만에 보는 모처럼의 구경거리인 군대 행진을 보기 위해 하레스 영지의 모든 영주민들이 뛰쳐나왔다.

야스퍼 핸슨은 과연 기사단장으로 손색이 없었다. 뒤로 아홉 명의 천인장을 거느리고 말을 몰아 시민들 사이로 병력을 인솔하는 야스퍼의 모습은 위풍당당 그 자체였다. 20대 중반의 잘생긴 외모에 빛나는 은색 갑옷을 차려입고 눈에서는 신광을 번뜩이며 지나가는 야스퍼를 보며 영주민들 모두가 감탄했다. 더군다나 그가 소드 마스터라는 소문이 영지에 쫙 퍼져 시민들은 야스퍼의 기사단장 취임을 축하하고 하레스 영지의 번영을 축원했다.

저녁에는 야스퍼의 기사단장 취임식을 위한 축하 연회가 열렸다. 네 개의 관청을 관장하는 남작과 그들의 가족, 하레스 영지의 주요 귀족들과 명망가들이 초청됐고, 기사단에서도 백인장 이상이 전원 참석해 만찬을 즐기며 취임식 뒤풀이를 했다. 일반 병사들을 위해 따로 병영에 그들만의 잔치를 배려했음은 물론이다.

"야스퍼 단장님, 올해 몇 살이세요?"

"어머, 소드 마스터시라니 정말 대단하세요."

"언제 병영에 가면 안내 좀 해주시겠어요?"

수많은 귀족 영애들이 야스퍼 주변에 진을 치고 질문을 퍼부어대 그를 곤혹스럽게 했다.

‘지옥영주’ 라 소문난 라모에게도 몇몇의 처녀가 접근을 시도했지만 카릴이 옆에 붙어 불타는 눈과 함께 약간의 드래곤 피어를 흘리자 모두 도망가 버리고 말았다.

잠시 후 악사가 음악을 연주하기 시작하자 쌍쌍이 나와서 춤을 추기 시작했다. 하지만 라모도 야스퍼도 전혀 춤을 배우지 못해 곤혹스러운 시간이 되고 말았다. 춤에 관심을 가지지 않을 라모는 평소 춤 선생을 들이지도 않았고 흔한 연회에 참석조차 않았다. 그동안은 그저 운동의 삶과 다름없었다. 그러니 춤과는 담을 쌓고 살았다.

“아니, 여지껏 춤도 배우지 않고 뭐 한 거야?”

억지로 끌려 나간 라모가 카릴의 발등을 몇 번 밟자 카릴이 곱게 눈을 흘겼다. 야스퍼 또한 여러 번의 신청을 정중히 사양하고 음식이 있는 곳에서 라모와 조우했다.

“춤을 배우긴 했지만 벌써 한⋯ 80년 됐나? 그러니 다 까먹었지요. 앞으로 다시 배워야겠어요. 형님, 같이 배웁시다.”

라모가 카릴의 손을 잡으며 거절했다.

“됐네, 이 사람아. 난 개인 선생이 따로 있어. 자네, 돈은 벌어서 뭐 하나. 이런 때 써야지. 내가 소개시켜 줘?”

야스퍼에게는 이미 1,000골드의 돈이 있었다. 기사단장으로의 계약금 겸 축하금이었다. 처음 세상에 나왔으니 하고 싶은 일과 갖고 싶은 물건이 많을 것 같아 라모가 푸짐하게 돈을 푼 것이다.

그렇게 밤은 깊어갔고, 이날을 기점으로 야스퍼는 완전히 라모의 날개가 되었다.

다음날부터 야스퍼는 병영으로 출근하기 시작했고, 카릴은 마법사의 탑으로 가 블레이드를 가르쳤다. 라모 또한 야스퍼를 따라 병영으로 갔다.

레드스톰 기사단에는 전언대로 아홉 명의 천인장들이 모두 집합해 있었다. 라모는 이들에게 일원신공을 전수하기 시작했다. 이들의 사고 방식으로는 도저히 그 오의를 깨달을 수 없어 다만 운기 방법과 축기 요령을 가르쳤다. 처음에는 긴가 민가 하는 기색이었으나, 한 달쯤 흘러 내공이 쌓이고 진기를 운기할 수 있게 되자 하나같이 놀라워했다. 진기를 흘리면 팔다리에 힘이 붙고 몸이 가볍고 날래지자 매우 신기한 모양이었다.

라모는 이것은 레드스톰 기사단의 비기로 절대 남에게 알려주지 말 것을 당부했다. 또 하루 최소한 두 시간 이상씩 운공조식할 것과 욕심을 내어 무리하면 자칫 돌이킬 수 없는 내상을 입을 수도 있음을 엄중히 경고했다.

백인장들에게는 십팔반무예를 특성에 맞게 전수하고 병사들에게도 전파하게 했다. 그리고 야스퍼와 천인장들을 모아 이전의 전쟁사를 참고해 새로운 병진과 상황에 맞는 병력 운용을 연구했다. 이것에는 라모의 전생의 기억에 남아 있는 손자병법이 큰 도움이 됐다.

"병력 운용의 묘체는 상대의 허를 찌르는 것이다. 그러므로 할 수 있으나 할 수 없는 것처럼 하고, 쓰고 있지만 쓰지 않는 것처럼 한다. 가까워도 먼 것처럼 하고 멀어도 가까운 것처럼 하며, 이롭게 하여 이를 유인하고 혼란시켜 이를 취한다. 충실하면 이에 대비하고 강하면 이를 피하며 성나게 해서 이를 소란하게 만든다. 낮추어서 이를 교만하게 하고, 편안하면 수고롭게 만들며 친밀하면 이를 떼어버린다. 방비하지 않는 곳을 공격하고 뜻하지 않은 곳을 찌른다. 기사단장과 천인장은 이 말을 명심하고 항상 염두에 두기 바란다."

천인장들은 소영주가 힘만 센 줄 알았더니 병략에도 저토록 밝은지 몰랐다는 얼굴로 감탄했고, 야스퍼는 과연 형님이로구먼 하며 당연하다는 표정이었다. 라모는 매일이다시피 천인장들에게 손자병법을 강연하여 귀에 딱지가 앉을 정도로 강조하고 또 강조했다. 전쟁에서 이같은 원활한 작전을 펼치려면 병력의 완벽한 통제가 필수적이며 아울러 무력과 기동력이 그 생명이었다.

오전에는 무술 수련으로 무력을 키우고 오후에는 병영 밖으로 나와 하레스 평원까지 전속 전진, 후퇴, 우회를 반복하며 병사들을 몰아쳤다.

처음에는 너무나 혹독한 훈련에 병사들의 불평불만이 높았었다. 하지만 야스퍼는 천인장과 백인장들이 병력을 완전히 장악하지 못한 탓으로 돌리고 병사들이 보는 앞에서 양쪽 어깨에 머리통만한 돌을 들고 마보를 취하게 했다.

라모는 야스퍼가 한 가지 체벌로 두 가지 효과를 노리는 모습을 보고 그의 머리 쓰는 것도 보통이 아니라는 걸 느꼈다. 마보를 취하면 하체가 튼튼해지고 하체가 튼튼해지면 그만큼 어떤 상황에서도 중심을 잃지 않기에 중원에서 처음 무술을 배울 때 많이 취하는 훈련 방식이었다. 이 체벌로 또 한 가지의 효과는 지휘관들로서는 병력 장악의 필요성을 절감케 하고 병사들로서는 자기들로 인한 결과로 생각해 점차 훈련에 열중케 되는 것이다.

병사들의 불만도 몇 달이 흐르자 차츰 훈련에 적응이 되면서 누그러들었다. 대신 병력이 움직이는 가운데 예기가 흐르고 일사불란한 진퇴에 절도가 생겼다. 야스퍼의 지시로 깃발이 흔들리면 순식간에 목표물을 점령했고, 또 다른 깃발을 들면 면밀한 방어진이 생기며 신속히 후퇴했다. 기병과 보병의 조합이 효율적으로 조율되고, 뒤의 부대가 앞을 돕고 앞의 부대가 우회하여 적의 측면을 치는 기동력은 압권이었다.

성내에서의 생활도 평화로웠다. 하지만 어머니 헬렌은 카릴의 존재에 무척이나 신경을 썼다.

"어머니, 카릴은 9써클의 대마도사입니다. 제가 특별 초빙해 온 사람이니 잘 좀 대해주세요."

라모가 어머니를 이렇게 설득한 이유는 야스퍼는 잠만 성에 와서 자는 반면에 카릴은 가족들과 식사를 같이 하기 때문이었다. 어머니 외에 파울 영주는 그녀의 아름다운 얼굴과 사근사근한 성격에 크게 반겼고, 라도와 헬라는 예쁜 누나, 언니가 생겨서 좋아했다.

카릴은 밤바다 공간 이동으로 라모의 방으로 건너와 밀회를 즐겼다.

여자의 직감으로 어머니가 카릴을 꺼림칙해했듯 라모도 이즈음 카릴이 과연 자신에게 어떤 존재인가로 고민했다. 라모로서는 카릴이라는 드래곤이 마누라라도 상관없었다. 아니면 그냥 몸과 마음의 연인으로 비밀스런 사이라도 좋았다. 카릴이 원하는 대로 해줄 요량이었으나 카릴은 어떤 요구도 없었고 그냥 하루하루를 즐길 뿐이었다. 하긴 드래곤에게 이것은 유희일 뿐이니 라모가 오히려 과민반응을 하는지도 몰랐다. 그래서 라모도 이 문제만큼은 흘러가는 대로 카릴에게 전적으로 맡기기로 했다.

얼마 후 라모는 경비대장을 전격적으로 교체했다. 아무리 가능성이 적다지만 광한마공을 익힌 렌토가 살인의 충동으로 위험해질 수도 있었다. 라모는 가족을 위해 조금의 틈도 허용하고 싶지 않았다. 그래서 레드스톰 기사단의 기병 천인장이자 가장 나이가 많은 35살의 타푼을 경비대장으로 선임했다.

렌토는 바로 그 자리로 교체되어 레드스톰 기사단의 선봉장으로 임명됐다. 렌토는 광한마공의 수련이 깊어지면서부터 눈동자가 혈안으로 변해갔다. 그리고 그의 검에서는 붉은색의 검기가 솟아났고 대련 시 무척이나 거칠고 힘이 넘쳐 났다. 그런 렌토의 변화는 전쟁 시 선봉장으로서 적격이었다. 이미 말해 둔 바가 있으므로 그런 결정에 다행히 렌토도 별다른 불만이 없는 눈치였다.

이렇게 4년의 세월이 흘렀다. 라모의 나이도 스무 살이 되었다. 이젠 누가 봐도 라모는 당당한 사내대장부였다. 더군다나 라모는 턱수염과 구레나룻를 멋들어지게 길렀다. 그러자 마치 사자의 갈기처럼 라모의 형형한 눈과 어울려 매우 위엄스런 얼굴이 되었다.

하레스의 기사단은 이제 호른뿐만 아니라 대륙 전체에서도 견줄 곳이 없는 강군 중의 강군이 되었다. 한마디의 명령에 수족이 움직이듯 병진이 움직였고, 깃발이 흔들리면 물 흐르듯 원하는 지역으로 이동해 갔다.

그리고 이즈음 또 하나의 경사가 생겼다. 그간 뼈를 깎는 수련에 수련을 거듭해 오던 천인장 가운데 한 명이 초급이지만 소드 마스터가 탄생한 것이다. 바로 스턴 천인장이었다.

소드 마스터의 평가는 대충 이렇다. 사방에서 쏘아오는 화살을 하나도 놓치지 말고 걷어내거나 피할 수 있는 빠른 눈과 빠른 손발이 필요하다. 그리고 검강을 반 장 이상 뽑아내 10여 분은 버텨야 한다. 또 소드 마스터는 열 명의 그래듀에이트를 물리칠 수 있는 무력을 가져야 한다.

하지만 스턴이 다른 천인장들 모두를 상대할 수는 없었다. 다른 지역의 기사를 말하는 것이지 하레스의 천인장인 경우 세 명이면 소드 마스터라도 찜 쪄먹을 실력이었다. 다른 천인장들도 상급 그래듀에이트의 실력에 올랐으며, 특히 렌토는 최상급의 그래듀에이트로 곧 소드 마스터가 기대되고 있었다.

동생인 라도와 헬라도 어느 정도 수련의 성과를 얻고 있었다. 라도는 어릴 때부터 꾸준히 연마해 온 일원신공의 운기를 이제는 어느 정도 즐기는 수준에 이르렀다. 아직까지는 소년티가 완연했지만 또래에 비해서는 비할 데 없이 힘이 셌고, 검술은 이제 막 그래듀에이트에 입문할 정도였다.

헬라는 집중력 부족으로 이제 겨우 2써클의 마법사가 됐다. 끈기없는 헬라로서는 그 정도로도 영특하다 할 수 있었다. 이제 겨우 13살이 아닌가. 급할 것이 없었다.

영지 내의 재정 상태도 이전에 비해 많이 달라졌다. 비록 세금이 2할에 불과했지만 라모의 끊임없는 감사와 장부 조사 등, 한 푼의 누수도 용납하지 않겠다는 의지 덕분에 성의 재정은 엄청나게 늘어난 상태였다. 라칸에게서 압수한 재산 이외에 또 하나의 방에도 재물이 가득 쌓였다.

이렇게 성의 재정이 풍족해지자 어머니 헬렌이 처녀 적부터의 소원을 드러냈다. 그것은 호른 제국의 물자와 정보가 제일 많이 모이고 온갖 행사가 날마다 벌어지는 수도 수호른에서 살고 싶다는 소망이었다. 덩달아 라도가 수도의 '기사 아카데미'에 입학하고 싶다고 졸라댔다.

기사 아카데미는 귀족이라면 15살 이상 누구나 입학할 수 있었는데, 라도는 나름대로 정보를 모으며 꿈을 키워왔던 모양이다. 라도가 알 수 있을까? 기사가 꿈이라면 하레스야말로 최고의 선생이 있는 곳이라는 걸. 라모는 씁쓸했지만 아무 말도 하지 않았다.

하긴 귀족이라면 대부분 수도에 따로 저택을 마련해 놓는다. 하레스도 마찬가지로 수도에 저택을 가지고 있었다. 그러나 라칸의 전횡으로 성의 재정 상태가 부족해 미처 수도의 저택까지 운영할 여력이 없어 몇 해 전 처분해 버린 상태였다. 그렇다면 당연히 다시 수도에 저택을 다시 마련해야 할 것이었다. 헬라는 물론이요, 오랫동안 하레스에서만 살아와 다른 도시의 공기를 쐬고 싶어하는 기색이 파울 영주의 얼굴에서도 그 바람은 드러났다. 이럴 때는 망설일 이유가 없었다.

라모는 성의 살림을 책임진 내무부장을 불러 수도에서의 저택 구입을 명했다. 단, 저택은 왕궁에서 천천히 말을 달려 1시간 이내의 거리에, 3백 명의 경비 병력을 상주시킬 수 있는 규모를 가져야 한다고 당부했다. 어머니 헬렌은 신나서 이사 준비를 시작했고, 동생들은 수도에서의 생활을 꿈꾸기 시작했다.

황제와 공작

황제와 공작

라모가 스무 살이 되던 해 파울 영주 부부와 동생들은 수호른으로 거처를 옮겼다. 새로 구입한 저택은 생각 외로 훌륭했다. 전통적으로 귀족들의 주거지 안에 있는, 수호른의 외곽에 위치한 반은 저택이고 반은 성으로 보이는 고색창연한 건물이었다. 성벽처럼 높고 견고한 담장으로 둘러싸인 저택은 연회를 위한 넓은 홀과 도서관, 접대실 등 각종 편의 시설 외에도 방이 무려 스무 개나 되는 3층 건물이었다.

건물은 이미 깨끗이 다시 도색되어 있었고, 새로 뽑은 집사와 시종 하녀들이 내부를 새롭게 치장하고 가구를 들여놓았다. 건물 밖으로는 수목이 어우러진 넓은 정원과 병사들을 위한 연무장이 구비되어 있다. 궁성까지는 말을 달려 30분이면 도착할 수 있어 라모가 의도한 바를 잘 이행한 셈이었다.

라모는 이제 막 소드 마스터에 오른 스턴을 경비대장으로 300명의 병사들을 선임해 저택의 경비를 맡겼다. 아울러 블레이드로 하여금 성벽에 알람 마법을 걸게 하고 저택 곳곳에 결계를 쳐 침입자를 방비했다. 아울러 이제 7써클에 오른 마법사 한 명과 6써클과 5써클의 마법사 각각 두 명씩 총 5명의 마법사를 항상 상주케 했다.

수석 마법사 블레이드는 최근 9써클의 마법 유저가 되었다. 블레이드는 6써클에서 7써클로 올라서는 데 10년이 걸렸다고 했다. 마법은 고위급으로 올라 갈수록 써클을 올리는 시간이 배가되었고, 예상대로라면 한 60년은 더 수련해야 9써클이 가능했다. 그런데 카릴은 2년 만에 비록 유저이지만 블레이드를 9써클의 마법사로 만든 것이다.

"카릴, 어떻게 한 거야? 정말 대단한데?"

라모가 엄지를 세우며 치켜주자 카릴은 대수롭지 않다는 듯 말을 받았다.

"별거 아냐. 저 멍청이 머리로는 도저히 따라올 것 같지 않아 드래곤 하트로 심장을 코팅하고 드래곤 본으로 뼈대를 교체해 버렸지."

라모는 입을 떡 벌렸다.

"설마…… 그거 카릴 건 아니지?"

역시 카릴은 눈을 치켜떴다.

"미쳤어? 내 걸 쓰게? 예전에 할아버지가 돌아가실 때가 됐을 때 필요하다고 가서 졸랐지. 그래서 얻어놓은 드래곤 하트와 드래곤 본이야. 뭐, 덕분에 할아버지 수명이 줄어들었지만 어차피 소멸할 처지였으니 상관없지."

라모는 카릴의 설명에 드래곤의 진면목을 보는 듯해 약간 섬뜩했다. 그러니까 죽어가는 할아버지에게 가서 위로는 못할망정 죽으면 필요없을 테니 드래곤 하트를 달라고 졸랐단 말인가? 이거 이러다가 라모에게도 이런 무지막지한 요구를 하는 건 아닐까 슬며시 뒤가 걱정되었다. 라모의 뜨악한 얼굴을 보더니 카릴이 새초롬한 얼굴로 노려보았다.

"라모, 인간의 생각으로 드래곤을 보지 마. 드래곤은 거의 1만 년의 수명을 누리면서 각각 독립적으로 일생을 살아가지. 그 긴 세월을 살다 보면 감히 인간이 상상할 수 없는 지식을 얻고 경험을 하게 돼. 인간들이 과연 드래곤들의 생각과 지식을 추측할 수나 있겠어? 라모가 만약 1천 년이라도 살 수 있다면 지금의 인간 관계와 관념을 유지할 수 있을 것 같아?"

가만히 생각해 보니 카릴의 말도 일리가 있었다. 정말 자신의 나이가 1천 살에 이른다면 현재의 세상사가 공수래공수거임을 깨닫게 될 것이다. 아니, 뼈저리게 느끼게 될 것이다. 그렇게 본다면 소멸하는 존재에게 드래곤 하트가 무엇이 중요하며 드래곤 본이 남겨진들 어떠하랴. 조금씩 이해되는 라모였다.

어쨌든 그렇게 9써클 유저가 된 블레이드가 설치한 각종 결계는 거의 완벽한 방범 지대를 형성하게 됐다. 이 결계를 인간이 뚫고자 한다면 마법사 길드의 길드장인 헤스타 트로이안을 초빙하지 않는 이상 불가능할 것이다.

이사가 끝나자 어머니 헬렌은 호위 병사들을 이끌고 수호른 전역을 누비고 다니기 시작했다. 소드 마스터인 스턴 천인장이 호위하고 있으니 안전에는 전혀 문제가 없었다.

그리고 곧 동생 라도의 기사 아카데미 입학식이 있었다. 기사 아카데미는 국가가 인정하는 공인 기사 양성소로, 5년 과정의 이곳을 졸업하면 각 영주들이 서로 스카웃하려고 경쟁을 벌인다. 출세의 지름길인 셈이다. 그래서 전국에서 내로라하는 기사 지망생들이 몰려들었고 그만큼 경쟁이 치열하였다. 그런 이곳에 라도는 최우수 성적으로 입학했다. 일원신공을 바탕으로 라모에게 검술을 사사받은 라도를 이길 만한 생도가 있을 리 만무다. 라도는 벌써 그레듀에이트에 입문한 실정이었다.

동생 라도도 머지않아 형의 위대한 면모를 깨달을 때가 있을 것이라고 생각하며 라모는 슬며시 미소 지었다. 라모는 저택에 블레이드가 새로이 설치한 영구 마법진을 통해 하레스 성과 수호른의 저택을 오락가락하며 양쪽을 모두 돌보았다.

이제 홀가분한 마음으로 거리낌없이 하레스 성에서 카릴과 정염을 불태우고 있는 어느 날이었다. 호른 제국의 스칼리저 알 세스트 카스텔베트로 황제로부터 하레스 성에 전교가 내려졌다.

파울 영주 앞으로 온 전교의 내용은 먼저 호른 제국에 또 한 명의 소드 마스터가 탄생했음을 경축하며 야스퍼 핸슨과 더불어 지옥영주라 소문난 라모 하레스는 즉시 입경해 황제를 배알하라는 전교였다. 아울러 이번 마르스 신전에서 치러지는 기사 시험에 응시해 입궁 전 인증을 받아오라는 전언이었다. 야스퍼는 이 전교를 받아보고 낄낄거렸다.

"이 기회에 수도도 구경하고 황제 얼굴도 직접 보게 생겼네요. 기사 시험이라… 매일 병영에서만 살다 보니 따분했는데 재미있는 거리가 생겼네요. 안 그래요, 형님?"

하지만 라모는 약간 걱정스런 얼굴이 되었다.

"야스퍼, 마냥 좋아할 만한 일은 아냐. 드디어 너와 내가 황제의 주목을 받기 시작했어. 앞으로 어쩌면 호른의 많은 귀족들의 시샘과 견제를 받을지도 모르지. 궁성은 세력 다툼과 배신, 음모가 판을 치는 곳이지. 시험을 받더라도 실력 전부는 드러내지 말게. 그냥 소드 마스터라는 흉내만 내."

라모가 충고했지만 야스퍼는 눈을 빛내며 당당히 외쳤다.

"걱정 마시오, 형님! 만약 우리를 해코지하는 놈들이 있다면 내가 그 놈의 목을 따버리겠소. 형님과 내가 합친다면 천하에 우리를 당할 자가 누가 있겠소."

뱅가드 숲에서 평생이다시피 살아와 인간의 비열한 계책을 모르는 야스퍼로서는 등 뒤의 비수가 얼마나 위협적인지를 모르는 게 당연했다. 하지만 광한마제로서 전생을 살아온 라모는 거의 평생을 그런 음모와 배신의 세월을 살았다고 해도 과언이 아니었다.

라모는 야스퍼의 열정을 구태여 누르기는 싫었다. 만약 그런 위협이 닥쳐온다면 자신이 나서서 풀어버리면 되는 것이다. 하긴 야스퍼의 말마따나 자신과 야스퍼가 합치면 무엇이 두렵겠는가. 자신은 일단 머리로, 야스퍼는 무력으로 시위하면 되는 것이다.

라모와 야스퍼는 떠나기에 앞서 각 병영들을 순시하며 그들이 자리를 비운 사이 군기 엄수할 것을 각 지휘관급 기사들에게 엄숙히 명령했다.

그렇게 단도리를 하고 두 사람은 일단 수호른의 저택으로 마법진을 통해 이동해 갔다. 물론 카릴도 구경하겠다며 냉큼 따라왔다. 마르스 신전에서 기사 시험이 있기 하루 전날이었다.

저택에서 마주친 어머니 헬렌은 엄청나게 달라져 있었다. 녹색의 화려한 드레스에 머리카락을 궁장의 형태로 틀어 올렸고, 반짝이는 다이아몬드 목걸이에 진주 귀고리, 황금 팔찌를 했다. 가슴에는 영롱한 루비가 품위를 더했고 옅은 화장으로 마무리를 했다. 그야말로 귀부인 중의 귀부인으로 거듭나 보였다.

"아니, 이런 아름다우신 레이디가……. 고귀하고 순결하신 레이디여, 저의 결혼 신청을 받아주소서!"

라모가 어머니 앞에 무릎을 꿇고 익살스럽게 양손을 벌렸다. 헬렌이 얼굴을 붉히며 다가와 라모의 가슴을 작은 주먹으로 쳤다.

"못 써, 라모! 어미를 놀리는 거냐?"

파울 영주가 옆에서 낄낄거렸고 동생 헬라는 웃겨 죽겠다는 표정이다. 야스퍼와 카릴 또한 그녀의 변신에 놀라워했다.

"정말 20대 처녀 같으시네요, 영주 부인!"

저녁이 가까워지자 라도가 기사 아카데미에서 돌아왔다. 그는 요즘 생활이 꽤 만족스러운지 저녁 내내 미소를 짓고 있었다.

"형, 동료들이 형을 보고 싶어해. 그리고 소드 마스터인 야스퍼 기사 단장님도. 내가 만나게 해준다고 큰소리를 쳤거든. 벌써 아카데미에 소문이 자자하게 나 있더라고."

라모가 미소를 지었다. 라도도 나이가 들어가면서 점차 활달해져 가고 있었다. 더욱이 자기의 검술에 자신을 가지면서 성격도 적극적으로 변해가는 듯해 라모로서는 저으기 안심이 되었다.

"알겠다. 우리 라도가 어떻게 공부를 하는지 볼 겸 우리가 직접 아카데미에 들르기로 하겠다. 황제를 알현한 후 2~3일 뒤에 가면 되겠지?"

라도가 좋아 죽겠다는 얼굴로 고개를 끄덕였다. 라모는 황제의 전교가 적힌 종이를 파울 영주에게 건네주며 황제의 초청을 알렸다.

"음, 황제는 30년간이나 권좌를 지키며 이런저런 사람들을 필요에 따라 턱 짓으로 부리곤 했지. 상당히 노회한 인물이야. 아마도 이번 부름도 뭔가 너에게 시킬 일이 있기 때문이라고 보는데……. 내가 동행하긴 하겠지만 조심하거라, 라모야. 함부로 약속하지 말고 결정을 신중히 해야 해."

과연 파울 영주는 토끼가슴일망정 영주의 관념은 분명히 가지고 있었다.

그런 파울 영주의 말에 야스퍼가 옆에 있다가 '걱정 말라'고 호언장담을 했다.

다음날 오전 10시부터 시험을 치르게 돼 있어 그들은 느긋한 기분으로 출발했다. 라모와 야스퍼의 실력으로는 호위 따위는 필요도 없었지만 하레스의 소영주라는 신분으로는 너무 단출한 듯해 기병 10명을 대동하고 말을 달렸다.

북쪽 외곽에 위치한 마르스 신전으로 가기 위해서는 역시 서쪽 외곽에 위치한 하레스 수도 저택에서 크게 우회해 가야 했다. 인구가 밀집된 수도 중심을 말을 달려 관통할 수는 없었던 것이다. 라모와 야스퍼, 그리고 10기의 기병이 신나게 외곽 도로를 타고 신전으로 달렸다.

도착해서 보게 된 신전은 엄청난 규모였으며 아울러 너무나 인상적인 건물이었다. 일단 멀리서부터 칼과 방패를 든 마르스 신의 거대한 입상이 한눈에 들어왔다. 바로 전쟁의 신이었다. 신전 또한 사람 4~5명이 팔을 둘러야 닿을 만큼 어마어마하게 굵고 긴 기둥을 바탕으로 하늘로 치솟듯 세워져 있어 위압감을 느끼게 했다.

마르스 신의 입상 앞쪽으로는 대리석을 쭉 깔아놓은 약 2천 평방미터가량의 광장이 펼쳐져 있었고 그곳으로 기사 복장을 한 인물들이 삼삼오오 모여들었다.

참가자들은 10여 명의 예기를 흘리는 기병을 대동하고 나타난 라모와 야스퍼가 누구인지 궁금한 표정들이었다. 그러나 대귀족이 분명하니 말을 붙일 엄두를 못 내겠다는 표정들이다. 모인 인원은 대략 500여 명가량이었다. 대리석 광장에는 이미 은회색의 갑옷 차림을 한 기사들 1백 명가량이 도열해 있었다. 그들의 어깨에 블루호크의 문장이 새겨진 것을 보니 바로 근위 기사대임이 분명했다.

시간이 되어 기병들을 대기하라 이르고 야스퍼와 함께 라모가 광장에 들어서니 접수처가 두 군데로 나뉘어져 있었다. 그중 한곳 팻말에 이렇게 적혀 있었다.

검강을 발하는 자는 이곳으로 오라.

접수처는 광장보다 1장가량 높은 약간 작은 형태의 광장 바로 앞이었는데, 기사 차림의 인물 한 명이 접수대 앞에 서 있다. 아마도 이처럼 따로 장소를 마련한 것은 야스퍼를 배려한 것으로 보였다. 소드 마스터라는 경지는 특별 대접을 받아 마땅했다.

하레스의 소영주 라모 하레스.
하레스 기사단장 야스퍼 핸슨.

두 사람이 서명하고 나자 기사가 서명을 보고 있다가 퍼뜩 고개를 들었다. 기사는 라모는 바라보지도 않고 오로지 야스퍼만을 직시했다.
"소문으로 듣던 하레스의 기사단장이시군요. 소드 마스터를 뵙게 되어 영광입니다. 그런데 라모 소영주께서는 왜…… 원칙적으로 참관인은 받지 않게 되어 있습니다."
아무래도 라모가 검을 쓴다는 소문이 없었으니 당연한 반응인지도 몰랐다. 옆에 있던 야스퍼가 일갈했다.

"말을 삼가게. 이분도 소드 마스터일세."

기사의 눈이 커졌다. 놀랐겠지. 한 영지에서 두 명의 소드 마스터가 동시에 배출된다면 누구나 놀라지 않을 수 없을 것이다. 그러나 라모는 자신이 괜한 짓을 한 건 아닌가 걱정스러워졌다. 어차피 중앙에서 활약하려면 이름이 나야 하고 이번 시험이 그 기회이다 싶어 응시한 것인데, 이로써 다른 귀족들의 견제와 반발도 각오해야 하는 것이다.

계단을 올라 작은 광장으로 들어서니 마르스 신께 제사를 지내는 제단이 보였다. 제단 앞에는 의자가 두 개 놓여 있었는데 그 위에 두 사람이 앉아 올라오는 라모와 야스퍼을 굽어보고 있었다.

왼쪽의 인물은 화려한 복장의 이제 약관으로 보이는 청년이었다. 또 그 오른쪽에는 근엄한 인상의 50대 기사 복장의 인물이었는데, 손바닥만한 크기의 턱수염을 하고 라모와 야스퍼를 쏘는 듯이 노려보고 있었다. 앉아 있는 두 사람의 뒤에는 범상치 않은 기세의 근위 기사 20명이 병풍처럼 둘러서 있다.

라모와 야스퍼가 그들의 앞으로 걸어가 적당한 거리를 두고 서자 근위 기사 중 한 명이 앞으로 나서며 외쳤다.

"어서 인사를 드리시오! 황태자이신 보저 알 세스트 카스텔베트로 전하와 글랜 폰 리벳 공작 전하이시오!"

재미있는 구경이라도 나온 듯 보저 황태자는 상기된 얼굴로 라모와 야스퍼를 번갈아 바라보았다.

"황태자 전하와 공작 전하를 뵙습니다."

라모와 야스퍼가 한쪽 무릎을 꿇고 고개를 숙여 예를 표한 후 일어서자 글랜 공작이 야스퍼를 보며 고개를 끄덕였다. 마치 잘 닦인 한 자루 보검을 연상케 하는 예리한 기세를 흘리는 야스퍼였다. 누가 보더라도 소드 마스터라는 걸 금방 알 수 있을 정도였다.

'쯧쯧, 그러니 아직 그랜드 소드 마스터가 아니란 거지.'

속으로 혀를 차는 라모에게 글랜 공작의 고개가 돌려졌다.

"자네는 누군가?"

글랜 공작은 어떤 기운도 느껴지지 않는 라모가 의아한 듯했다. 라모도 공작의 내공 수위를 슬쩍 엿보았다. 아마 중급가량의 소드 마스터로 보였다. 그 실력으로는 결코 자신의 능력을 알 수는 없으리라 라모는 단정했다. 글랜 공작의 가문인 리벳 가는 대대로 공작의 작위를 이어오며 벌써 세 명의 소드 마스터를 배출한 명문가 중의 명문가였다. 공작이라는 작위를 빼더라도 기사의 이름만으로 호른을 좌지우지하는 가문인 것이다. 그런 가문답게 영지도 호른 제국의 귀족 가운데 가장 방대한 지역을 관장한다. 그 넓이가 호른 제국 전체의 5분의 1에 육박할 것이란 소문이고 보면 영주 중의 영주라 할 수 있었다. 공작은 또 중앙 정치에서도 발군의 기량을 발휘해 호른의 모든 인사 행정의 전권을 휘두른다고 했다. 결코 만만한 상대가 아닌 것이다.

라모는 담담한 눈을 들어 그의 눈빛에 응대했다.

"하레스 영지의 소영주 라모 하레스입니다."

공작 대신 황태자가 말을 받아 낮게 소리쳤다.

"아, 그 하레스의 지옥영주?"

글랜 공작이 조금 놀랐다는 표정으로 입을 열었다.

"자네도 소드 마스터에 도전하겠다는 것인가?"

라모가 빙그레 웃었다.

"물론입니다, 공작 전하."

글랜 공작이 싫은지 좋은지 알 수 없는 표정으로 고개를 끄덕였다.

"음, 지옥영주라 소문날 정도의 격투술에 소드 마스터라……."

보저 황태자가 신나서 소리를 질렀다.

"이건 정말 호른 제국의 경사입니다, 공작! 두 명의 소드 마스터가 한꺼번에 탄생하다니……. 오, 마르스 신이여!"

글랜 공작은 황태자의 말에 가타부타 대답도 하지 않고 라모의 허리에 찬 바스터드 소드를 바라보았다.

"그 검으로 할 건가? 소드 마스터가 들고 다니기에는 너무 평범하군. 일단 검강을 한번 발해보게."

황태자는 티끌 하나 없이 시원하고 밝은 성격으로 보여 호감이 갔으나 글랜 공작은 무표정한 모습으로 속을 드러내지 않아 오랜 정치판에서 단련된 너구리임이 분명해 보였다. 라모는 허리에서 바스터드 소드를 꺼내 진기를 주입했다. 진기의 양을 적당히 조절해 50센티미터를 간신히 넘기게만 했다. 곧 검신에서 금빛의 검강이 50센티미터 남짓 솟아올랐다.

"오오!"

황태자가 연신 감탄성을 발했다. 글랜 공작은 라모가 너무도 자연스럽고 뚜렷한 검강을 발하자 눈에서 신광을 발했다.

"그게 전부인가? 내가 보기엔 검강을 좀 더 발할 수 있을 것으로 보이는데……."

라모는 있는 힘을 다해 용을 쓰듯 얼굴로 혈기를 끌어올렸다. 아울러 검강이 1미터가량 솟아올랐다가 촛불처럼 끝 부분이 줄었다 늘었다 하게 만들었다. 옆에서 보고 있던 야스퍼는 웃음을 참느라 안간힘을 써야 했다. 3미터 이상을 치솟던 검강은 어디로 갔단 말인가. 그 모습을 보고 글렌 공작이 손을 들었다.

"그만! 됐네. 그럼 이번에는 근위 기사들 5명과 대련을 해보게. 방심하지는 말고. 이들은 상급의 그래듀에이트들일세."

눈짓을 하자 뒤에 서 있던 근위 기사 5명이 내려와 다가왔다. 곧 라모와 5명의 근위 기사들이 검을 빼 들고 마주 섰다. 라모는 바스터드 소드를 들고 그들에게 성큼성큼 걸어갔다.

근위 기사들이 검을 들어 경계하며 슬금슬금 비켜나 원을 그리며 포위했다. 역시 다수가 소수를 상대하는 가장 좋은 방법은 이런 원진이다. 라모의 뒤에 위치한 기사가 빠른 속도로 검을 찔러왔다. 라모는 바스터드 소드로 찔러오는 검을 후려치며 순간적으로 그의 가슴을 베어 갔다. 그러나 기사는 이미 예상한 듯 후퇴하는 속도가 빨라 라모의 검은 허공을 베었다. 그것을 신호로 다섯 명의 기사가 한꺼번에 달려들었다.

라모는 소드 마스터다운 놀라운 속도를 보여주며 그들의 검을 하나하나 쳐냈다. 그러나 반격할 만한 기회가 보이지 않는 듯 연속적으로 검사들의 공격만을 받았으며 간혹 가다 검강을 발해 비로 쓸 듯 휘둘러 그들의 접근을 막았다. 그렇게 그들과의 간격이 조금 벌어졌을 때 그래듀에이트가 보기엔 놀라운 속도로 라모가 한 사람의 기사에게 부딪쳐 갔다. 공격받은 기사는 뒷걸음치며 라모의 찔러오는 검을 횡으로 막아갔다. 또 다른 기사들은 일제히 옆과 뒤에서 라모를 향해 검을 날렸다.

챙!

검명이 크게 울리며 검이 부딪치는 반탁력을 빌어 라모의 신형이 공중으로 솟은 뒤 뒤로 날아가 원래 라모의 등을 공격하던 기사의 어깨를 밟았다.

"크악!"

어깨에 막중한 충격이 가며 어깨가 탈골되었는지 기사가 검을 떨어뜨리고 주저앉았다. 이어 미처 몸을 돌리지 못한 기사 두 사람의 턱에 배에 주먹과 발을 날렸다.

"캑!"

"큭!"

턱을 얻어맞은 기사는 뒤로 벌렁 나자빠졌고, 발에 복부를 차인 기사는 배를 거머쥐며 앞으로 쓰러졌다. 이어 그제야 자세를 잡은 앞쪽 두 기사의 검을 검강을 일으켜 반쪽으로 잘라 버리고 마지막 남은 기사와 대치했다. 그러자 공작이 손을 번쩍 들었다.

"그만 됐네! 이제 승부는 났네. 소드 마스터 앞에서 그래듀에이트급 기사 한 명이야 제물이 될 뿐이지."

공작이 선언하자 보저 황태자가 요란하게 박수를 치기 시작했다.

"와아! 정말 대단하군요. 소드 마스터가 이런 놀라운 실력을 가졌는지 몰랐어요."

왕자의 흥분에 공작이 비릿한 미소를 지었다. 그는 라모가 기사들과 격돌하는 동안 그의 검법과 움직임을 눈도 한 번 깜박이지 않고 예의 주시했었다. 분명히 훌륭한 솜씨이긴 했지만 무슨 특별한 기술이 있는 것도 아니었고 자신의 속력과도 차이가 나는 미숙함을 발견할 수 있었다. 다만 오랫동안 단련한 수련의 흔적만이 발견될 뿐 소드 마스터에 막 입문한 전형적인 초보자로 보였다.

"허허, 황태자께서는 소드 마스터를 처음 보시는 모양이군요. 그럼 황태자님의 여흥을 위해 잠시 제가 라모 소영주와 겨뤄보도록 하지요."

황태자가 환호성을 질렀다.

"야, 제가 정말 운이 좋군요! 호른 제국 최고 기사의 검술을 보게 되네요."

글렌 공작이 내려와 허리에 찬 검을 빼 들었다.

"자, 덤벼보게."

라모는 공작의 빼 든 검을 살펴보았다. 검신에는 음각된 용의 모습이 보였고, 매우 흰 빛깔에 투명한 기운까지 느껴지는 것으로 보아 미스릴 검이 분명해 보였다. 공작은 수많은 대련과 실전을 겪었는지 자세가 안정적이면서도 여유로워 보였다. 만약 라모의 진실된 실력을 알더라도 저런 여유있는 모습을 유지할지 궁금한 라모였다.

"그럼 한 수 지도 바랍니다."

검을 내려 고개를 숙이고 난 라모는 곧바로 검을 들어 짓쳐들어 갔다. 공작은 검을 정면으로 세운 채 서 있다가 라모가 빠른 몸놀림으로 찌르기와 베기, 내려치기 등등, 구사하는 공격을 일일이 쳐냈다.

일반기사나 보저 황태자의 눈으로 보기에는 라모의 손이 안 보일 정도의 빠른 공격이었으나 오감이 극도로 발달한 소드 마스터쯤 되면 이 정도의 속도는 아무것도 아니었다. 라모는 정면에서의 공격에서 별 재미를 보지 못하자 빠른 발놀림을 이용해 공작의 주변을 돌며 사방에서 허점을 노리며 검을 찔러 넣었다.

"오오!"

기사들과 보저 황태자는 라모의 동작이 너무나도 빨라 앞쪽에 있는 듯 싶었는데 뒤쪽에 서 있고, 심지어는 눈의 잔상이 남아 공작의 앞뒤 모두에 라모가 보이자 그만 탄성을 지르고 말았다. 그런 관중의 탄성에 공작은 미소를 지으며 몸을 돌리지도 않은 채 라모의 찔러오는 검을 작은 움직임만으로 봉쇄했다.

그리고 제 풀에 지친 듯 라모가 잠시 움직임을 멈추자 순식간에 반격에 나섰다. 몸 가까이 접근하여 검을 휘두르자 공작의 둔중한 검의 기운에 라모가 조금씩 밀리기 시작했다. 그리고는 급기야 빠른 뒷걸음질을 하며 후퇴했다.

글렌 공작은 그런 라모를 용납할 수 없다는 듯 더욱 빠르게 접근하며 검을 휘둘렀다. 눈깜짝할 사이에 십여 번의 검명이 울렸고 숨을 한 번 몰아쉬는 도중 검이 부딪치는 불꽃이 수십 개가 명멸했다.

라모가 밀리다 못해 반 장가량의 검강을 뽑아내 위협하자 공작은 일장 이상의 검강을 뽑아내며 더욱 압박해 왔다. 그리고 마침내 최후의 기운을 뽑아내는 라모의 위협적인 공격이 공작의 검에 막혀 검을 떨구자 라모는 땅을 굴러 전권에서 벗어났다. 그리고는 짐짓 숨이 가쁜 듯 허리를 조금 구부리고 헉헉거렸다.

"제… 제가 졌습니다. 과연 호른제일의 검사이십니다, 공작님!"

공작이 만족한 듯 '허허허' 웃으며 검을 검집에 꽂아 넣었다.

"자네도 대단하구만. 과연 소드 마스터야. 내게 이만큼이나 버틸 수 있는 자는 자네가 처음일세. 젊은 나이에 정말 대단해."

짐짓 겸손한 듯 말을 하지만 내용인즉 소드 마스터를 이기는 소드 마스터라는 자기 얼굴에 금칠을 하는 치사였다. 라모가 고개를 숙이고 물러나자 공작은 제단 아래의 의자로 돌아가 앉았다.

짝짝짝짝!

보저 황태자가 먼저 박수를 치자 근위 기사들도 같이 박수를 치기 시작했다. 보저 황태자는 글렌 공작의 솜씨에 반했는지 연신 치사의 말을 했다.

"라모 경의 공격이 얼마나 빠르던지 잘 보이지도 않던데, 공작께서는 어찌 그렇게 태연하게 서서 다 막아내셨습니까. 정말 오늘 새로운 눈을 뜬 듯 감명을 받았습니다."

공작이 기분 좋다는 듯 다시 '허허허' 웃었다. 칭찬하는 말은 누구든 듣기 좋아하는 법이다. 그것이 자신의 실력이 입증되었을 때는 더욱 기분이 고양되는 법이다. 너구리 글렌 경도 이때만은 기분이 좋은지 무표정을 버리고 연신 미소를 지었다.

하지만 한발 물러서 대결 과정을 지켜보았던 야스퍼로서는 밸이 꼬이는 감정을 느꼈다. 라모의 행동이 그의 언질로 '튀고 싶지 않다' 는 표현임을 충분히 알 수 있었다. 그러나 연신 미소를 흘리며 거드름을 피우는 글렌의 코를 납작하게 만들어 버리고 싶었다. 그래서 이번엔 야스퍼의 차례가 와 '검강을 발해보라' 는 말이 떨어지자 그만 2미터 남짓한 검강을 뽑아내고 말았다.

"억!"

글렌 공작이 벌떡 일어섰다. 아울러 보저 황태자와 지켜보던 근위 기사들도 경악하고 말았다. 푸른 검강을 2미터나 뽑아내 당당히 서 있는 야스퍼의 신위는 전신과 다름없었다. 글렌 공작이 내뿜을 수 있는 검강이 일 장을 조금 넘는 정도니 대단한 충격을 받지 않을 수 없었으리라.

라모는 속으로 한숨을 쉬었다. 자신이 애써 쌓은 공든 탑이 반쯤 허물어져 버린 것이다. 세상사에 쉽사리 흔들리는 마음으로는 그랜드 소드 마스터의 경지는 요원하다. 언제나 철이 들까. 나이만 100살이 넘었지 아직 청년의 마음과 기상을 가진 야스퍼였다. 라모는 속으로 혀를 찼다.

“이번에는 근위 기사들과 대련을 한번 해보게.”

마음을 추스린 공작이 이번엔 열 명의 근위 기사들을 내보냈다. 반
장에 불과한 검강을 발하는 라모에게 다섯 명이 당했으니, 야스퍼에겐
당연히 열 명도 적은 숫자라고 파악한 듯했다.

열 명의 근위 기사들이 내려와 서자 야스퍼가 검을 다시 자신의 검
집에 꽂아 넣고 느릿느릿 그들에게 다가갔다. 검을 다시 집어넣자 자
신들을 무시한 처사라고 생각한 근위 기사들이 무시무시한 기세로 덤
벼들었다. 그러자 야스퍼가 바로 자신의 진면목을 발휘하기 시작했다.
찔러오는 검은 주먹으로 옆면을 쳐서 날려 버리고 베어오는 검은 진기
를 담은 발로 퉁겨 버렸다. 그리고는 틈을 노려 손발을 휘두르는데, 이
건 마치 시장통 패싸움처럼 무지막지했다.

동작은 그렇게 빠르지 않은 것 같은데 기사들은 꼼짝없이 서서 턱이
나 가슴, 배에 일 권, 일 퇴를 허용했다.

“억!”

“큭!”

10초 남짓 만에 열 명의 기사들이 태풍에 휩쓸린 듯 사방으로 튕겨
나가 널브러져 버렸다. 돌진하는 소뿔에 걸린 허수아비라도 이처럼 허
무하지 않을 것이다. 글렌 공작과 황태자 기사들은 경악으로 얼어붙어
버리고 라모는 더욱 깊은 한숨을 몰아쉬었다.

“세상에! 상급의 글레듀에이트인 근위 기사 열 명을……..”

말은 황태자가 했지만 ‘끙’ 하는 신음 소리는 공작에게서 터져 나왔
다.

“이번엔 공작님과 대련을 하고 싶습니다.”

야스퍼가 도발하자 공작의 얼굴이 더욱 똥 밟은 표정이 되었다. 자

신감이 사그러든 것이다. 상급의 그래듀에이트 열 명에게 맨손으로 달려들다니……. 아무리 자신이 소드 마스터라도 감당할 수 없는 것이었다.

"됐네. 그만하면 자네의 실력을 알겠네. 자네가 소드 마스터라는 걸 인정하겠네."

보저 황태자가 조금 아쉬운 표정이었지만 여기서 개망신을 자초할 수 없는 글렌 공작이었다.

야스퍼가 얼굴을 찡그렸지만 글렌 공작은 무시하고 신관을 불러 마르스 신전에 두 사람의 이름을 기록하고 인증서를 내주었다. 그리고 황제께서 내렸다며 소드 마스터의 증표라는 한 자루 검을 라모에게 하사했다. 검은 바스터드 소드와 형태가 비슷했는데, 검집 양쪽에 드래곤이 양각되었고 검집 끝에 작은 보석으로 테두리를 한 매우 화려한 검이었다. 흰빛의 은은한 검 색깔을 보아하니 공작의 검과 비슷한 형식의 미스릴 검이었다.

"이 검의 이름은 황제께서 직접 '바이올레이드'라 명명하셨네. '생명을 위하여'라는 룬어의 조합으로 국가를 위하고 국민을 아끼는 황제 폐하의 의지를 담은 검일세. 원래 야스퍼 단장을 예상하고 이 검을 만들었으나 그는 이미 명검을 가지고 있으니 나중에 따로 적당한 물건으로 대신하겠네."

공작이 황제를 대신해 검을 하사했다. 라모가 고개를 숙이고 예를 표한 후 검을 받았다.

"내가 먼저 입궁해서 황제 폐하를 뵙고 자네들의 소드 마스터 인증을 고할 테니, 자네들은 오후 3시까지 황궁으로 들어와 황제 폐하를 알현토록 하게. 그리고 파울 하레스 영주도 함께 입궐하도록 하게."

보저 황태자는 두 사람의 소드 마스터 인증을 자기 일처럼 기뻐하며 두 사람에게 다가와 일일이 손을 잡았다. 그런 모습을 글렌 공작이 예리한 눈으로 노려보았다.

황태자와 글렌 공작이 황궁으로 떠난 후 라모와 야스퍼도 저택으로 돌아왔다. 파울 영주에게 함께 입궁하라는 말을 전한 후 잠시 쉬는 동안 카릴이 자기를 혼자 둔다고 투덜거렸지만 진한 키스 한 방에 녹아 버렸다. 그리고 시간을 맞춰 파울 영주를 마차에 태우고 궁궐을 향해 달렸다.

처음 궁궐에 와보는 라모는 궁전의 화려함과 그 규모의 거대함에 감탄했다. 중원과는 매우 상이한 돔 형식의 건물이 주를 이루며 성벽과 건물 벽에는 기하학적인 무늬가 새겨져 있어 매우 고색창연해 보였다. 궁궐은 외성과 내성으로 구분돼 있었는데, 지금 외성문의 안과 밖에는 벌써 소식이 전해졌는지 많은 기사들과 병사들이 나와 있었다.

리벳 가를 제외한 하레스 영지에서 두 명의 소드 마스터가 동시에 탄생한 것이다. 이 같은 경사는 호른 제국에서 근 백 년 내에는 없던 일이었다. 알려지기로는 호른 제국보다 두 배의 영토를 자랑하는 도란 제국에 두 명의 소드 마스터가 있으며, 자코 왕국에도 한 명의 소드 마스터가 있다고 했다. 그런데 이제 호른 제국에는 세 명의 소드 마스터를 보유하게 됐으니 나라 전체의 안위와 관련해 경사가 아닐 수 없었다.

기사들로서는 바로 자신들의 꿈인 소드 마스터가 궁궐로 온다고 하니 가만히 자리를 지키고 있을 수 없었을 것이다. 기사들은 라모와 야스퍼를 보자 너무 어린 모습이라 일시 어리둥절한 모습이었다.

그동안 키도 더 커 185센티미터가량 되고 몸도 근육이 붙어 균형 잡힌 데다 수염까지 기른 라모였지만 아직 소년티가 채 빠지지 않은 얼굴이었고, 야스퍼 또한 20대 중반에 불과해 보이니 눈을 믿을 수가 없었으리라. 그들이 의아함과 호기심이 어우러져 박수도 치지 못하고 고개를 갸웃거리는 동안 파울 영주와 라모 일행은 궁궐로 들어가 버렸다.

이미 약속 시간이 잡혀 있었으므로 궁정 시종의 안내로 세 사람은 바로 스칼리저 알 세스트 카르텔베트로 황제의 집무실로 안내되었다. 문을 열고 들어서자 무슨 연회장이 아닌가 착각하리만큼 넓은 홀이 나타났다.

황제는 문과 반대 편의 끝에 앉아 있었다. 시력 나쁜 파울 영주 같은 경우는 한참을 걸어 황제 앞에까지 가서야 보이지 않던 공작이 옆에 시립한 모습을 볼 수 있을 정도였다.

"어서 오시오, 파울 영주."

황제는 원래 눈이 작았는지 컸는지 알 수 없게 눈을 가늘게 뜨고 있었는데 금발 머리카락과 탐스럽게 기른 수염이 반백이었다. 용두상이 새겨진 화려한 의자에 비스듬히 기대듯 앉은 황제는 듣던 대로 턱 끝으로 인사를 대신했다. 대신 시립해 있던 공작이 파울 영주에게 말을 건넨 것이다.

"황제 폐하를 뵙습니다."

세 사람이 무릎을 꿇고 앉아 머리를 조아렸다 일어났다. 그제야 황제가 약간 쉰 목소리로 느릿느릿 말했다. 듣는 사람으로 하여금 약간 짜증이 나게 하는 목소리였다.

"파울 영주, 몇 년 만에 황궁에 오는 거요. 경은 내가 꼭 불러야 얼굴을 볼 수 있는 거요?"

심약한 파울 영주가 '그럴 리 가요' 해가며 고두백배해서야 직성이 풀린 듯 그제야 라모와 야스퍼에게 눈길을 준다.

"그대들이 이번에 소드 마스터의 인증을 받은 자들인가?"

아무리 황제라지만 무경우한 데는 공작까지 약간 얼굴색이 변했다. 소드 마스터라면 어느 나라를 가더라도 존경과 지위를 약속받을 수 있는 지고한 경지의 기사라 할 수 있었다. 그런 두 사람을 시종 부리듯 말을 하고 있으니 마음이 불편해진 것이다. 설마 이 일로 두 사람이 반역이야 하지 않겠지만 반감이 쌓이는 건 결코 좋은 일이 아니었다.

"그대는 몇 살인가?"

황제는 수염을 기른 라모의 얼굴이 앳돼 보이자 의아한지 턱 끝으로 라모를 가리켰다.

"스무 살입니다."

라모가 미소를 지으며 말하자 황제가 인상을 찌푸렸다.

"공작, 스무 살에도 소드 마스터가 될 수 있는 거요?"

공작도 그 부분에는 의문이 일었지만 자리가 자리인만큼 깊게 캘 시간이 없다.

"아마도… 어릴 적 무슨 특이한 인연을 접한 게 아닐까 사료됩니다."

황제는 고개를 끄덕이더니 더 생각하기 싫다는 듯 파울 영주를 향해 입을 열었다.

"파울 영주, 내 그대에게 부탁할 것이 있소."

맡겨진 물건 내놓으라는 어조였지만 파울 영주는 복명하지 않을 수 없었다.

"말씀만 하시면 즉시 이행하겠습니다."

황제가 바로 입을 열었다.

"근자에 들어온 보고에 의하면 동쪽 지방의 야만인들이 시끄러운 모

양이오. 그대가 영지의 군사를 이끌고 가서 모두 평정하여 호른 제국
의 위엄을 세우시오."

파울 영주는 발 밑에서 폭탄이 터진 듯 화들짝 놀랐고, 라모와 야스
퍼는 마치 허를 찔린 듯 움찔했다. 세 사람이 아무 말도 못하고 서 있
자 글렌 공작이 보충 설명을 했다.

"얼마 전 동쪽 국경 부근 노스롭 지방에 영지를 가진 코델리아 백작
이 구원을 청해왔소. 누구를 보낼까 고심하던 중에 폐하께서는 하레스
성의 정병 1만 명을 생각하시곤 구원을 약속하셨소. 그러니 파울 영주
는 두 소드 마스터를 데리고 즉시 떠나시오."

세 사람은 일시 기가 막혀 말이 나오지 않았다. 국경의 소란에 왜 내
륙 깊숙한 곳에 있는 하레스 영지의 군대를 동원한단 말인가. 급한 사
안이라면 국경에서 가까운 영지의 군대를 동원하면 될 것이고, 시간이
있다면 전국 각지의 영지에서 조금씩 공평하게 군대를 모으는 것이 상
례였다. 라모는 이 일이 바로 글렌의 수작임을 알 수 있었다. 황제가
어떻게 하레스 성에 정병 1만이 있다는 걸 알겠는가?

파울 영주는 라모의 눈치를 보았다. 어찌했으면 좋을까 하는 걱정스
런 눈길이었다. 라모는 잠시 생각에 잠겼다가 입을 열었다.

"명대로 거행하겠습니다, 황제 폐하!"

라모가 시원스럽게 대답하자 파울 영주는 안색이 변했고 야스퍼는
놀랐다. 또 글렌 공작은 회심의 미소를 지었다.

"하오나 황제 폐하, 글렌 공작님의 휘하 병력들이 호른 제국 제일의 강
병이라는 소문을 들었습니다. 폐하께서 명하시어 병력 1만만 보태주시면
야만인들을 격퇴하는 데 그치지 않고 그들의 근거지를 짓밟아 그들의 왕
을 산 채로 잡아 황제 폐하께 바치겠사옵니다. 허락하여 주시옵소서."

라모의 첨언이 이어지자 황제의 가늘었던 눈이 조금 떠졌다.

"호오, 그렇단 말인가? 그거 모처럼 듣는 시원스러운 말이로다. 공작은 당장 파울 영주에게 군사 1만을 내어주도록 하시오."

글렌 공작의 얼굴이 처참히 일그러졌다. 거기에 라모가 한마디를 더하자 글렌 공작의 인상이 더욱 처참해졌다.

"그리고 저희 두 사람은 소드 마스터입니다. 다른 사람과 안목이 다릅니다. 적재적소에 알맞은 인원을 뽑기 위한 군대의 인선을 저희가 직접 할 수 있도록 윤허하여 주십시오. 지휘권도 제 아버님보다는 전장에서 직접 싸울 소드 마스터인 제게 내려주십시오."

황제는 야만인의 왕이 자신의 발 아래 엎드리는 통쾌한 장면을 상상하며 지체없이 고개를 끄덕였다.

"그렇게 하도록 하라."

공작이 수작을 부리지 못하도록 아예 못을 박아버리자 그제야 라모의 속셈을 짐작한 야스퍼의 얼굴이 활짝 펴졌다.

"두 소드 마스터에게는 각각 백작의 작위를 내리니 반드시 야만인의 왕을 사로잡아 오도록 하라."

황제는 뒤늦게나마 소드 마스터의 이름이 범상한 경지가 아니라는 게 생각났다는 듯 백작의 작위를 두 사람에게 내렸다. 라모는 이 대목에서만큼은 황제 모르게 인상을 찌푸리지 않을 수 없었다. 하지만 라모는 곧 무시해 버렸다. 지금은 공작이 문제였다.

황제의 말이 떨어지자 공작이 무엇이라 말할 요량으로 입을 뻐끔거렸다. 그러나 라모와 야스퍼, 파울 영주는 틈을 주지 않고 지체없이 무릎을 꿇었다.

"황제 폐하의 성원에 반드시 보답하겠사옵니다."

“황제 폐하 만세!”

라모 일행과 황제는 서로 만족한 얼굴로 헤어질 수 있었다. 다만 글렌 공작만이 점점 일그러지는 얼굴로 서 있을 뿐이었다.

라모와 야스퍼는 잠시 후 황제의 지시를 받은 내무 관료로부터 병력 인선에 관한 명령서와 백작 서임에 관한 임명장을 들고 궁을 나섰다.

원래 작위란 황제가 내리는 영예로운 자리로 반드시 영지나 그에 상응한 포상이 따라오게 되어 있다. 또한 주요 귀족들이 모인 자리에서 정식 절차를 거쳐 작위를 내리는 것이 관례였다. 하지만 황제는 선심 쓴다는 듯 지나가는 말로 작위를 내리고 있었다. 사실 부귀영화에 관심을 가진 자라면 열불이 날 사태였다. 라모는 이 일에도 반드시 글렌 공작의 입김이 닿았음을 짐작할 수 있었다. 하지만 재물에 대해 별 관심이 없는 라모나 야스퍼는 그저 그러려니 하며 무덤덤하게 넘어갔다. 오히려 이 일을 사주한 글렌이 속으로 은근히 두 사람의 눈치를 보았던 것이다. 설마 하니 두 사람이 권력에도 별 애착이 없으리라고는 그도 짐작하지 못했을 것이다.

궁을 나서는 파울 영주의 안색은 흐렸다. 하레스의 병력을 동원해야 하는 걱정도 한몫했지만, 호른 제국 제일의 대영주이자 실권자인 글렌 공작의 비위를 거스른 게 무엇보다 마음을 꺼림칙하게 했기 때문이다.

“라모야, 공작을 자극할 필요가 있었느냐? 그저 동쪽 영지의 야만인들을 물리치고 황제에게 임무를 완수했다고 얼버무리면 그만이었을 텐데……. 일이 너무 확대됐어.”

내내 고심하던 파울 영주가 저택에 도착해 마차에서 내리며 이제 막 말에서 몸을 날려 땅으로 내려서는 라모에게 다가가 걱정을 토로했다. 라모는 아버지의 표정에 감당할 수 없는 적을 만난 병사의 두려움이 깔리자 빙그레 웃었다. 옆에서 듣던 야스퍼는 소리까지 내며 '껄껄' 웃었다. 라모와 야스퍼는 벌써 머리 속에서 재편되는 호른 제국의 실력자가 그려지고 있었다. 글렌 공작 정도는 마음만 먹으면 언제든지 처치할 자신이 있었다.

라모의 전신에서 광한마제 사마조의 패기가 솟아올랐다. 원래는 조용히 일을 진행하려던 라모였지만 이제 사정이 조금 달라졌다. 도전해 오는 적은 철저히 짓밟아 버리면 된다. 파울 영주와 달리 글렌 공작이 라모의 비위를 건드린 것이 얼마나 위험한 사태를 부를지 반쯤은 예상되는 야스퍼였다.

"아버지, 걱정하시는 바는 잘 알겠지만 쓸데없는 기우입니다. 글렌 공작이 벌써부터 우리를 견제하려는 속셈입니다. 다음 대의 공작은 바로 우리 하레스에서 나올 겁니다. 아버지께서는 저만 믿어주시면 됩니다."

파울 영주는 라모의 야심 가득한 말을 듣자 속이 뜨끔거렸다. 심약한 파울 영주로서는 감당 못할 선언이었다. 그러자면 수많은 음모 속의 전쟁을 치러야 하고 심지어는 내전을 겪을런지도 모른다. 그것도 압도적으로 불리한 상황에서. 파울 영주는 머리가 지끈거리기 시작했다.

그는 조용한 것을 좋아하고 평온을 사랑한다. 이 같은 파란은 그의 머리 속에는 조금도 들어 있지 않았던 것이다. 그래서 무엇이 좋은지 어깨동무를 하고서 히히덕거리며 저택 안으로 들어가는 라모와 야스퍼의 등 뒤를 걱정스런 눈으로 바라보았다.

그날 저녁 식사를 마치고 모두 휴식을 취하고 있을 때 글렌 공작이 파울 영주의 저택을 전격적으로 방문했다. 파울 영주와 라모, 야스퍼는 마차도 타지 않고 기마병 30기를 거느린 채 들이닥친 글렌 공작을 영접하기 위해 현관 앞으로 나섰다. 의례적인 인사가 끝나고 접대실로 안내해 자리를 잡자 공작이 바로 입을 열었다.

"단도직입적으로 말하겠소, 파울 영주! 하레스의 전력을 시험하려던 나의 욕심이 지나쳤소. 라모 백작과 야스퍼 백작도 이해해 주시게."

공작이 숙이고 들어오자 라모는 의아했다. 이건 뭐지? 자신의 과오를 순순히 인정하는 영웅인가, 아니면 다음 기회를 노리는 효웅인가? 라모조차도 일시 감을 잡을 수 없었다.

"그리고, 라모 백작! 야스퍼 백작! 우리 리벳 가의 병력 1만을 원하는 대로 내어주겠네. 그러니 그들을 화살받이로 쓰지는 말아주게. 지금 우리는 호전적인 자코 왕국과 국경을 맞대고 있네. 당장 그들의 화살이 도란 제국을 노리고 있다지만 언제 호른 제국으로 바뀔지 알 수 없는 노릇일세."

글렌 공작은 숨이 찬 듯 말을 끊었다가 다시 입을 열었다.

"1만의 병력은 허무하게 소진되어서는 안 되네. 그들은 자코 왕국의 도전을 견디게 하는 지지대일세. 우리 글로스타 공작령에서 동원할 수 있는 병력은 10만에 달하네. 하지만 매일 훈련을 받는 정병은 5만에 불과해. 그들의 한 축이 무너지면 국경이 너무 불안해지네. 최대한 병사들의 희생을 막아야 하네. 자코 왕국의 기마병 5만만 국경을 넘어도 우리로서는 장담할 수 없네."

라모는 흥미로운 표정을 지었다. 자코 왕국의 병사들이 하나같이 날래고 무예가 뛰어나다는 사실은 알고 있었다. 더군다나 40만으로 추정되는 병력 가운데 20만이 기마병이었다. 도란 제국이 병력을 동원하면 80만으로 추정되고, 호른 제국도 50만은 너끈히 동원할 수 있는 여력이 있었다. 그럼에도 불구하고 어느 나라도 자코 왕국과 자웅을 겨뤄

승리를 장담하지는 못한다.

자코 왕국은 기사와 검사와 용병의 나라였다. 어린아이조차도 검을 차고 다닐 정도로 무력을 숭상하는 호전적인 나라였다. 무력이 승하면 그 기운이 외부로 뻗치는 법이다. 그래서 시도 때도 없이 침습하는 자코 왕국의 무력에 도란 제국이나 호른 제국 모두 넌더리를 내고 있었다.

리벳 가의 성장은 바로 이 자코 왕국과의 오랜 분쟁과 맞물려 있었다. 자코 왕국으로부터 호른 제국을 지키는 파수대의 역할을 바로 리벳 가가 맡아온 것이고 가장 많은 피를 흘리기도 한 가문이었다. 오늘날의 공작 위도 바로 리벳 가 선조들의 피의 공헌으로 마련된 작위였다.

"그렇게까지 말씀하시니 잘 알겠습니다. 공작 전하의 허심탄회한 말씀 덕분에 1만 병력이 되살아났군요. 사실 우리의 전력을 보존하려면 공작 전하의 병사들을 어쩔 수 없이 희생할 수밖에 없었지만, 지금부터는 그들을 최대한 보존하는 방향으로 작전을 짜겠습니다."

라모가 눙치고 들어가자 글렌 공작은 허탈한 마음과 안도하는 마음이 동시에 들었다. 라모가 자신의 병력을 원할 때부터 이런 상황은 충분히 예상한 터였다. 평생을 정치판에서 뛰어다닌 자신보다 더 노회한 인물이 이제 겨우 20살이 된 라모란 말인가? 한마디 한마디가 의표를 찌른다. 적이 된다면 너무도 무서운 자라는 생각이 들자 글렌 공작은 오싹 소름이 돋았다.

"그리고 공작 전하, 자코 왕국의 침략은 그리 걱정하지 마십시오. 공작 전하의 마음이 호른 제국을 위해 한결같으시다면 저희 하레스가 먼저 최선을 다해 공작 전하를 지원하겠습니다. 하지만 저희를 경계하신다면 더는 도와드릴 수가 없습니다."

자신을 또다시 적대시하면 국물도 없다는 우회적인 표현임을 글렌 공작은 알아들었다. 글렌 공작은 일어나서 라모의 손을 잡았다.

"그럼… 잘 부탁하겠네."

그리고 침착한 표정으로 응대하는 라모를 지그시 바라보았다. 그러고 보니 우군이라고 생각하면 너무도 든든한 라모가 아닌가. 공작은 배웅을 받으며 기사들을 이끌고 저택을 나서며 혼잣말로 중얼거렸다.

"새 시대는 새로운 인물을 원하고 또 배출하는가? 이젠 나도 새로운 영웅에게 길을 내주게 생겼군."

씁쓸한 기색이면서도 한편으로 후련한 심정이 되는 공작이었다.

다음날부터 라모와 야스퍼의 행보가 바빠졌다. 야스퍼는 하레스 영지로 돌아가 병력을 동원시켰다. 하레스의 병사들은 바로 이 같은 날을 위해 땀을 흘리며 훈련을 거듭해 왔던 관계로 사기가 충천해 함성을 질렀다.

"전쟁이다!"

누군가 외쳤다. 이는 병사들의 가슴에 호기를 불러일으키며 일제히 함성을 내질렀다.

"하레스 만세!"

"승리를 위하여!"

그렇게 하레스 영지가 전쟁 준비에 발칵 뒤집혀지는 순간, 라모는 마법진을 통해 글렌 공작의 영지인 글로스타 공작령으로 들어서고 있었다.

글로스타의 병력들은 2만이 자코 왕국과의 접경 지대에 배치되어 있었고, 3만이 그 뒤를 받치는 형태로 진형을 이루고 있다. 라모는 먼저 마하라자 기사단의 단장을 찾아갔다. 마하라자는 '대군' 또는 '큰 인물'을 뜻하는 고대어였다. 마하라자 기사단이 바로 글로스타의 병력을 이끄는 지휘부였던 까닭이다.

"지금 그대는 정신이 있는가 없는가? 그대는 지금 자코 왕국과 일촉
즉발의 긴장을 유지하는 병사들이 보이지 않는가? 병력을 더 보태줘도
시원치 않을 판에 병사들을 빼가겠다니… 이 무슨 미친 짓인가?"

공작과 비슷한 나이로 보이는 마하라자의 카스터 드라이트 기사단
장이 노기충천해 라모가 내민 황제의 명령서와 공작의 승인서를 집어
던졌다. 주름진 이마에 오랫동안 전장에서 굴러온 백전노장의 굴강한
기세가 느껴졌다. 하지만 라모는 세세히 사정을 알려줄 필요도, 이유
도 없었다.

"지금 황제 폐하의 명을 거역하겠다는 거요! 명령을 거부하면 당장
그대의 목을 베어버릴 수도 있소!"

당당한 라모의 호통에 카스터 단장의 안색이 변했고, 그를 호위해
서 있던 대여섯 명의 기사들이 일제히 검을 빼 들었다.

"이런 무례한… 감히 이곳이 어디라고… 죽고 싶은 거냐!"

라모가 막사 안의 공기가 서늘해질 정도의 기세를 흘리며 미스릴 검
을 빼 들었다.

"이 검은 황제께서 내리신 바이올레이드란 검이오. 황제께서는 내게
동부 야만인들을 정벌하는 총사령관으로 임명하셨소. 다시 묻겠소. 죽
겠소? 아니면 황제 폐하의 명을 이행하겠소?"

카스터 단장은 라모를 노려보았다. 명을 이행하자니 글로스타의 안
위가 걱정되고, 거부하자니 황제의 신하로 불충하는 격이 되니 마음속
에 혼란이 생겼다. 카스터 단장이 아무 소리 없이 노려보기만 하자 라모
가 검을 치켜들고 성큼성큼 다가갔다. 호위하던 기사들이 방자한 라모
를 더 두고 보지 못하겠다는 듯 일제히 달려들며 검을 찔러 넣었다.

챙! 채챙!

라모가 약간의 검강을 발해 휘두르자 찔러오던 검들이 하나같이 반토막이 나 땅에 떨어졌다. 그리고 어느샌가 라모의 검은 카스터의 목에 겨눠져 있다. 퍼뜩 정신이 든 카스터는 자신의 목에 겨눠진 검과 라모의 얼굴을 번갈아 바라보았다.

"자, 결정하시오. 죽음을 받겠소, 아니면 명을 받들겠소."

카스터의 안색이 점점 붉어졌다. 그리고 이어 버럭 호통을 쳤다.

"이 더러운 간신배 놈! 어린 놈이 요사스런 혀로 호른 제국을 망치는구나. 그깟 황제의 명보다는 이 글로스타의 영주민들과 호른의 백성이 더욱 중하다. 죽일 테면 죽여라! 난 그런 명은 받을 수 없다!"

말을 듣던 기사들의 안색이 창백해지며 한 걸음씩 뒤로 물러섰다. 감히 황제를 겨냥해 망발을 하다니… 죽어 묻힐 곳도 없을 치명적인 반항이었다. 라모는 이성을 잃다시피 흥분한 카스터 단장의 눈을 바라보다 검을 거두고 뒤로 물러서 파안대소했다.

"하하하! 글렌 공작 전하께서 인물은 인물이오. 그대 같은 의기 넘치고 충직한 기사단장을 가졌으니. 진심으로 그대의 정의로움에 경의를 표하오."

라모가 고개를 숙이자 카스터 단장과 호위 기사들은 얼떨떨한 얼굴이 되었다.

"군대는 내가 데려가겠소. 하지만 황제께서 내리신 백작의 작위를 걸고 그대 카스터 드라이트 기사단장께 맹세하겠소. 만약 자코 왕국이 침공해 들어온다면 어떤 수를 쓰더라도 그 공백을 메워주겠소. 그리고 그것도 안 되면 우리 하레스의 천인장급 이상의 수뇌부가 이곳에 와서 먼저 뼈를 묻겠소."

카스터도 벌써 마법사의 통신을 통해 하레스에 두 명의 소드 마스터가 탄생했음을 알고 있었다. 천인장들의 무위야 알 수 없지만 두 명의 소드 마스터가 달려온다면 전황이 달라질 것이다. 카스터는 황제에 대해 불손한 말을 내뱉었는데도 불구하고 이렇듯 성심성의로 말하는 라모에게 이젠 고마운 마음이 들었다. 그래서 한결 풀린 안색으로 라모의 의견에 찬동했다.

"고마운 말씀이시오. 그렇게만 해준다면 안심하고 그대에게 병력을 맡기겠소."

그제야 분위기가 풀려 화기애애해졌다. 그제야 카스터 단장이 궁금한 표정으로 라모에게 물었다.

"그런데 라모 백작, 소드 마스터라고 들었는데 올해 몇 살이오?"

'이런 젠장!'

아직까지는 신임을 주기에는 너무 어린 나이였다. 그렇다고 거짓말을 할 수는 없었다.

"올해로 스무 살이오. 하지만 마르스 신전에서 인정을 받은 소드 마스터요. 걱정할 일은 없을 거요."

그들이 놀라든 말든 쓸데없는 사족을 달지 않을 수 없는 라모였다.

"군사 동원에 대한 모든 사항은 카스터 기사단장께 위임하겠소. 그러니 바로 군사 1만 명을 동쪽 변경의 노스롭 영지로 출발시켜 주시오. 시한은 15일이오. 보름 안에 당도하지 않으면 인솔 책임을 진 기사에게 책임을 묻겠소. 그럼 이만……."

라모는 카스터의 대답을 듣지 않고 바로 등을 돌려 나왔다.

"아니, 그건 너무……."

카스터가 무언가 항변의 말을 하려 했지만 라모는 입가에 미소를 지은 채 무시하고 나와 버렸다. 용서할 것은 용서하겠지만 자신과 하레스의 역량을 저울질해 보려는 글렌 공작에게 작은 경고를 주고 싶었다. 아울러 글로스타 영지의 병력들이 과연 정병인가 하는 점도 시험해 보고 싶었다.

군대는 행군의 속도 하나만 놓고 보아도 그 실력을 알 수 있다. 홀홀단신이라면 부지런히 걸어 보름이면 글로스타에서 동쪽 노스롭 영지까지 간신히 시간을 맞출 수도 있다. 그러나 1만의 군세가 움직인다면 따라오는 보급품을 비롯한 자질구레한 떨거지들이 많다. 도저히 불가능한 요구 사항이었다. 그러나 그것은 마하라자 기사단의 고민 사항이다. 라모로서는 즐거운 경기일 뿐이었다.

다음날 라모는 야스퍼와 함께 오전에 수호른 저택을 나섰다.

"누구를 찾아오셨다구요?"

비록 전쟁 준비로 눈코 뜰 새 없이 바빴지만 라모와 야스퍼는 짬을 내 기사 아카데미를 방문했다. 동생과 한 약속을 어길 수는 없지 않은가.

수호른 시 외곽 서쪽으로 10킬로미터가량 떨어진 곳에 위치한 기사 아카데미는 거의 2만 평방미터의 넓은 공간을 차지하고 있다. 너른 연병장이 다섯 개에 달했고 건물들은 뚝뚝 떨어져 있어 일면 산만해 보이기도 했다. 그러나 잘 조성된 화단과 잔디밭, 질서정연하게 깔린 보도블록 등이 세심하게 손질돼 있어 쾌적한 환경을 조성한다.

"라도 하레스를 만나러 왔습니다."

경비병 한 명이 형식적으로 방문자들을 통제하고 있었다.

"글쎄 일학년이라는 건 알겠는데 이름만 들어서는 찾기가 힘듭니다. 약속은 돼 있는 겁니까?"

경비병은 라모와 야스퍼의 전신에 흐르는 기운이 범상치 않아 보여 화를 내지는 못하고 약간의 짜증을 부렸다. 라모는 조금 곤란해졌다. 찾아오기만 하면 될 줄 알았는데 이런 문제가 발생할 줄이야. 야스퍼가 병사의 무성의함에 성질을 내려고 할 참이었다.

간편한 연습용 기사 복장을 한 40대의 인물이 교문으로 들어서다 라모와 야스퍼를 바라보았고, 라모의 곤란한 표정을 보고는 발을 돌려 다가왔다.

"무슨 일인가?"

경비병이 라모를 대하는 태도와 매우 상반되게 즉시 고분고분해졌다. 경비병이 즉시 허리를 굽혔다.

"마젤 교수님, 마침 잘 오셨습니다. 이 사람들이 일학년생 한 명을 찾는 모양인데 이름만으로는 들어갈 수 없다고 통제하고 있는 중입니다."

마젤 교수는 오랫동안 사람을 가르쳐 온 교수답게 교양있는 얼굴에 시선도 따사로워 보이는 인물이었다. 그는 새삼 라모와 야스퍼를 관찰했다. 두 사람 다 장신에 수족이 길고 체형이 날렵해 검사로서는 이상적임을 한눈에 알아보았다. 특히 눈에서 신광을 발하고 서 있는 야스퍼의 기상은 감히 자신으로서도 추측키 힘든 역량을 갖춘 고수임을 대번에 직감했다.

"누구를 찾아오셨습니까?"

마젤 교수의 품위있는 질문에 라모는 이제야 가망성이 보여 기분 좋게 동생의 이름을 알려주었다.

"라도 하레스라… 그럼 혹 하레스의 소영주이신 라모 소영주와 기사단장이신 야스퍼 경이십니까?"

마젤이 흠칫하는 기색이더니 대번에 두 사람의 정체를 추측해 냈다.

라모가 고개를 끄덕이자 마젤은 황송한 표정으로 절을 하더니 돌아서
서는 경비병의 따귀를 보기 좋게 올려붙였다.

"어이쿠!"

갑작스런 일격에 경비병이 비척비척 몇 걸음 물러섰다.

"네놈은 기사 아카데미의 경비를 맡은 자로서 이 나라의 두 소드 마
스터도 몰라본단 말이냐! 당장 교장에게 달려가 이 소식을 알려라! 우
리 기사 아카데미의 창립 이래 가장 고귀한 분들이 오셨다고 말이다!"

마젤이 크게 호통을 쳤다. 보기보다는 과격한 구석이 있구나 하고
라모가 생각하는 순간 마젤이 돌아서더니 두 발을 모으고 오른팔을 가
슴으로 올려 정중한 인사를 올렸다.

"어서 오십시요, 두 분! 황제보다 귀한 분들께 저희 기사 아카데미가
두 분께 너무도 큰 실례를 범했습니다. 제가 대신 용서를 빌겠습니다."

라모와 야스퍼는 처음엔 조금 얼떨떨했지만 곧 사정을 이해했다. 이
곳은 기사 아카데미였다. 기사를 꿈꾸는 자들이 모여 있는 것이다. 호
른 제국뿐만 아니라 대륙의 모든 뛰어난 기사들의 정보가 축적된 곳이
다. 비록 소드 마스터 인증을 받은 지 이틀밖에 지나지 않았지만 이런
놀라운 소식을 모른다면 이미 아카데미로서의 자격이 없을 터였다. 그
러니 기사 아카데미로서는 황제보다도 소드 마스터가 더 고귀한 신분
이라는 마젤의 지적이 틀린 말은 아니었다.

마젤 덕분에 손쉽게 정문을 통과한 라모와 야스퍼는 그의 안내로 정
면에 서 있는 건물로 걸어갔다. 건물은 ㄷ 자형으로 지어져 있고 휴식
을 위한 작은 정원과 벤치가 놓여 있어 아늑한 분위기를 연출한다. 학
생들이 삼삼오오 모여 휴식을 취하는 모습도 보였다. 건물 앞에는 소
식이 전해졌는지 교수들로 보이는 대여섯의 중년 기사들이 보였다. 특

히 가운데 선 백발백염의 노기사가 이곳의 교장으로 추측됐다.

교장은 흰머리가 장발을 이루고 있는 데다 턱수염과 구레나룻가 무성해 도저히 나이를 추측하기 어려웠다.

"어서 오십시오, 두 분! 저희 기사 아카데미의 경사로군요. 특히 대륙제일의 검사께서 이렇게 방문해 주시니 더 더욱 영광입니다."

교장은 매우 친근스럽게 다가와 라모와 야스퍼의 손을 각각 한 짝씩 잡고 흔들며 기뻐했다. 특히 야스퍼를 잡은 손에 힘을 주었다.

"그럴 리가요?"

야스퍼가 짐짓 겸양을 부렸다. 하지만 칭찬이 싫지는 않은지 절로 입이 벌어지는 건 어쩔 수 없었다.

"이건 제가 한 말이 아니라 이곳의 학생들과 교수들이 비교 평가해 내린 결론입니다. 또 저 나름대로 스턴에게 들은 말도 있으니 정확한 평가라고 생각되는군요."

라모와 야스퍼는 의아했다. 스턴이 이곳을 다녀갔단 말인가?

"스턴이 왔다 갔습니까? 그가 무슨 일로 이곳에……."

교장이 기분 좋은 웃음을 흘렸다.

"모르셨습니까? 스턴은 저의 제자입니다. 제가 가장 아끼는 제자이지요. 스턴은 바로 이곳 기사 아카데미 출신입니다."

라모와 야스퍼의 정신이 대번에 확 깨이는 듯했다.

"아, 그럼… 교장선생님께서 바로 전대의 근위대장이셨던 챠벨라인 경이시군요."

라모와 야스퍼가 자신을 알아보자 챠벨라인이 기분 좋은 얼굴로 끄덕였다.

"스턴에게 두 분의 말을 듣고 그날 밤 전 밤잠을 설쳤답니다. 호른 제국의 한 국민으로서 경하할 일이었고, 한 사람의 기사로서 흠모하는 마음을 이길 수가 없었소이다.”

챠벨라인의 진심 어린 말이 두 사람의 마음을 따뜻하게 해준다. 챠벨라인은 두 사람을 교장실로 안내로 차를 가져다 대접했다. 다른 교수들도 일부는 앉고 일부는 서서 두 사람의 동정을 살피기에 여념이 없다.

“교장선생님, 그런데 제가 대륙제일의 검사라는 결론은 어떻게 난 겁니까? 신빙성이 있는 말입니까?”

야스퍼가 소파에 앉아 차를 한 모금 들이킨 후 곧바로 자신의 궁금증에 대한 해답을 요구했다. 그런 궁금증은 절대 못 참는구만 하고 라모는 속으로 실소했다.

“그건 제가 말씀드리겠습니다.”

기회를 엿보던 마젤이 즉시 끼어들었다. 그는 교수다운 어법으로 상황을 설명했다.

“두 분도 아시겠지만 도란 제국에는 두 명의 소드 마스터가 있고 자코 왕국에도 한 명의 소드 마스터가 있습니다. 바로 일 년 전에 자코 왕국의 기병 10만이 도란 제국의 국경을 침공해 전쟁이 발발했습니다. 도란 제국에서도 발빠르게 대처해 20만의 병력을 진군시켜 막게 했습니다. 그런데 놀랍게도 10만의 자코 왕국 기병들이 20만의 도란 제국의 병력을 대파해 버렸습니다. 알려진 바로는 마치 송곳으로 찔러가듯 도란 제국의 대병 사이를 뚫어버렸다고 하더군요. 도란 제국으로서는 절반이나 되는 병사를 잃은 대단한 참패였지요. 이 전쟁으로 도란 제국은 국경에서 무려 150킬로미터나 후퇴해 다시 전열을 가다듬어야 했지요. 자코 왕국의 기병들은 여기에 만족하지 않고 계속해서 진군해 다시 양군이 접전을 벌였는데, 한때 이곳에서도 무려 30만이라는 병력의 우위에도 불구하고 도란 제국이 밀렸다고 합니다."

듣고 있던 라모와 야스퍼는 자코 왕국의 병세가 만만치 않음을 느꼈다. 겨우 10만으로 20만을 대파한 것도 모자라 30만의 병력을 흔들었던 말인가?

마젤은 두 사람의 심각해하는 표정을 보고는 설명을 덧붙였다.

"정보에 따르면 자코 왕국의 기병들은 놀라운 기동력을 선보였다고 합니다. 10만의 병력이 때로는 한 몸으로, 또 때로는 다섯 개의 군집으로 나뉘어 도란 제국 진형의 약점을 찔렀다고 합니다. 들이칠 때는 마치 창날처럼 날카롭고 후퇴는 바람처럼 재빨라 도란 제국의 병력이 일방적으로 도륙되는 상황이었답니다. 이때 빅투아르 폰 카스텔란 경이 나섰습니다. 바로 도란 제국의 근위 기사단장이자 소드 마스터입니다. 이 사람이 일단의 기병들을 거느리고 오히려 자코 왕국의 기병 일부를 함몰시켰고, 그제야 겨우 자코 왕국의 병력이 물러났다고 합니다. 하지만 아무리 소드 마스터라도 쫓아가 그들을 요절낼 수는 없었다고 합니다. 일부 피해는 입었지만 자코 왕국의 기병들은 당황하지 않고 침착하게 빅투 단장을 견제하며 유유히 사라졌다고 하더군요. 기사들은 보통 그의 풀 네임보다 애칭으로 부르길 좋아하지요. 저도 애칭을 사용하겠습니다. 아무튼 빅투 단장이 이때 선보인 검강이 무려 이 미터에 달했다고 합니다. 앞에 걸리는 것은 사람이고 말이고 모두 동강내며 진격해 오는 그의 무시무시한 위세에 자코 왕국의 기병들도 더 이상 버텨낼 재간이 없었다고 합니다. 지금까지는 바로 이 사람이 대륙제일의 검사라고 소문이 나 있었고 그 전쟁으로 입증을 한 셈이었지요. 하레스의 야스퍼 기사단장께서 나타나기 전까지 말입니다."

마젤이 야스퍼를 돌아보며 웃음을 지었다.

"나도 이틀 전 마르스 신전에서 검강을 이 미터 남짓 발했는데… 그 럼 그와 내가 비슷한 수준이 아닙니까?"

야스퍼의 질문에 마젤의 미소가 더욱 짙어졌다.

"하지만 그 뒤 블루호크의 기사 열 명과 대련을 하지 않았습니까? 검을 다시 집어넣은 후 맨주먹으로 그들을 다 때려 눕혔다고 들었습니 다. 블루호크의 근위 기사들은, 특히 그때 마르스 신전으로 황태자를 호위해 간 기사들은 상급의 그래듀에이트들입니다. 누가 감히 호른의 근위 기사 열 명을 맨주먹으로 물리칠 수 있단 말입니까? 물론 시간을 끌면서 한 사람 한 사람 상대한다면 가능하겠지요. 하지만 순식간에 벌어진 일이라고 들었습니다. 도란 제국의 빅투 단장이 아무리 뛰어난 검술이 있더라도 불가능한 일입니다. 그러니 대륙제일의 기사라는 명 예를 누구에게 주어야 합니까?"

야스퍼가 자신을 올려 세우는 말에 머쓱한 표정이 되었다.

"그런가요? 그럼 다른 소드 마스터는 어떻습니까?"

마젤이 즉각 대답했다.

"알려진 바로는 빅투 단장에는 미치지 못하는 것으로 전해집니다. 도 란 제국의 프란츠 폰 페르란드 공작은 우리의 글렌 공작과 비슷한 수준 으로 알려지고 있습니다. 또 자코 왕국의 리코 폰 마리니엘 후작은 베일 에 가려져 있으나 이제 나이가 20대에 불과해 제외되었습니다."

라모와 야스퍼가 서로의 얼굴을 돌아보았다. 자코 왕국의 리코 후작 이 20대에 불과하다면 그도 환골탈태를 경험했을 가능성이 컸다. 이제 초급에 들어선 스턴 천인장이 30살을 갓 넘겼지만 그는 라모와 야스퍼 의 집중 조련을 받아 완성된 소드 마스터이다.

"그럼… 자코 왕국의 리코 후작이 야스퍼 단장과 자웅을 겨룰 만하겠군요.”

라모가 혼잣말하듯 중얼거리자 마젤을 비롯한 교수들이 모두 반박했다.

“그럴 리가 있습니까? 그는 겨우 20대에 불과하니 아마도 갓 소드 마스터에 오른 인물일 것입니다.”

라모가 고개를 저었다. 라모는 야스퍼의 어깨를 짚으며 설명했다.

“야스퍼 기사단장의 나이도 여러분이 보기에 20대로 보이지 않습니까?”

챠벨라인 교장이 얼른 말을 가로챘다.

“스턴에게 듣기로는 야스퍼 단장께서는 보기보다 훨씬 나이가 많다고 들었는데…… 아니, 그럼?”

말을 하다 말고 챠벨라인 교장은 퍼뜩 생각나는 것이 있어 경호성을 발했다. 라모가 고개를 끄덕였다.

“그렇습니다. 그도 젊게 보이는 겁니다. 아마 그는 빅투 단장을 누르고도 남음이 있는 인물일 겁니다.”

뜻밖의 사실에 챠벨라인 교장과 교수들의 말문이 닫히고 침묵이 흘렀다.

“정말 놀라운… 사실이군요. 하마터면 우린 리코 후작의 진면목을 모르고 오판할 뻔했습니다. 그럼 도란 제국과 자코 왕국이 다시 전쟁을 벌이고 두 소드 마스터가 나서면…….”

교수들의 머리 속에 리코에 의해 목이 잘리는 빅투의 영상이 떠올랐다. 그리고 곧 자코 왕국의 기병에 의해 유린되는 도란 제국의 병사들이 떠올랐다.

“이거… 정말 큰일이군요. 그럼 우리는 도란 제국과 동맹을 맺어 자코 왕국을 견제해야 하는 거 아닙니까? 당장에야 저들이 우리를 돌아보지 않겠지만 도란 제국이 무너지고 나면 다음 차례는 우리 호른 제국이 될 것이 분명하지 않습니까?"

마젤이 딴에는 정확한 상황 판단을 했으나 라모와 야스퍼는 자코 왕국의 기병들과 접해보지 않았으니 뭐라 판단하지 못했다. 다만 마젤의 설명에 의해 자코 왕국과 전쟁을 벌인다면 겨우 자신들의 1만 하레스 병력이 그들과 싸울 만한 것으로 보였다. 교장실이 무거운 분위기에 휩싸였으나 곧 한 앳된 학생의 출현으로 깨졌다.

"라도 하레스 생도가 지금 밖에서 대기하고 있습니다."

라도와 비슷한 나이로 보이는 어린 기사 후보생이었다.

"이거 두 분의 소드 마스터를 모셔놓고 분위기가 영 말이 아니군요. 자, 이 결론은 내가 황제께 직접 알릴 테니 모두 내려가서 목을 빼고 기다리는 학생들을 보러 갑시다."

챠벨라인 경이 자리를 정리하며 라모와 야스퍼를 밖으로 안내했다. 건물을 나서니 기사 후보생들이 마치 개미 떼처럼 사방에서 몰려들었다. 한 학년이 대략 100명 선인데 거의 전 학년 500명의 인원이 다 몰려온 듯보였다.

"와! 대륙제일의 검사다!"

"야스퍼 기사단장님, 환영합니다!"

학생들이 중구난방으로 떠들어대기 시작했다. 기다리고 있던 라도와 그의 동료로 보이는 어린 학생들이 라모와 야스퍼에게 다가왔다. 라도의 얼굴이 어째 조금 상기돼 보였다.

"형, 야스퍼 기사단장님이 정말 그렇게 강한 분인 줄은 몰랐어."

라도의 낮게 중얼거리는 소리에 라모가 야스퍼의 옆구리를 팔뚝으로 찔렀다.

"야스퍼 단장, 좋겠어. 여기 또 한 명의 팬이 생겼네."

야스퍼가 민망한 얼굴을 했다. 실상 대륙제일의 검사는 따로 있는데 밝히지도 못하고 속 앓이를 하는 것이다. 그 사람이 바로 옆에 서서 자신의 대한 찬양을 듣고 있으니 더욱 민망한 야스퍼였다. 라모가 그런 야스퍼를 보며 미소를 지을 때 챠벨라인 교장이 연습복을 입은 학생 세 명을 불러내 라모 앞에 세웠다.

"라모 백작, 혹시 하레스의 레드스톰 기사단의 인원을 보충하실 계획은 없는지요. 이 아이들은 제가 실력을 보증할 수 있는 뛰어난 아이들입니다. 6개월 후면 졸업입니다."

라모가 학생들을 보니 전부 훤칠한 키에 잘 빠진 육체를 가졌다. 서 있는 자세만 보아도 기본기가 충실함을 알 수 있었다.

"뛰어난 학생들이군요. 그런데 이런 정도의 졸업생이면 서로 데려가려고 줄을 설 텐데 어찌 저희들에게 부탁하시는지요. 저희 레드스톰 기사단에 기회를 주신다면 오히려 감사를 드려야겠습니다. 그렇지요, 소영주?"

야스퍼가 탐이 난다는 얼굴로 세 명의 학생들을 바라보자 그들의 얼굴에 말할 수 없는 희열의 빛이 떠올랐다. 교장도 기쁨을 금치 못한다는 표정이다.

"감사합니다, 야스퍼 백작님!"

기사단장이 영입의 의사를 밝혔으니 일은 거의 성사된 거나 다름없다. 라모도 야스퍼의 의견에 고개를 끄덕였다.

"우우우우!"

야유가 터져 나왔다. 그리곤 곧 한 학생이 앞으로 나섰다.

"그들은 평민들이오. 저 녀석들은 기사가 될 자격이 없소. 그래서 어떤 기사단에서도 저들을 데려가지 않으려 하는 것입니다. 교장선생님이 독단으로 저들을 받아들인 겁니다."

교장의 얼굴이 약간 상기되었다. 세 명의 학생들은 금방 풀이 죽어 시무룩한 얼굴로 고개를 숙였다.

"분명 이들이 평민이긴 하지만 뛰어난 자질을 가진 학생들입니다. 두 분이 스턴을 보시면 알겠지만 이들도 그에 못지않은 재능이 있습니다."

교장이 고개를 숙이는 모습을 보자 라모는 한심한 생각이 들었다. 신분의 차이로 자신의 재능을 보이지 못하고 멸시를 받는 세 명의 학생들이 가련해 보였다. 또다시 학생들이 야유를 보내자 야스퍼가 고함을 쳤다.

"닥쳐라! 너희들이야말로 기사로서 자격이 없는 자들이다! 기사는 검으로 자신을 주장한다. 기사가 곧 검이며, 검이 기사 자신이다. 기사에겐 그 따위 신분은 일 푼의 가치도 없다. 내가 이들을 10년 이내에 소드 마스터로 만들겠다. 그때에도 너희가 이들을 평민이라 깔볼런지 두고 보겠다!"

열불이 나는지 야스퍼가 학생들을 향해 독살 서린 말을 내뱉었다. 거기에 라모가 아예 못을 박아버렸다.

"이들은 이제 하레스 레드스톰 기사단의 예비 기사입니다. 앞으로 남은 학비는 물론이고 일체의 부대 비용을 저희 하레스에서 부담하겠습니다. 이들을 잘 돌보아주십시오."

교장이 흥분한 표정으로 라모의 손을 덥석 잡았고 세 명의 학생들은 감격의 눈물을 흘렸다. 듣고 있던 학생들도 야스퍼의 일갈이 효과를 보았는지 금방 장내가 조용해졌다. 세 명의 학생들이 즉각 한쪽 무릎을 꿇었다.

"지옥영주와 기사단장께 충성을 바치겠습니다!"

라모와 야스퍼가 일일이 그들의 손을 잡아주며 더욱 열심히 검술에 매진할 것을 당부했다. 평민이라 하여 아무도 돌아보지 않았던 세 명의 학생들은 졸업 후의 진로가 막막한 형편이었다. 그들의 뛰어난 재질을 높이 사 기사 아카데미로 받아들였던 챠벨라인 교장도 요즘 들어 각 영지의 기사단에서 사람을 보내 미리 자신들의 기사 후보를 낙점하는 과정에서 이들이 번번이 외면당하자 고민이 많았었다. 괜히 그들에게 기사의 길을 열어주어 오히려 인생을 힘들게 한 것은 아닌가 후회가 되었던 것이다.

그런데 라모와 야스퍼로 인해 그런 고민이 말끔히 가시자 새삼 스턴이 남긴 말을 떠올리지 않을 수 없었다.

"라모 소영주와 야스퍼 기사단장은 진정한 기사입니다. 그분들과 같이 지내며 제 자신이 얼마나 부족한 존재인지를 여실히 깨달았습니다. 제가 레드 스톰 기사단에 적을 두고 있다는 사실이 얼마나 큰 행운이며 기쁨인지 매일 느끼고 있습니다."

스턴의 남겨진 말에 챠벨라인 교장은 비로소 동의하는 마음이 들었다.

4장

야만족을 정벌하라

야만족을 정벌하라

"소영주님! 단장님! 이 지방의 영주인 밀레 샤르코 자작이 뵙기를 청합니다."

라모와 야스퍼는 1만의 병력을 이끌고 지금 호호탕탕 노스롭 지방으로 진군하고 있는 중이었다. 행군 도중 날이 저물자 라모는 부르크 지방의 한 초원 위에 군막을 세우고 병사들에게 휴식을 취하라 명하였다. 벌써 하레스 영지를 떠난 지 5일이 지나 이제 여정은 5일가량이 더 남은 것으로 예상됐다. 밤이 깊어 벌써 병사들은 모두 취침에 들어가고 일부 경비 병력만 남아 있는 상태였다.

그런데 느닷없이 스턴 천인장이 임시 막사에 앉아 담화를 나누고 있던 라모와 야스퍼에게 보고한다. 수도 저택의 경비를 맡고 있던 스턴은 천인장에 오른 후 공을 세울 이번 기회를 놓칠 수 없어 강력히 자신의 의견을 피력해 따라왔다.

“밀레 샤르코 자작이라고?”

라모는 의아했다. 처음 들어보는 이름인데다 하레스와는 아무런 친분 관계도 없는 자였다. 하지만 일단 그를 들여보내도록 명하였다.

스턴의 안내로 군막 안으로 들어온 샤르코 자작은 일단 첫인상이 매우 강퍅해 보였다. 바짝 마른 몸매에 눈의 안광이 흐려 결코 점수를 잘 줄 수 없는 자로 보였다.

“이렇게 두 분의 소드 마스터를 뵙게 되어 영광입니다. 전 이곳 부르크 지방의 영주인 밀레 샤르코 자작이라고 합니다.”

매우 초조하고 불안해 보이던 밀레 자작이 통성명을 마치자마자 갑자기 털썩 무릎을 꿇었다.

“라모 백작님! 야스퍼 백작님! 제발 저를 살려주십시오.”

그가 머리를 조아리자 라모와 야스퍼는 어리둥절해졌다. 밑도 끝도 없이 살려달라니…… . 야스퍼가 그를 채근했다.

“상황을 설명해 보시오. 도대체 무슨 일이오?”

밀레 자작은 여전히 머리를 조아리며 공포에 몸을 떨었다.

“어둠의 살인자가 나타나 성안의 사람들을 마구 죽이고 있습니다. 약 한 달 전쯤부터 출현하기 시작했는데 아무도 본 사람이 없어 정체를 알 수가 없습니다. 그자를 본 사람은 모두 죽었으니까요. 날이 어두워지기만 하면 여지없이 나타나는데 벌써 성안의 사람들 반은 죽어 나갔습니다.”

야스퍼가 냉소했다.

“아니, 기껏 어쌔신 한 명 때문에 난리라는 거요? 성에는 기사도 있고 마법사도 있을 텐데 암살자 하나를 잡지 못한단 말이오?”

밀레 자작이 금방이라도 눈물을 쏟을 것 같은 표정으로 머리를 저었다.

"결코 어쌔신의 수준의 아닙니다. 이놈은 악마입니다. 저희 영지는 규모가 작아 원래부터 병사의 수도 많지 않을 뿐더러 마법사도 두 명밖에 없었습니다. 그런데 어둠의 암살자가 제일 먼저 살해한 사람이 바로 이 마법사들과 검술을 익힌 기사들이었습니다. 나머지 500명의 병사들도 한 달 내내 성안에서 살인이 일어나자 공포를 이기지 못하고 도망쳐 버려 이제 남아 있는 인원도 얼마 되지 않습니다. 두 분 백작님! 지금 제가 여기 와 있는 사이에도 성안에서는 살인이 일어나고 있을 겁니다. 제발 도와주십시오."

라모가 못마땅한 얼굴을 했다. 구원을 청하러 왔다지만 자신의 가족들을 내팽개치고 달려오다니……. 밀레 자작의 강퍅한 얼굴이 더욱 못나 보인다. 하지만 같은 호른 제국의 신하가 아닌가. 부탁을 거절할 수는 없었다.

"스턴 천인장, 병사 1백 명을 추려 자네가 직접 밀레 자작을 도와주게. 자네 실력이면 충분하겠지? 6써클과 5써클의 마법사 두 명을 대동하게. 우리는 계속 행군해 나갈 테니 일이 끝나거든 즉시 합류하게."

처음엔 백인장을 한 명 보낼까 생각했지만 만전을 기하기 위해 스턴을 보내기로 했다. 금방 울 듯했던 밀레 자작의 표정이 불만으로 가득해 보이는 얼굴로 바뀌었다.

"라모 백작님, 병사 5백 명으로도 얼굴조차 볼 수 없었던 놈입니다. 그런데 겨우 100명의 병사라니요. 어림도 없습니다. 적어도 1천 명은 필요합니다."

라모의 허락이 떨어지자 밀레 자작은 금방 빚쟁이처럼 졸라온다. 뒤에 서 있던 스턴이 불쾌한 얼굴로 밀레 자작에게 일갈했다.

"우리 하레스의 병력을 기껏 이런 시골 영지의 병사들과 비교하는 거요? 우리만으로도 충분할 테니 밀레 자작께서는 걱정을 붙들어 매두시오!"

눈에서 불을 뿜어내며 스턴이 장담하자 밀레 자작은 찔끔해 입을 다물었다. 그리고 곧 이어 100명의 병사들을 소집해 놓은 모양을 보니 경장 차림에 질서정연한 예기가 흘러 정병 중의 정병이 아닌가. 밀레 자작으로서는 이렇게 절도있고 정연한 군대는 본 적이 없었다. 모일 때는 갑옷의 절그럭거리는 소리가 요란하더니 일단 집합하자 숨조차도 크게 쉬지 않는 듯 고요하다. 그제야 안도한 밀레 자작은 스턴과 병사들을 인도해 자신의 성으로 향했다.

다음날 라모와 야스퍼는 노스롭 영지를 향해 군대의 행진을 계속하게 하였다. 부르크 성으로 떠난 스턴에게는 아침에 통신 마법을 통해 보고가 올라왔다. 자신들이 도착했을 때는 이미 10여 명의 인물이 살해된 뒤였으며 그 뒤로는 아무런 사건도 일어나지 않아 하룻밤을 더 기다려야 한다는 전언이었다. 하레스의 병력은 그날 하루를 꼬박 행군해 가다 해가 지자 군막을 세우고 일박했다. 이제 노스롭까지는 나흘 거리를 남겨두고 있었다. 다음날의 행군을 위해 라모는 일찌감치 잠자리에 들었다. 얼마간 잠들었던 라모는 누군가 군막의 천을 들추고 들어오는 기척을 느끼고 잠에서 깨어났다.

"소영주님, 스턴 천인장으로부터의 보고입니다."

일직 마법사다. 마법사가 수정 구슬을 내밀었다. 수정 구슬 안에는 스턴의 조금 창백한 안색이 비쳤다.

─소영주님, 암살자를 잡는 데 실패했습니다. 그런데 그게… 범인은 다름 아닌 마족이었습니다. 이제 열두어 살 먹은 것으로 보이는 체구와 얼굴이었는데, 놀랍게도 공간을 찢고 나타났습니다. 머리와 눈동자

가 보라색인 것으로 보아 틀림없는 마족입니다. 제 검술에 당하지 못한다는 걸 알자 사라졌다가 등 뒤의 공간을 열고 습격하는 바람에 왼팔을 관통당했습니다. 병사들도 여섯 명이 중경상을 입었습니다. 다행히 죽은 병사는 없지만 하레스 기사단의 명예를 실추시켰습니다. 벌을 내려주십시오.

마족이라면 스턴을 질책할 수 없다. 라모는 그를 위로하고 일단 대기하라고 이른 다음 통신을 끊었다.

다음날 라모는 카릴을 수정구로 호출했다. 카릴은 일이 있으니 나중에 노스롭 지방으로 직접 가겠다며 수호른에 남은 상태였다.

"흐흥, 마족이라구? 누군지는 모르지만 간이 배 밖으로 나왔군. 감히 인간 세상에 나와 함부로 살인을 하다니……. 이건 인간들의 일이기 이전에 드래곤에 대한 도전이야. 좌표를 불러줘. 당장 가겠어."

라모는 카릴과 부르크 성에서 저녁 무렵에 만나기로 약속을 정했다. 라모는 야스퍼에게 계속 군대를 인솔해 노스롭 지방으로 행군하라고 당부한 후 저녁 무렵 부르크 성으로 텔레포트했다.

부르크 성은 성이라고 부르기에는 조금 규모가 작아 보였다. 외성, 내성의 구분도 없었고 2미터 남짓한 돌벽을 쌓아 경계를 만들었을 뿐이었다. 성안도 영주의 거처와 병사들의 숙박 시설만을 갖춰놓아 조금 썰렁해 보였다. 성의 한쪽 컨에 마련된 마법진을 통해 라모가 나타나자 여기저기서 휴식을 취하고 있던 하레스의 병사들이 일어나 군례를 취하였다. 스턴을 보니 왼팔에 붕대를 감고 있는데 얼굴색이 호전돼 보였다.

"어서 오십시오, 라모 백작님. 스턴 천인장 덕분에 어제는 한 사람도 죽지 않았습니다. 정말 스턴 천인장의 검술에 감탄했습니다. 중간에 한번 실수하여 상처를 입었을 뿐 그 뒤부터는 일방적인 공격이었습니다, 마족이 견디다 못해 공간을 열고 도망가 버렸죠."

밀레 자작이 옆에서 스턴에게 공치사를 해대자 스턴은 무안한 얼굴로 고개를 숙였다. 라모와 야스퍼로부터 소드 마스터에 올랐음을 인증받은 스턴이었다. 그런데 아무리 등 뒤로부터의 기습이었다지만 상처를 입었다는 것은 소드 마스터의 체면을 구기는 불상사였다. 라모를 볼 면목이 없었다.

"죄송합니다. 전혀 기척을 느낄 수 없었습니다. 아마 제가 방심한 모양입니다."

라모도 그 점이 못마땅했지만 충분히 잘못을 인지한 듯 보여 더 이상 추궁하지 않았다. 곧 이어 카릴이 공간 이동을 해왔다. 갑자기 절색의 미녀가 마법진을 통해 나타나 라모에게 다가가자 그동안 흐리멍덩했던 밀레 자작의 눈동자가 살아나며 무섭게 빛을 발하기 시작했다.

"이놈은 이거 뭐야? 너, 눈 안 깔아?"

밀레 자작의 눈 속에 자신에 대한 욕망이 가득 찬 걸 보자 카릴이 분노했다. 밀레 자작은 여자로부터 이런 모욕적인 말을 들어본 적이 없었다.

'빌어먹을 년! 얼굴이 반반하다고 나를 모욕해? 두고 보자!'

속으로 이를 갈았지만 감히 발작하진 못했다. 카릴이 라모와 어떤 관계인지 알 수 없었고 그녀 자신의 눈에서 무서운 기세가 피어오르자 온몸이 오싹해졌던 것이다. 밀레 자작이 얼굴을 돌리며 자신을 외면하자 카릴은 당장에 박살을 내버릴까 생각하다 라모의 얼굴을 보고 간신히 참았다.

"어머, 라모! 며칠 새 행군하느라 고생해선지 얼굴이 반쪽이 되었네?"

카릴이 다가가 라모의 입술에 가볍게 입을 맞추자 곁눈질로 이를 쳐다보던 밀레 자작의 눈에 불똥이 튀었다. 나는 왜 이다지도 지지리 궁상으로 저런 절세미인을 만나지 못했을까 하는 평생의 자책과 후회가 엄습하는 밀레 자작이었다.

라모가 쓴웃음을 지었다. 며칠 행군했다고 얼굴이 반쪽이 된단 말인가. 카릴이 여전히 여자다운 호들갑을 떤다고 생각하니 그녀가 은근히 귀여워진다.

"카릴, 마족이 공간을 마음대로 넘나드는 모양인데 그렇다면 잡을 방도가 없잖아. 불리하다 싶으면 공간을 열고 도망쳐 버릴 테니."

라모의 의문에 카릴이 빙긋 미소를 지었다.

"오지 않는다면 모를까 이곳에 온다면 도망치지 못하게 내가 결계를 칠 테니 그사이 라모가 잡아. 어떤 놈인지 얼굴 한번 봐야겠어."

시간도 마침 저녁이고 해서 라모와 카릴, 스턴은 밀레 자작의 요청으로 저녁 식사를 함께하기로 했다. 자신의 아내라 소개하는 자작 부인을 보니 얼굴이 검붉고 밀레 자작보다도 훨씬 더 나이가 들어 보였다. 또 식사를 하면서 연신 트림을 해 옆에 있는 사람들의 입맛을 떨어지게 했다. 전형적인 정신병리학적 환자의 모습이다. 심화가 쌓여 울혈이 생긴 경우인 것이다. 그래서 라모를 비롯해 일행은 먹는 둥 마는 둥 식사를 서둘러 끝냈다.

"거, 트림 좀 작작해. 손님들이 계신데 밥맛 떨어지게시리."

밀레 자작은 라모 등이 금방 포크를 내려놓자 자신의 아내에게 면박을 주었다. 자작 부인이 적의가 가득 담긴 시선으로 밀레 자작을 쏘아보았다.

"이게 다 누구 때문인데…… 다 당신 때문이잖아! 당신이 그 여자를……!"

밀레 자작이 황급히 소리쳤다.

"입 닥쳐! 한 번만 더 그 따위 소리 하면 당장 내쫓아 버리겠어!"

난데없는 부부 싸움에 라모 등은 멀뚱한 얼굴로 그들을 바라보았다. 자작 부인은 분노와 슬픔으로 어느새 눈 주위가 축축해졌다. 라모는 자작 부인의 말을 미루어 짐작했다. 아마 마족의 사건에는 밀레 자작의 부정한 행위가 연관된 것이 틀림없었다. 역시 밥맛없는 작자로군. 어떤 사건이 발단이 되었는지 알 수 없었지만 트림을 하는 자작 부인보다는 자신의 아내에게 공박을 가하는 자작이 라모는 더 밉상으로 보인다.

저녁 식사를 끝낸 후 라모는 자작을 채근해 성문 앞 광장의 한 켠으로 나가도록 했다. 일의 원흉이 자작임을 알아낸 이상 그를 미끼로 쓸 작정이었다. 자작은 매우 불안해하며 꺼리는 기색이 완연했지만, 오늘 밤 마족을 잡든 못 잡든 철수할 것이란 협박에 마지못해 응해왔다. 의자 세 개를 광장 한 켠에 내놓고 그 위에 앉은 라모와 카릴, 자작은 밤이 이슥해지도록 마족의 출현을 고대했다. 사위는 쥐 죽은 듯 고요했고 사방에 밝혀놓은 횃불이 타닥거리며 타는 소리를 낸다.

"왔구나!"

카릴이 자리에서 벌떡 일어나며 소리쳤다.

"지금 우주의 기운을 한 곳으로 모은다. 결계 발동!"

카릴이 손을 들어 손가락을 튕기자 성벽에서 일제히 붉은 기운이 솟아오르며 성안 전체를 감쌌다. 그러나 한참 지났으나 아무런 징조도 보이지 않았다.

"이곳에 와 있다는 걸 알고 있다. 너는 이제 도망갈 수 없어. 나타나라!"

카릴이 재차 소리치자 갑자기 공간이 흔들리며 이쪽저쪽의 성벽에서 '꽝' 하는 소리가 연신 들려왔다. 아마 카릴의 결계를 뚫고자 하는 모양이었으나 여의치 않아 보인다. 몇 번 폭음이 들린 후 또 한참 동안 아무런 동정도 보이지 않는다. 라모가 천천히 자리에서 일어났다. 그때 공간이 열리며 얼굴 하나가 튀어나왔다. 몸은 그대로 공간에 잠겨 있고 머리만 나온 기괴한 모습으로 스턴의 말대로 보라색의 머리카락과 눈동자를 한 마족이었다.

마족은 12살가량의 소년티가 완연했는데 얼굴이 눈물로 범벅이 돼있다. 지금도 계속해서 눈물을 흘리는 모습을 보며 라모는 어쩐지 측은한 생각이 들었다. 그래서 라모는 검을 빼지 않고 서서히 마족에게 다가갔다. 마족은 라모가 다가오자 입술을 깨물더니 공간에서 완전히 몸을 빼냈다. 이미 도망은 포기한 기색이다.

마족은 반쯤 잘려진 화살 하나를 오른손에 꼭 쥐고 있는데 인간의 선혈로 짐작되는 액체가 그곳에 엉겨 있다. 라모는 눈물로 더렵혀진 마족의 얼굴과 손에 들고 있는 무기라고 할 것도 없는 화살을 번갈아 바라보았다. 보라색 눈과 머리카락만 아니라면 그대로 골목대장 같은 어린아이의 치기가 엿보인다.

"마족이여, 너는 왜 인간들을 살상하고 다니는 것이냐?"

라모가 질문을 하자 마족이 악을 썼다.

"아냐, 난 마족 아냐!"

그러면서 더 큰 울음보를 터뜨리려고 울먹울먹한다. 라모는 마족 아이의 모습을 보자 갑자기 전생의 고손녀, 고손자의 영상이 떠오르며 마족 아이와 겹쳐졌다. 이 마족은 진짜 어린아이로구나. 그런 생각이 들자 라모는 도저히 잠자코 있을 수가 없었다. 라모가 마족 아이에게 다가갔다. 울던 와중에도 마족 아이는 라모가 다가오자 황급히 피하며 손에 든 화살을 치켜들었다. 라모는 다가서며 탄지신통을 발해 마족 아이의 혈도를 짚었다. 그리곤 쓰러지는 아이의 육신을 낚아채 가슴에 안았다. 몸을 움직일 수는 없었지만 공포로 아이가 몸을 부들부들 떨었다.

"그래, 아이야. 미안하구나. 다신 널 마족이라 부르지 않으마. 두려워하지 마라. 넌 해치지 않겠다."

품속에 아이를 안고 내려다보니 눈물 젖은 얼굴이 통통하니 아직 젖살도 빠지지 않은 듯 보인다. 라모는 아이의 보라색 머리카락을 한차례 쓰다듬어 준 후 이마에 키스했다. 아이는 라모의 진심 어린 말과 행동, 그리고 연민에 가득 찬 눈동자를 보자 그제야 약간 진정이 되는지 입을 삐죽거리더니 '으앙' 하고 기어코 울음보를 터뜨린다.

라모는 아이의 혈도를 풀고 품에 꼭 안은 후 아이의 등을 쓸며 토닥거렸다. 아이는 혈도가 풀렸는지도 모르는지 그냥 라모의 품에 자신의 몸을 맡긴 채 하염없이 울었다. 사태가 이상한 방향으로 풀려가자 밀레 자작이 의자에서 벌떡 일어나 소리쳤다.

"라모 백작님, 그놈은 마족이오! 마족은 인간의 고통과 불행을 즐기는 존재입니다. 어찌 흉악한 마족에게 동정심을 보이십니까?"

밀레 자작의 목소리가 들리자 소리 내어 울던 아이가 울음소리를 그치고 부들부들 떨리는 손을 들어 밀레 자작을 가리켰다.

"저자가 우리 엄마를… 엄마를 죽였어요. 집으로 병사들을 데리고 쳐들어와서는 *끄윽*… 우리 엄마 옷을 *끄윽*… 벗기고 그리고 죽였어요. 그래서 원수를 갚으려고 왔는데… 사람들이 자꾸만 막아서 *끄윽*… 할 수 없이 죽였던 거예요."

라모는 아이의 말을 듣자 밀레 자작에 대한 분노를 숨길 수 없었다.

"이 천하의 호색한아! 이 살인자야! 지금까지 도대체 몇 명의 여자를 간살한 것이냐! 너 같은 자와 20여 년을 함께 산 나도 죽일 년이다! 지옥불에 구워질 인간말종아!"

그때 뜻밖에 자작 부인이 뛰쳐나오며 소리쳤다. 라모는 아이를 안고 돌아섰다. 밀레 자작은 자신의 부인까지 나서서 자신을 질책하자 멍한 얼굴로 할 말을 잃은 표정이다. 라모가 자작 부인을 향해 입을 열었다.

"부인, 난 이제 저자를 참수형에 처하고자 하오. 이의가 있으면 지금 말하시오."

라모의 담담한 말투 속에 감출 수 없는 분노가 섞여 있다. 자작 부인은 잠시 머리를 숙였다 들더니 결연히 소리쳤다.

"제발 저자를 죽여주세요! 저자는 살아 있는 자체가 죄악이고 마족보다도 더 더러운 자예요!"

라모와 자작 부인의 말을 듣던 밀레 자작의 안색이 창백해졌다. 원래 강퍅한 얼굴이 바로 해골이 되어가는 듯하다.

"라모 백작님, 저… 저는 황제께서 작위를 내리신 귀족입니다. 만약 저를 죽이신다면 아무리 백작이라도 큰 후환이 있을 겁니다."

차라리 살려달라고 비느니만 못했다. 밀레 자작의 협박이 라모의 귀에는 제발 죽여달라는 읍소로 들렸다. 라모가 스턴에게 눌길을 돌린 채 턱짓으로 밀레 자작을 가리켰다. 스턴이 잠시 망설이는 기색이었으나 어느 명인데 거역할 것인가. 곧 검을 빼 들고 밀레 자작에게 성큼성큼 다가갔다.

"라모 백작, 살려주세……."

스턴의 빛살 같은 검이 목을 훑고 지나가자 밀레 자작은 말을 채 끝내지도 못하고 목이 떨어지고 말았다. 밀레 자작으로서는 마족으로부터 목숨을 구명코자 라모를 청했지만, 바로 라모로 인해 자신의 궁색한 목줄이 떨어질지는 예상할 수 없었으리라. 죽은 자작의 옷에 피를 닦아낸 후 검집에 다시 검을 꽂아 넣던 스턴의 뇌리 속으로 세상사란 정말 알 수 없는 요지경이란 생각이 스쳐 갔다.

"라모 형, 고마워요. 이 은혜는 죽어서도 잊지 않을게요."

아이는 소멸되고 말았다.

밀레 자작이 죽은 뒤에 아이는 혈도가 풀렸음에도 맥을 못 췄다. 축 늘어진 몸을 일으켜 세우지 못하자 라모는 아이를 부르크 성안의 손님 방에 뉘었다. 그러나 아이는 검은 기운이 점차 솟아오르더니 어느 순간 흔적도 없이 사라져 버렸다.

"아마 어느 상급 마족이 인간 세상에 나왔다가 여인을 취한 모양이군. 아이는 자신이 마족임을 모르고 컸을 테고 자신의 어머니가 죽자 비로소 각성을 한 것으로 보이는데……. 몇 년 안으로 자신의 마족 아버지와 만날 수 있었겠지만 각성의 시기가 너무 빨랐어. 어머니를 잃은 슬픔과 자신이 인간이 아닌 마족이라는 사실에 충격을 받은 모양이야. 마족은 정신체이니 살고자 하는 의지가 없다면 저절로 소멸될 수밖에……."

카릴의 설명을 들으며 라모는 비통한 심정이 되었다. 마족 아이는 자신의 전생을 비추는 거울로 보였다. 아마도 자신의 고손자, 고손녀들도 이 마족 아이와 같은 전철을 밟고 있는 것은 아닌가 하는 두려움이 엄습해 왔다. 중원에선 사마외도라 칭하는 자신이 바로 마족이 아닌가. 라모는 또 자신이 환생한 후 반성했던 전생이 지금도 영향을 미치고 있는 데 씁쓸한 마음이 들었다. 자신은 지금도 전쟁을 위해 발길을 재촉하고 있다. 지금까지 자신의 행동을 되돌아보면 전생의 사마조와 무엇이 다른가? 경허 대사를 생각하면 조금 꺼려지기만 했을 뿐 행동에는 거침이 없었다. 자신에게 대적하는 사람은 피아를 막론하고 제거해 버리려는 사마조의 습성이 은연중 라모에게도 배어 있었던 것이다.

그런데 마족 아이의 소멸을 지켜보며 라모는 자신의 인생 행로가 또다시 비틀어지고 있는 것은 아닌가 불안해지기 시작했다. 무한의 회색 공간에서 경허 대사가 그를 위해 들려준 부처님의 일화가 생각났다.

부유한 한 젊은이가 부부 동반의 친구들과 야유회를 가게 되었으나 그 자신은 독신이었으므로 기생을 데리고 갔다. 그러나 다들 놀이에 정신이 팔려 있는 동안 그 기생은 여러 사람의 옷과 값진 물건을 가지고 달아나 버렸다. 그래서 그들은 도망간 기생을 찾다가 숲 속의 나무 아래서 명상에 잠겨 있는 부처님을 보고서 물었다.

"한 여자가 도망가는 것을 보지 못했습니까?"

자초지종을 들은 부처님은 그들에게 말했다.

"젊은이들이여! 달아난 여인을 찾는 것과 자신을 찾는 것 중에서 어느 것이 더 중요한가."

라모는 혹시 자신도 달아난 여인을 찾는 데 더 주력하는 것은 아닌가 의심되었다. 아니, 되돌아보면 분명히 그러했다. 그렇다면 자신에게 마련된 여분의 생애를 어떻게 살아야 할까? 마족 아이의 소멸은 현재 사마외도로 흐르는 라모의 인생 행로에 큰 경각심을 불러일으켰다. 라모는 꼬리를 물고 이어지는 회한과 반성의 시간으로 마족 아이가 소멸된 침대 곁을 오래도록 떠나지 못했다.

부르크 성의 사건은 이렇게 일단락되었고, 다음날 라모는 부지런히 야스퍼의 뒤를 쫓았다. 하지만 이미 사마조의 기세는 많이 수그러든 뒤였다. 카릴은 아직 자신의 볼일이 남았다며 다시 수호른으로 돌아갔다.

그로부터 사흘 후 하레스의 1만 병력이 노스롭 지방으로 들어섰다. 오는 도중 점점 지세가 험해지더니 노스롭 지방은 더욱 거친 산야가 펼쳐져 있었다. 특별히 큰 산은 보이지 않았으나 얕으막한 산과 언덕이 곳곳에 포진해 사람의 시야를 막고 행군을 어렵게 만들었다. 노스롭 성은 작은 산과 산 사이에 난 분지로는 너무 넓고 평야라 부르기엔 좁은 지형에 세워져 있었다.

노스롭 성을 향해 난 길을 따라 군대를 이끌며 라모는 자못 의아했다. 넓은 분지 안에 말이 가득했던 것이다. 말들의 '히이힝' 거리는 울음소리와 발굽 소리가 사방에서 들려오는 듯싶었다. 노스롭 성이 보이기 시작하자 일단의 무리들이 연락을 받았는지 말을 달려오고 있었다.

"라모 백작! 야스퍼 기사단장! 어서 오십시오. 뵙게 되어서 영광입니다. 제가 노스롭의 영주 코델리아 백작입니다."

기사 20여 명을 이끌고 말을 달려 다가온 코델리아 백작이 붉은 망토를 멋지게 날리며 말에서 내려 고개를 숙였다. 옷매무새는 멋졌지만 그의 얼굴은 피곤으로 찌들어 있었다. 아마 연일 전투가 벌어지는 모양이었다.

코델리아 백작은 40대 중반쯤으로 보였는데 벌써 이마에 굵은 주름이 가득 해 마치 고난을 혼자 짊어진 듯 고초 어린 얼굴을 하고 있었다.

라모와 야스퍼도 말에서 내려 수인사가 끝나고 나자 코델리아 백작이 하레스의 병사들을 한번 둘러보고 감탄을 발했다.

"소문은 들었지만 정말 훈련이 잘된 정병이군요. 이제 한시름 놓았습니다. 야만족들이 얼마나 극성인지 그동안 한시도 편하게 쉬어본 적이 없습니다."

코델리아 백작은 말을 끝내고 나서도 하레스의 정예 병사들을 다시 한 번 둘러보았다. 분지로 들어서면서 백 명 단위로 오와 열을 맞추고 서는데 조금도 흐트러짐이 없었다. 또한 병사들의 눈에서는 오랜 여정에 따른 피로감은 찾아볼래야 찾아볼 수가 없었다. 함부로 퍼지거나 앉는 병사는커녕 빛나는 창칼 사이로 번뜩이는 군사들의 사기가 엿보인다.

"그런데 노스롭 영지에 웬 말들이 이렇게 많습니까? 원래 말을 많이 키우시던가요?"

지형의 험악함에 비추어 지나치게 말들이 많은 듯해 라모는 묻지 않을 수 없었다. 그 말에 코델리아 백작이 껄껄 웃었다.

"이게 다 라모 백작 덕분 아닙니까. 마하라자 기사단이 타고 온 말들입니다. 놀랍게도 그들 1만 명 전부가 기병이었습니다. 보름 안으로 도착하지 못하면 책임자를 처벌하겠다고 엄포를 놓았다지요? 그들은 벌써 이틀 전에 이곳에 도착했습니다. 마하라자 기사단은 자신이 먹을 식량만 휴대한 채 짐꾼이나 마차, 기사의 시종 등을 다 떨구어놓은 채 말을 달려왔다고 합니다."

라모는 코델리아 백작의 말을 듣자 마하라자 기사단의 카스터 단장에게 조금 미안한 감정이 드는 한편 이토록 무리를 한 결단에 놀랐다. 자신은 보병을 염두에 두고 있었는데 자코 왕국을 막을 기병을 내놓다

니……. 라모와 야스퍼를 또 한 번 시험하고자 하는 것은 아닌가 부담
이 되었다. 자신의 입으로 만일 자코 왕국이 쳐들어오면 직접 달려가
겠다고 큰소리를 치지 않았던가.

"그들은 어디에 있습니까?"

도착했다면 먼저 자신에게 신고를 하는 것이 순서가 아닌가. 그런데
말만 보일 뿐이었지 사람은 종적이 없었다. 코델리아 백작이 손을 들
어 작은 산이 물결치듯 첩첩이 중첩되어 보이는 동쪽을 가리켰다.

"어제 일단의 야만족들을 쫓아 저곳으로 갔습니다."

옆에 서 있던 야스퍼가 노기충천한 모습으로 외쳤다.

"뭐라구요? 아니, 이것들이 명령도 없이 자기 마음대로 들어갔단 말
이오?"

야스퍼가 화를 내자 코델리아 백작이 난처한 얼굴로 말을 더듬었다.

"그게 저… 제가 부탁했습니다. 하도 야만족들이 자주 기습을 해오
는 통에 골머리를 앓고 있는데 마하라자 기사단이 도착했길래 제발 소
탕해 달라고 엘리너 저든 기사대장에게 부탁했지요."

야스퍼가 말을 듣고는 고개를 돌려 소리쳤다.

"통신 마법사, 어디 있나?"

통신 마법사가 허겁지겁 달려왔다.

"마하라자 기사단의 엘리너 기병대장을 호출해라!"

야스퍼의 명령에 마법사가 수정구를 꺼내 마하라자 기사단을 호출
했다. 그러나 뭔가 주파수가 맞지 않는지 흐릿한 영상이 서너 번 스쳐
가더니 간신히 로브를 입은 중년의 마법사가 나왔다.

"여기는 하레스의 레드스톰 기사단이오. 마하라자 기사단의 엘리너
기병대장은 어디 있소?"

또다시 영상이 흐려졌다가 되돌아왔다. 아마도 그쪽의 마법사가 제대로 마력을 부여하지 못하는 모양이다.

"큰일 났습니다! 기습을 받았습니다! 양쪽 협곡으로부터 화살이 비 오듯 쏟아지고 있습니다! 기병대장께서는 어디로 갔는지 보이지 않습니다!"

듣고 있던 라모가 인상을 일그러뜨리곤 급히 수정구 앞으로 나아갔다.

"이런 젠장, 그곳의 좌표를 불러라!"

옆에 보좌해 서 있던 페넬이 급히 즉석에서 마법진을 그리기 시작했다.

"스턴 천인장, 자네가 병사들을 인솔하게. 코델리아 백작께서는 병사들을 성으로 인도해 쉬게 해주십시오."

급급히 스턴과 코델리아 백작에게 당부하고 라모는 야스퍼와 함께 마법진을 통해 공간 이동을 시작했다. 라모와 야스퍼가 공간 이동을 끝낸 후 본 광경은 지옥도였다. 좁은 협곡에 1만에 가까운 병력이 갇힌 채 양쪽 계곡 위에서 쏟아지는 화살에 족족 쓰러지며 아수라장을 이루고 있었던 것이다. 또 양쪽 계곡 위에서 돌과 바위를 굴리기도 해 으스러진 병사들의 시체가 널려 있었다. 그야말로 독 안에 든 쥐 꼴이었다.

라모와 야스퍼는 분노에 앞서 너무도 어이가 없어 입을 벌리고 서 있을 뿐이었다. 그때 저쪽에서 한 마법사가 어딘가에서 주워 든 방패로 머리 위를 가리며 뛰어왔다.

"라모 백작님이십니까? 마하라자의 마법사 작스입니다. 미처 구원을 청할 사이도 없이 기습당했습니다. 죄송합니다."

마법사가 무슨 잘못이겠는가. 라모는 기병대장이라는 엘리너가 앞에 있다면 당장에 목을 베었을 테지만 일단 수습이 급했다.

"야스퍼, 자네가 오른쪽 계곡 위를 맡게. 내가 왼쪽을 맡지. 최대한 빠르게 쓸어버리게."

야스퍼가 검을 빼 들었다.

"알겠습니다. 형님! 누가 빠른지 우리 내기하죠."

나이에 걸맞지 않은 철없는 소리를 뱉은 후 오른쪽 계곡 위를 향해 달려갔다. 화살이 계속해서 쏟아지고 있었고 계곡의 능선은 오를 수 없을 만큼 가파랐으나 야스퍼는 여유있게 쳐내며 다람쥐처럼 빠르게 타고 오른다.

라모도 곧 왼쪽 계곡으로 달려갔다. 날아오는 화살은 호신강기에 튕겨져 나가고 라모가 땅을 박차고 뛰자 거의 10미터를 한꺼번에 날아올랐고 힘이 떨어지자 그냥 수직인 절벽을 걷어차고 그 반동으로 다시 날아오르는 식으로 순식간에 계곡 위로 올라가 버린다.

머리 위에는 방패를 이고 양쪽 옆으로는 실드를 친 채 라모와 야스퍼의 행동을 지켜본 마법사는 두 사람의 신위에 두 눈이 휘둥그레졌다. 인간으로서 어찌 저런 몸놀림을 보인단 말인가. 마치 평지를 달리듯 손 한 번 짚지 않고 달려 올라가는 야스퍼도 놀라웠지만 새처럼 날아 올라 가는 라모는 너무도 경이적이었다.

계곡 위로 올라선 라모는 절벽 위에서 연신 화살을 날리고 있는 야만족들을 보았다. 하나같이 제대로 된 복장을 갖추지 못하고 짐승 가죽을 걸쳤거나 여기저기를 서로 다른 색깔의 옷으로 기운 기색이 역력하다. 라모의 관찰은 길지 않았다. 지금도 바로 호른 제국의 병사들이 이들에게 주살되고 있다. 라모는 야만족들을 향해 달려가기 시작했다.

"적이다!"

야만족들이 화살을 내쏘다 급급히 검을 뽑았다. 라모는 거침없이 달리며 금나수법을 전력으로 펼쳐 내기 시작했다. 비록 전쟁이라지만 학살을 원하지는 않았다. 검이나 암기를 쓴다면 이들을 순식간에 전멸시킬 수도 있었다. 그러나 자신이 피로 물들은 살인자가 되고 싶은 마음은 없었다. 바로 하루 전이었다면 주저없이 검을 썼을 테지만 마족 아이의 소멸을 지켜보면서 느낀 바가 많았던 라모였다. 반항이 심한 자들은 팔다리를 꺾어 주저앉혔고 쉬운 상대는 마혈을 짚어 움직임을 봉쇄했다.

"으악!"

"크윽!"

야만인들이 추풍낙엽처럼 여기저기로 널브러졌다. 야만족들은 식지 않은 투지로 눈에 불을 켜며 라모에게 창을 찌르고 검을 날렸지만 라모는 팔에 검강을 일으켜 창과 검을 동강 내버렸다. 활을 쏘아대던 야만족들은 비명성이 마치 조류를 타고 오듯 자신들 쪽으로 흘러오자 활을 거두고 고개를 돌렸다.

그리고 그들은 장신의 사내 한 명이 폭풍처럼 자신들에게 돌진하는 모습을 보았다. 가히 그 기세가 무시무시했다. 잡히는 자는 여지없이 비명을 내질렀고, 손가락에 걸린 자들은 속절없이 정신을 잃고 무너져 내린다. 마치 벼락이 치듯 야만족들 사이로 공포가 들이쳤다. 그래서 라모가 당도하기도 전에 내빼는 자가 속출했다.

"으아악! 도망쳐! 저자는 인간이 아냐!"

누군가 외마디를 지르며 도망치기 시작하자 야만족들의 진형이 허물어지며 다투어 도망가기 시작했다. 그래서 라모가 제법 긴 계곡 위를 마저 다 종주하기도 전에 계곡 위가 깨끗이 소개되고 말았다. 화살이 멈추고 더 이상의 공격이 없자 그제야 마하라자 기사단의 병사들이 힘겹게 계곡을 타고 위로 기어 올라왔다.

라모가 반대쪽 계곡 위로 살펴보니 그곳은 마치 풀포기를 베어내듯 야만족들의 목이 떨어지거나 심장 어림을 꿰뚫려 떨어져 내리고 있는 모습이 보인다. 야스퍼는 거의 계곡의 끝 부분을 지나고 있었다. 라모는 눈살을 찌푸렸다.

'야스퍼에게 당부한다는 걸 잊었군. 인간들은 너무 무력하니 지금 우리는 그들을 학살하고 있는 것이 아닌가. 아무리 야만족이라지만 그들에게도 가족이 있겠지?'

야만족 병사들의 가족에게까지 생각이 미치자 못내 입맛이 썼다.

"라모 백작님, 신고하겠습니다. 마하라자 기사단의 기병대장 엘리너입니다."

라모가 돌아보니 30대 중반쯤으로 보이는 훤칠한 키에 잘생긴 기사 한 명이 백색 갑옷을 입고 투구를 옆구리에 낀 채 서 있다. 갑옷을 입고 있어서인지 조금의 상처도 없어 보였다.

라모는 엘리너에게 다가가 다짜고짜 그의 배를 걷어찼다.

"크악!"

갑옷이 움푹 파이며 엘리너가 앞으로 고꾸라졌다. 그리고는 쓴 물을 게워낸다. 라모가 호통을 쳤다.

"지금 즉시 갑옷을 벗어라!"

엘리너는 자신의 잘못을 인식하는지 배의 통증에도 불구하고 억지로 일어나 급급히 갑옷을 벗기 시작했다. 뒤에 서 있던 병사 한 명이 재빨리 달려와 갑옷 벗기를 돕는다.

엘리너가 갑옷을 다 벗고 나자 라모는 아무 소리도 없이 발길질을 시작했다. 이번에는 엘리너도 비명을 지르지 않고 이를 악물고 삼키는 기색이다. 라모는 엘리너의 배와 허벅지, 등과 엉덩이 등 요혈을 피한 부위는 가리지 않고 발길질을 해댔다. 비록 진기를 주입하지는 않았지만 그 위력은 만만치 않은 통증을 주었을 텐데 엘리너는 비명을 잘도 참아낸다. 보고 있던 병사들의 얼굴이 창백해질 만큼 무지막한 구타였다. 라모의 발길질은 엘리너가 땅 위를 데굴데굴 구르며 온몸을 먼지로 목욕을 한 후에야 간신히 멈췄다.

"네가 나의 부하였다면 당장 참수형이다. 기사라는 자가 머리는 장식으로 달고 다니는 것이냐? 함부로 적진 깊숙이 들어와 병사들을 전멸시키려 하다니. 협곡을 지날 때에는 미리 척후를 보내 적정을 살핀다는 기본 전략도 모르는 놈이로구나. 너를 내 직권으로 직위 해제하겠다. 이곳의 일이 마무리될 때까지 노스롭 성의 감옥에서 너의 잘못을 반성해라. 처분은 너의 상관인 카스터 드라이트 단장께 대신 위임할 것이다. 끌고 가라!"

라모가 뒤에 서 있던 병사들에게 소리치자 병사들이 엉거주춤 다가와 엘리너의 팔을 잡았다. 자신의 상관을 체포하는 일이 마음에 들 리 없다. 그러나 라모가 눈을 부라리자 찔끔해 엘리너를 끌고 갔다. 엘리너는 심한 자책과 후회의 얼굴을 한 채 고개를 숙이고 순순히 병사들을 따라갔다. 계곡 아래로 다시 내려온 라모는 마법사들을 불러 기병 부대장을 찾아오게 하고 병사들의 인원 파악을 지시했다.

"형님, 이거 피해가 보통이 아닌데요? 하, 이거 글랜 공작에게 백배 사죄할 일만 남았군요."

최대한 글로스타의 병력을 보존해 주겠다고 약속했는데 초장부터 이런 꼴이니 아무리 라모의 잘못이 아니라 강변할지라도 일부의 책임을 면할 수는 없게 되었다. 카스터 단장이 기병대를 보낼지는 몰랐다는 의외성과 출발한 마하라자 기사단과 수시로 통신을 연결해 움직임을 통제하지 못한 사실은 라모의 만회할 수 없는 실수인 것이다. 지금 병사들은 제대로 서 있는 자가 절반에 불과해 보였다. 절로 한숨이 터져 나왔다.

"찾으셨습니까? 기병부대장 노게이라입니다."

30대 초반의 우직해 보이는 기사였다. 라모는 그를 주시하다 입을 열었다.

"노게이라 부대장, 자네를 임시 기병대장으로 임명하겠네. 인원 파악이 끝나는 대로 즉시 병력을 돌려 노스롭 성으로 귀환하게. 귀환 도중 되도록이면 적과 접전을 벌이지 말고 신속히 돌아가게. 또다시 이런 상황을 만들지 말고 의심나는 징후가 보이면 즉시 통신 마법으로 보고 후 행동하게. 알겠나? 그리고 왼쪽 계곡 위에 다수의 포로들이 있을 걸세. 죽이지는 말고 걸을 수 있는 자로 10여 명 압송해 오게. 절대 죽이지 말고 그대로 둬."

노게이라가 복명을 끝내자 곧 이어 마법사가 인원 현황을 파악해 왔다.

"사망 1,652명에 중경상자가 2,875명입니다."

과연 라모가 예상했던 대로 거의 절반에 가까운 사상자가 생겼다. 라모는 속이 부글부글 끓어올랐다. 도대체 이 화를 어디에다 풀어야 할까? 예전 같으면 적을 향해 무자비한 복수를 감행했겠지만 스스로 마음에 꺼리는 바가 있어 자제하고 있으니 사마조의 혈기가 갈 곳을 몰라 방황한다.

"이 야만족들은 타우 족이라 부르는데 모두 흉포하고 거친 놈들입니다. 원래 이곳 노스롭 지방을 비롯해 이 근방의 모든 지역이 이놈들의 영토로, 알고 보면 상당한 대부족이었습니다. 그러나 호른 제국의 복속 권유를 거부해 현 황제 폐하의 5대조이셨던 블랑 폐하께서 정복을 명하셨고 저의 선조가 이곳을 무력으로 점령해 지금에 이른 것입니다."

마하라자 기사단의 불상사가 일어난 지 3일이 지났다. 병사들의 상처를 치료하고 적정을 탐문하느라 금방 시간이 흘러 버리고 말았다.

지금 노스롭 성의 대회의청에는 라모와 야스퍼를 비롯한 하레스의 천인장들과 코델리아 백작이 참석해 야만족들을 일거에 쳐부술 묘책을 강구 중이었다. 마하라자 기사단에서는 노게이라 임시 대장이 홀로 참석해 있다.

"그간 놈들은 이곳이 자신의 영토라고 부르짖으며 거의 200년간을 쉬지도 않고 침습해 와 살인과 방화, 약탈을 자행하고 있습니다. 그러던 것이 근래 들어 갑자기 놈들의 기세가 커지며 더욱 잦은 습격을 하고 있습니다. 적게는 2천 명에서 많으면 1만 명에 가까운 야만족들이 동원되는데, 그동안 저는 근방의 영지로부터 군사를 얻어 총 5천 병력으로 그야말로 쉴 틈도 없이 그들을 막아내는 데 바빴습니다. 반격은 생각조차 할 수 없는 실정이었습니다. 그러다가 호른 제국 중앙에서 군사가 온다는 소문이 퍼지자 그제야 물러난 것입니다. 반격을 하려고 해도 저 산맥 안의 상황을 전혀 알 수가 없었습니다. 호른 제국 사람이라면 바로 곤욕을 치르는지라 누구도 들어가지 못하는 실정입니다. 저도 마하라자 기사단이 그토록 깊숙이 적진으로 쳐들어갈지는 조금도 예상 못했습니다. 저는 다만 마하라자 기사단이 지긋지긋한 놈들을 격퇴해 더 이상 침습하지 못하도록 막아달라고만 부탁했습니다."

코델리아 백작의 책임 회피성 발언을 끝으로 그의 설명이 마쳐졌다. 라모와 천인장들은 속으로 비웃음을 내뱉었다. 200년간 검을 맞대온 상대에 대해 전혀 모르고 있다는 게 말이 되는가? 심지어는 그의 가문에 대해서조차도 멸시하는 기분이 든다. 야스퍼가 앉은 채로 입을 열었다.

"자, 제군들! 잘 들었겠지? 우리는 저 산맥 안의 상황을 조금도 알 수 없는 상태에서 군사를 이끌고 들어가게 생겼다. 지금부터 눈먼장님이 어떻게 넘어지지 않고 저 산맥의 야만족들을 쳐부수어야 할지 좋은 의견을 밝혀라."

야스퍼의 비아냥거리는 소리에 코델리아 백작의 얼굴이 벌겋게 달아올랐다. 곧 마린 천인장이 자리에서 일어났다.

"제가 배운 바로는 총명한 기사나 뛰어난 대장이 군사를 동원하여 적을 이기고 남다른 승리를 거두는 것은 미리 적정을 살펴 그에 대한 대책과 전략을 세웠기 때문이라고 들었습니다. 따라서 우리는 먼저 몸이 날랜 군사를 풀어 적의 허실을 염탐해야 하고 현지 주민들을 통해 그곳의 지리를 습득하는 것이 필수적이라고 봅니다."

'제대로 배웠군.'

라모는 마린이 손자병법의 일부를 능란하게 풀어내자 고개를 끄덕였다. 듣고 있던 코델리아 백작과 마하라자 기사단의 노게이라 임시 대장도 마린의 해박한 전술에 저으기 감탄했다. 이번에는 앰버 천인장이 자리에서 일어났다.

"그게 쉽지가 않습니다. 그동안 저희가 백방으로 저 산맥 안의 지리를 알고 있는 현지 주민을 찾고 또 마하라자 기사단이 압송해 온 포로들을 닦달했지만 호른 제국의 백성은 전혀 알지 못했으며 포로들은 죽음을 무릅쓰고 함구하고 있습니다. 병사들을 척후로 쓴다면 비록 적의 내정을 알런지는 모르지만 적지 않은 피해가 예상됩니다. 용병(用兵)에 있어 나라를 온전하게 하는 것이 으뜸이요, 적군을 깨뜨리는 것은 그 다음이며, 아군을 온전케 함이라 했습니다. 그래서 백전백승이 좋은 것이 아니라 싸우지 않고 적을 굴복시키는 것이 으뜸이라고 했습니다. 제 생각으로는 피해가 예상되는 병사들을 동원하는 것보다는 차라리 우리 천인장들이 나서서 적의 허실을 탐지해 보는 것은 어떨지 건의하고 싶습니다. 천인장들이라면 쉽사리 당하지 않고 오히려 소수라면 없애 버리고 대군이면 회피하는 데 문제가 없을 것이라 봅니다."

또다시 손자병법이다. 듣고 있던 코넬리아 백작과 노게이라 임시 기병대장은 귀가 시원해지는 기분을 느꼈다. 처음 듣는 이론이지만 정말 지당하다고 박수를 치고 싶은 대목이었다.

듣고 있던 라모도 앰버 천인장의 발언이 제일 합당한 듯 보여 그의 의견을 채택하고 먼저 적정을 살핀 연후 다시 회의를 열기로 정했다.

하레스의 천인장들은 즉시 통신을 위한 마법사 한 명씩을 대동하고 산맥 안으로 진입해 들어갔다. 천인장들과 마법사들은 일단 마법진을 그려 적의 집결지로 예상되는 지역으로 공간 이동을 했다.

하레스의 선봉장으로 처음 전쟁을 맞은 렌토 대장은 거리도, 이름도 알 수 없는 협곡에 모습을 드러냈다. 선봉장답게 렌토는 가장 가운데의 지역을 담당했다. 그를 중심으로 양 옆으로 다른 천인장들이 정보를 모으고 있을 터였다.

"브로일 마법사, 내 뒤를 따라오고 절대 앞으로 나서지 마라. 그리고 위험하다 싶으면 절대 무리하지 말고 바로 공간 이동을 하여 원대 복귀해라. 이깟 야만인들로는 절대 나에게 위협이 되지 않는다."

렌토는 검을 빼 들며 진기를 주입하자 반 장 남짓한 붉은 검강이 솟아올랐다. 그러자 렌토는 호기가 만장을 치솟듯 용기백배해졌다.

5써클의 마법사로 30대 중반의 브로일은 렌토의 검강을 보고는 적진에 들어와 약간 움츠러들었던 마음이 적잖이 풀렸다. 거의 소드 마스터에 근접한 검사이고 보면 적에게 발각된다 하더라도 자신이 마법 진을 그려 후퇴할 시간은 충분히 벌어줄 것이다.

"렌토 대장님, 대단하십니다. 이제 소드 마스터라 불러도 전혀 손색이 없으십니다. 야스퍼 단장께서 렌토 대장님께 선봉을 맡긴 것도 다 이유가 있었군요!"

그래서 절로 아부성 발언을 하게 된 브로일이다. 렌토는 하레스의 천인장 가운데 스턴이 가장 먼저 소드 마스터에 오른 점에 대해 약간 시샘을 하고 있었다. 측량키 어려운 무위를 가진 라모와 야스퍼를 제외하면 누구에게도 지고 싶지 않은 렌토였다. 그래서 브로일의 찬사가 더욱 음악 소리처럼 감미롭다.

렌토는 구태여 숨지 않고 사방을 예리한 시선과 귀로 훑으며 성큼성큼 걸어나갔다. 렌토는 때로는 능선을 타기도 하고 때로는 산 정상으로 올라가 적의 동정을 살폈다.

마법사는 렌토의 빠른 발을 따라잡기 위해 종종걸음을 쳤다. 특히 산 정상을 오를 때는 힘이 들다 못해 헤이스트 마법을 거느라 적지 않은 마력을 낭비했다.

"오! 저곳에 모여 있군."

한 산 정상에서 렌토가 협곡에 야만족들이 모여 있는 것을 발견했다. 렌토가 손살같이 뛰어 내려간다. 브로일도 근력 보강 마법을 걸어 죽어라 쫓아갔다. 거의 소드 마스터에 근접한 렌토인지라 마법으로도 쫓아가기에 힘겨웠다. 브로일은 렌토를 쫓아가며 또다시 마음이 조금씩 불안해졌다. 렌토는 조금도 두려움없이 매복이 있든 없든 상관하지 않고 전진한다. 이게 무슨 적정 탐색이란 말인가. 은밀하게 움직이며 적이 모르게 이동해도 들킬까 말까인데 렌토는 '이놈들이 어디 숨었나’ 하고 있는 대로 기척을 내고 있다.

협곡 위에 다달은 렌토는 숨지 않고 거의 상반신을 다 내놓고 협곡 아래서 쉬고 있는 야만족들의 인원수를 파악했다.

“거의 5백 명가량 되겠군. 브로일, 노스롭 성에 보고하게. 이곳 좌표를 알려주고 야만족 5백 명이 집결해 있다고 보고하게.”

브로일이 수정구를 품속에서 꺼내 통신을 시도했다. 각 천인장들이 파악한 병력 수와 좌표를 근거로 라모와 야스퍼가 대략의 야만족 병력 배치를 짐작할 것이다. 자신들은 계속해서 그들을 찾아내 보고만 하면 판단은 위에서 하는 것이다.

“어이! 너희들, 거기서 뭐 하는 거야?”

갑작스런 말 소리에 렌토와 브로일이 뒤돌아보았다. 뒤 10미터 지점에 짐승 가죽을 걸치고 조잡한 창을 든 야만족 두 명이 다가오고 있었다. 그들은 로브를 입은 브로일을 보자 두 눈이 휘둥그레졌다.

“마법사다! 그럼 너희는 호른 제국의 첩자들이구나!”

그들 중 한 명이 호각을 불려는 찰나 이미 몸을 날린 렌토가 순식간에 그들에게 접근했다. 한 명이 엉거주춤 창을 들었으나 렌토는 창과 함께 그의 목을 잘라 버리고 호각을 불려던 자의 목을 검강으로 꿰뚫어 버렸다. 두 명이 호각은커녕 비명도 지르지 못하고 명부로 불려갔다. 렌토는 죽은 야만족들을 질질 끌고 가 으슥한 곳에 버리고 덤불과 풀로 덮어버렸다.

“자, 다른 곳으로 가보자구.”

렌토와 브로일은 이틀이나 산맥을 헤매며 계속해서 적의 종적을 탐색했다. 점점 더 산맥 깊숙한 곳으로 들어갈수록 야만족들의 출몰이 잦아졌으며 렌토의 검에 목을 날린 야만족의 숫자만 해도 기십 명은 되었다. 렌토와 같은 소드 마스터에 근접한 검사를 만난 그들의 불운이었다. 그동안 렌토와 브로일은 역시 각각 500명가량의 야만족 병력 두 무리를 더 발견했다. 당연히 즉각 통신 마법을 통해 노스롭 성에 보고했다.

이틀도 거의 끝나갈 무렵 지형이 어째 조금 평탄해진다 싶은 기분이 들었다. 그리고 한 협곡을 돌아가자 넓은 분지가 나왔다. 노스롭 성이 있는 분지보다는 조금 규모가 작았지만 오랫동안 산과 협곡만을 보아온 렌토와 브로일은 가슴이 트이는 기분이다.

"찾았다! 바로 이곳이 놈들의 아지트로군."

렌토가 희열에 찬 음성을 발했다. 브로일이 보기에도 비록 큰 건물은 없었지만 고만고만한 통나무집들이 거의 1천여 채 가깝게 밀집돼 있는 전경이 보인다. 그중 정중앙에 있는 집은 3층의 목재로 지어져 약간의 위엄을 흘리고 있다. 아마도 저곳에 야만족들의 왕이 살고 있을 것이다.

"이제 더 이상 볼 것도 없군. 브로일, 자네는 내가 몸을 풀고 올 동안 마법진을 그리게. 이대로 노스롭 성으로 귀환하겠네."

말을 마친 렌토가 검을 빼 들더니 달려갔다. 몸을 감출 생각을 하지 않았으니 그들은 이미 야만족들의 보초병들에게 발각당한 상태였다. 거의 40~50명의 야만족들이 창칼을 휘두르며 달려오고 있었다.

브로일이 한숨을 쉬며 마법진을 그리는 사이 렌토는 적들과 조우해 자신의 무위를 뽐내고 있었다. 혈영신공을 바탕으로 한 붉은 검강이 둘러싼 야만족들의 사방으로 뻗어 나가며 그들의 목과 가슴을 휩쓸어 간다.

"으악!"

"조심해! 보통 놈이 아니다!"

렌토는 흉소를 날리며 연신 검을 휘둘러 야만족들의 목줄을 끊어갔다. 야만족들이 창이나 검을 들이밀어 보지만 무기와 함께 사람을 동강 내며 달려드는 붉은 혈안의 렌토를 당해낼 수가 없었다. 급기야 진형이 무너지며 우르르 야만족들이 도망치기 시작했다. 그러자 렌토는 성이 안 찬다는 듯 그들을 쫓아가며 연신 목을 날렸다. 렌토는 다시 200명가량의 야만족들이 함성을 지르며 달려오기 시작하자 그제야 쫓는 것을 멈추고 브로일에게로 돌아왔다.

"어쨌든 큰 수확인군. 야만족들의 소굴을 우리가 발견했으니 제일 공로가 큰 셈인가? 흐흐흐, 기다려라, 야만족들아! 며칠 내로 이 렌토 님이 오셔서 너희들의 목줄을 다 끊어주마."

렌토가 달려오는 200명가량의 야만족들을 보며 이빨을 드러냈다. 브로일은 공간 이동을 위해 정신을 모으면서도 렌토의 모습을 보고는 등골이 서늘해졌다. 피를 갈구하는 악마와 함께하는 기분이 들었다. 곧 마법진에서 흰 빛이 솟아오르며 두 사람을 감쌌다.

렌토의 보고를 접한 라모와 야스퍼는 크게 고무되었다. 천인장들이 크게 활약한 덕에 적의 대략적인 분포와 지리를 어느 정도 짐작하게 된 것이다.

야만족인 타우 족은 대략 500명가량의 소규모 부대가 좌우로 넓게 포진돼 있음을 확인했다. 그리고 곳곳에 매복을 깔아놓아 천인장들이 가지 않았다면 앰버의 예측대로 적지 않은 피해가 날 뻔했다. 그러니 마하라자 기사단이 타우 족에게 일찍 포착되었을 것이고 그들을 유인한 다음 날개처럼 퍼져 있던 그들의 소부대가 순식간에 들이닥쳐 기습을 한 것이다. 오랫동안 산속에서 살아온 타우 족은 그야말로 산맥을 자신의 안방처럼 훤하게 꿰뚫고 있어 아무리 대군이 쳐들어와도 전체가 궤멸되지 않도록 병력을 흩어놓은 것이다.

"이런 식이라면 각개격파밖에 방법이 없습니다. 놈들이 서로 호응하지 못하도록 서로의 연결 통로를 끊어버리고 오히려 우리가 놈들을 기습해 버리는 겁니다. 결국 우리도 병력을 나누는 수밖에 없습니다. 무력이 강한 기사단이 적의 매복을 찾아내 분쇄해 버리고 적이 눈치 채기 전에 덮쳐야 합니다."

귀네스 천인장이 각개격파를 주장하고 나왔다. 라모는 조금 망설이지 않을 수 없었다. 그렇게 되면 라모와 야스퍼가 없는 가운데 전투가 속출할 테고 만만찮은 피해를 입을 터였다. 지금까지 종합해 놓은 적의 예상 병력수는 1만을 상회하고 있었다. 하레스의 1만 병력을 넘어선다는 뜻이다. 설마 지지는 않겠지만 고스란히 전력을 보존하려는 라모에게 있어 결정을 꺼리게 하는 작전이다.

"귀네스의 말대로라면 그야말로 전면전이 될 텐데, 적지 않은 피해가 예상됩니다. 더군다나 우리가 추정하고 있는 야만족들의 1만 병력도 놈들의 근거지에 남아 있는 병력을 제외한 숫자입니다. 승리하더라도 피해가 크다면 의미가 없습니다."

손자병법을 알고 있는 스턴 천인장도 썩 내키지 않는다는 표정이다. 역시 차세대 기사단장감답게 라모의 걱정을 정확히 지적한다. 이번 작전을 위해 제일 큰 공을 세운 렌토가 일어났다.

"저에게 병력 1천만 주시고 다른 천인장들이 좌우의 야만족들을 견제만 해주면 일도양단으로 야만족들의 근거지까지 쳐들어가 그들의 왕을 사로잡아 보이겠습니다. 이것이 병력 손실을 최소화하며 오히려 이

번 전쟁을 가장 빨리 끝내는 방법이 아니겠습니까?"

렌토의 말도 일리가 있었다. 그러나 전투가 벌어지면 어떤 방법을 쓰든 그들의 왕에게 상황이 전해질 것이다. 그래서 수박 겉핥기 식으로 탐지해 온 천인장들의 지리 감각을 무색케 하는 색다른 함정이 마련될 수도 있다. 위험한 계획이다. 하지만 선봉장다운 패기 넘치는 발언이었다.

듣고 있던 코델리아 백작과 노게이라 임시 대장은 천인장들의 자신만만한 발언에 일면 어이가 없었다. 이미 전쟁은 이긴 것이나 진배없으니 얼마나 아군의 피해를 줄이느냐가 관건이라는 논의가 주류를 이룬다. 전쟁이 시작되기도 전에 어찌 이렇게 자신한단 말인가? 하레스의 천인장들과 일반 병사들의 무력을 직접 확인해 보지 못한 두 사람은 이들이 너무 큰소리를 친다고 생각했다. 이번엔 펠트로 천인장이 일어났다.

"지금으로써는 별다른 뾰족한 수는 없다고 생각합니다. 제 의견으로는 두 가지를 동시에 병행하는 것이 어떨까 하는데요. 하레스의 병력들이 소규모로 흩어져 있는 야만족들의 병력을 견제 또는 요격하는 사이 마하라자 기사단이 중앙으로 일시에 진군해 가는 겁니다. 남아 있는 마하라자의 5천 병력이면 그들의 근거지를 충분히 공략해 갈 것으로 예상됩니다. 이 작전의 핵심은 하레스의 병력이 마하라자 병력 진군의 걸림돌을 사전에 제거하는 시간적인 안배입니다. 즉, 하레스 병력에 야만인들의 눈을 돌리게 해 자신들이 목표라고 인식시켜 주는 겁니다. 그리고 그 배후로 마하라자 기사단이 지나갑니다. 그들이 설사 마하라자 기사단의 진군을 알아챘다 하더라도 이미 한참 늦은 후여야 합니다."

펠트로의 말을 듣고 있던 노게이라의 눈이 번쩍 뜨여졌다. 전쟁의 공로가 자신의 수중에 떨어질 수도 있는 것이다. 반면 하레스의 천인장들은 일제히 안면을 일그러뜨렸다. 재주는 곰이 부리고 돈은 광대가 챙기는 것인가? 뒤늦게 자신이 발언한 말의 의미를 깨달은 펠트로도 미미하게 안색이 변하며 후회했다. 하지만 후회하는 일은 꼭 결정되고야 만다. 라모가 펠트로를 향해 박수를 쳤다.

"펠트로 천인장이 참으로 적절한 의견을 내놓았다. 사실 글렌 공작 전하께 어떻게 이번 참사를 전할 것인가 고민했는데 마하라자 기사단이 빛나는 승전의 보고를 가져간다면 그분의 노기도 적잖이 풀릴 것이다. 작전의 방향도 좋고 또 다른 의미의 성과도 기대되니 펠트로 천인장의 의견을 채택하고 싶은데… 다른 천인장들의 의견은 어떤가?"

천인장들의 무시무시한 눈길이 일제히 펠트로에게 쏟아졌다. 펠트로는 안색이 핼쑥해지며 쥐구멍이 있으면 숨어버리고 싶은 심정이 되었다.

'입이 방정이지, 하필이면 마하라자 기사단을 거론할 게 뭐람.'

펠트로의 심정이야 아랑곳없이 그 뒤 작전은 일사천리로 구상되고 계획되어졌다. 즉, 하레스의 병력이 먼저 산맥으로 진입해 일제히 적의 소규모 부대의 은밀한 이동과 상호 협조를 봉쇄한다. 그런 연후 적절한 시기를 보아 마하라자 기사단이 한나절이나 하루 뒤 전격적으로 야만족들의 근거지로 쳐들어가는 것이다. 이미 적의 소규모 부대들은 하레스의 병력들에 의해 반쯤은 혼이 나가 있을 테니 마하라자 기사단의 진군을 알아챌 여유가 없을 것이다.

회의가 끝나고 나서도 라모는 여전히 회의청에 남아 생각에 잠겼다. 몸을 일으켜 나가려던 야스퍼도 라모의 모습에 다시 의자에 앉았다.

"형님, 회의도 끝났는데 무슨 생각을 그렇게 하십니까?"

신광 어린 야스퍼의 눈을 대하자 라모는 그가 자신의 날개임을 재삼 떠올렸다.

"야스퍼, 사실 천인장들에게 이런 말을 남기고 싶었네. 되도록이면 죽지 마라. 그리고 가능하면 적이라도 죽이지 마라. 이게 지금의 내 심정이야. 전쟁에 임한 기사로서 할 말이 아니지. 그래서 천인장들에게 아무 소리도 하지 못했네. 죽고 죽이는 전쟁이 어쩐지 싫어지는군. 그 마족 아이의 죽음이 내겐 충격이었던 모양이야."

야스퍼가 그 특유의 심유한 눈으로 라모의 심정을 꿰뚫어 보려는 듯 빛나더니 껄껄 웃기 시작했다.

"형님, 성자가 되고 싶은 모양이구려. 형님은 전생의 삶을 싫어하시는구려. 그래서 그 전철을 밟고 싶지 않은 모양입니다. 하지만 형님, 형님은 이 굴레를 벗어날 수 없습니다. 형님이 하레스의 지옥영주인 이상, 그리고 자코 왕국과 도란 제국이 분쟁을 벌이는 한 형님의 의중과는 반대로 손에 피가 마를 새가 없을 겁니다. 만약 형님이 이 굴레를 벗고 싶다면 영주의 자리를 내놓아야 할 겁니다."

과연 그럴 수 있을까? 만약 자신이 소영주의 자리를 내놓는다면 실망할 아버지와 어머니의 얼굴이 훤하게 떠오른다. 황제나 공작의 권위보다 혈연으로 이어진 두 사람의 기대를 저버리는 행위가 더 어렵게 느껴진다. 나는 아직 17살이니 시간은 많다라고 생각해 보지만 괴물 광한마제 사마조의 관념과 충동이 라모의 몸과 영혼 속에서 힘차게 뛰놀고 있으니 안심할 수가 없다.

다음날 아침, 라모는 먼저 1만의 하레스 병력을 이끌고 산맥 안으로 진입해 가는 야스퍼를 전송했다. 라모의 뒤에는 자신들의 차례를 기다리는 5천 명을 넘는 마하라자 기사단이 창칼을 가다듬으며 살기를 뿜어내고 있었다. 하레스 병력은 야스퍼가 담당하고 마하라자의 병사들은 라모가 인솔하기로 합의한 상태였다. 라모는 이제 이곳에서 대기하고 있다가 야스퍼의 신호를 기다려 일거에 야만족들의 근거지까지 쳐들어가는 것이다.

산맥 안으로 진입해 들어가던 야스퍼는 새삼 라모의 근심 어린 표정이 떠올랐다. 평생을 뱅가드 숲에서 살아오다시피 한 야스퍼로서는 라모의 의식을 일부는 이해가 가능했지만 도저히 납득할 수는 없었다. 남자로 태어나 기사가 되었다. 사나이 일평생이 거칠 것 없이 전장을 떠돌며 일세를 풍미하다 죽는다 해도 그곳에 무슨 후회와 미련이 남을 것인가. 기사는 검과 명예 이외의 잡다한 인생은 거추장스러운 족쇄에 불과하다고 믿었다.

인간들 사이에서 풍운만변의 온갖 감정에 일희일비했던 라모의 전생을 야스퍼로서는 도저히 알 수가 없으리라. 때문에 야스퍼도 지금에 와서야 후회하는 라모의 전철을 그대로 밟고 있는지도 몰랐다. 야스퍼는 산맥 안으로 들어서자 마지막으로 병사들의 무기 상태를 점검했다.

"방패 앞으로!"

5천 명에 이르는 방패를 든 병사들이 한 발짝씩 앞으로 나와 방패로 벽을 쌓는다.

"크로스 보우 장착!"

크로스 보우를 든 나머지 5천 병력이 일제히 철그덕거리며 석궁에 쿼렐을 장착한다. 병사들의 일사불란한 움직임에 저으기 마음이 놓인다. 이런 산과 협곡에서는 주로 활에 의한 접전이 이루어진다. 그러니 당연히 활과 방패는 필수적이다. 아마 이미 야만족들의 척후병들이 근처에 숨어 하레스 병사들의 위용을 구경하고 있으리라. 그리고 병력이 움직이는 대로 즉시 연락을 하여 소규모 부대를 진로에 포진시킬 것이다. 야스퍼는 천인장들에게 다시 한 번 주의 사항을 전달했다.

"협곡으로 내려가지 말고 산의 능선으로만 움직여라. 적들의 이동은 크로스 보우로 견제하고 야만족들 간의 접촉을 철저히 끊어 봉쇄하라. 도망치는 적은 무리해서 쫓지 말고 자신들의 자리를 견지해라. 자, 출발!"

야스퍼의 명령이 떨어지자 각 천인장들이 일제히 흩어지며 자신이 담당한 병력 앞으로 달려갔다.

"전진!"

각 천인장들이 검을 빼 들어 산맥을 가리키자 병사들이 일제히 함성을 내지르며 산맥 안으로 진입해 들어가기 시작했다. 1만을 열 개로 갈라 각 천인장들이 1천의 병력으로 자신이 맡은 구역을 향해 돌진해 갔다. 야스퍼는 병사들의 진격하는 모습을 지켜보며 하레스의 병력들이 하나의 산을 넘어 완전히 꼬리를 감출 때까지 제자리에 서 있었다. 야스퍼의 뒤로는 열 명의 통신을 담당한 마법사들과 1백 명의 병사들이 대기하고 있다. 병사들은 야스퍼를 지키기보다는 마법사를 지키기 위해 남겨둔 병력이다.

"우리도 가자."

야스퍼가 먼저 발걸음을 떼자 뒤에 서 있던 병사들이 일제히 방패를 들어 마법사들을 방어진 안에 포진시킨 채 따라왔다. 야스퍼는 전혀 급할 것 없는 발걸음으로 앞에 입을 벌린 협곡으로 걸어 들어갔다.

좌측에서 세 번째로 포진해 진격해 들어가던 펠트로 천인장은 어제 회의가 끝난 내내 기분이 우울했다. 자신의 입바른 소리로 인해 하레스 전체 병력의 노력이 빛을 바래게 됐으니 동료 천인장들에게 미안한 마음을 금할 수 없었다.

‘젠장! 우리는 실컷 고생만 하고 열매는 마하라자 기사단이 따겠구면.’

그 모든 잘못이 자신에게 있으니 어디 하소연할 곳도 없다. 한 가지 위안이라면 아무리 정당하고 명쾌한 해답을 제시하더라도 듣는 사람이 불쾌하면 그것은 바로 오답이 된다는 교훈을 깨달은 점이다. 펠트로는 앞으로 한마디를 하더라도 정말 신중해야겠다고 속으로 다짐해 본다.

“적이다!”

그때 앞서 나가던 병사들이 방패를 치켜들며 소리쳤다. 펠트로가 상념에서 깨어나 앞을 바라보았다. 야만족 5백 명가량이 능선의 나무 사이에 몸을 감춘 채 화살을 날리고 있는 모습이 보인다.

“뒤에도 적이다!”

뒤쪽의 병사들이 소리쳤다. 뒤를 보니 그곳에도 5백 명가량의 야만족들이 나무 사이로 화살을 날리고 있다. 야만족들 딴에는 포위랍시고 한 모양인데 그 광경을 지켜본 펠트로는 비릿한 미소를 지었다.

‘화를 풀 곳이 없어 답답했는데 잘됐군.’

이곳은 능선치고는 제법 공간이 있어 훈련받은 정예병에게 오히려 유리했다.

“1에서 4백인대까지는 뒤로 포진! 나머지는 정면으로 전속 돌격!”

펠트로가 검을 빼 들어 휘두르자 방패를 든 병사 200명이 벽을 쌓았고 크로스 보우를 든 200명의 병사들이 뒤쪽의 야만족을 향해 대응 사격을 시작했다. 이어 펠트로를 비롯한 600명의 병사들은 일제히 검을 빼 들고는 방패를 앞세우고 정면의 야만족들을 향해 달려갔다. 야만족들이 날린 화살은 일차로 거의 대부분이 방패에 가로막혔고 이차로 플레이트 메일을 걸친 병사들의 갑옷에 튕겨 나갔다. 이런 상황은 이미 충분히 예상한 터였다. 다른 천인장들이 비슷한 속도로 전진하고 있다면 더 이상 올 야만족들은 없었다.

그동안 흘린 땀의 결실을 하레스의 병사들은 유감없이 보여주고 있었다. 일제히 전진하면서도 방패를 든 선두가 조금도 흔들리지 않았다. 또한 하나의 병집단이 움직인다고는 도저히 믿어지지 않을 정도의 놀라운 속도로 정면의 야만족들에게 다가갔다. 너무 근접했다고 생각한 야만족들이 활을 거두고 일제히 창과 검를 겨누었다. 그러나 하레스의 병사들은 멈출 생각을 하지 않고 방패를 앞세운 채 그대로 돌진해 왔다.

"어이쿠!"

"크악!"

방패에 부딪친 야만족들이 비명을 지르며 나가떨어졌다. 300명의 방패병이 달리는 탄력을 이용해 교묘히 나무 사이에 서 있는 야만족들을 후려치며 그대로 달려나갔다. 그 뒤로 펠트로를 위시한 300명의 병력이 이어서 덮쳐 갔다. 방패병의 진격으로 이미 크게 흔들린 야만족들은 지나쳤다가 다시 되돌아오는 방패병들을 경계하랴 당장 코앞에 닥친 검날을 피하랴 정신이 없었다.

개인 기량에서도 월등한 차이가 나는 데다 수적으로도 열세에 처한 야만족들이 순식간에 궤멸되기 시작했다. 특히 상급의 그레듀에이트인 펠트로의 무위는 그중에서도 단연 돋보였다.

야만족이 나무 뒤로 숨으면 나무와 함께 잘라 버리고 도망치면 순식간에 따라붙어 목을 날린다. 그의 검에서 휘황하게 빛나는 푸른 검기가 야만족들에게는 악마의 숨결로 보였다. 펠트로의 무위를 한번 본 야만족들은 등을 돌리면 어느새 그가 다가와 목덜미에 뜨거운 숨결을 토해

내는 듯한 공포를 맛보았다.

접전이 벌어진 지 10분 만에 승패가 갈리면서 100여 명가량의 야만족들이 사방으로 도주하기 시작했다. 심지어 급한 마음에 어떤 야만족은 높은 능선 위에서 그대로 아래로 데굴데굴 굴러 내려가기도 했다. 저래 가지고 살아날까? 펠트로는 난데없는 야만족 걱정을 할 정도다.

병사들을 다시 모은 펠트로는 뒤쪽의 야만족들을 향해 달려갔다. 그러나 그곳도 상황은 끝나 있었다. 300명가량의 야만족들이 퀘렐에 꿰뚫린 채 땅에 즐비하게 누워 있다.

"앞쪽의 야만족들이 궤멸돼 가자 이놈들의 마음이 급해졌던 모양입니다. 일제히 돌격해 오더군요. 하지만 우리가 누굽니까? 바로 천하무적의 하레스 병사들 아닙니까? 오히려 돌격해 오도록 놔두었다가 근접사격으로 일제히 날려 버렸지요. 뭐, 싱겁게 끝나 버렸습니다."

백인장의 자랑 섞인 보고에 펠트로는 아직 다 풀리지 못한 스트레스 때문에 조금 아쉬웠다.

"에잉, 이것들이 뭐 이렇게 약해 빠졌냐? 정말 싱겁다 못해 맹탕들이로구먼."

펠트로는 겉으로야 투덜거렸지만 야만족들이 약한 것이 아니라 하레스 병사들이 지나치게 강한 것이 이유임을 알고 있었다. 그래서 은근히 자신의 부하들이 자랑스러웠다. 2년이 넘도록 십팔반무예를 익혀온 병사들은 설사 몇 배의 병력들이 몰려온다 해도 전혀 밀리지 않을 것이다.

"자, 지금부터는 능선과 능선 사이로 오가며 적들의 움직임을 탐지하고 이동을 막아라."

펠트로의 명령이 떨어지자 이제는 열 개의 백인대가 나뉘어져 사방으로 흩어져 갔다.

"이것으로 나의 임무는 거의 끝인가?"

펠트로는 산보라도 하는 심정으로 느릿느릿 한 백인대의 뒤로 따라 걷기 시작했다.

한편 야스퍼를 축으로 중앙 좌측에는 스턴 천인장이 병사들을 이끌고 능선을 타고 있었다. 이곳 능선은 제법 경사가 가파라 병사들의 오와 열이 조금씩 흐트러졌다.

"적이다!"

이곳도 어느새 야만족들에게 앞과 뒤로 포위당한 상태가 되었다. 험난한 지형에도 불구하고 오랜 훈련에 능숙해질 대로 능숙해진 병사들은 일사불란하게 방패를 앞세우고 야만족들의 화살에 대응해 크로스보우를 겨누었다. 스턴은 병사들을 절반씩 나누어 서로 대응케 한 연후 마찬가지로 방패를 앞세워 진격케 했다. 거친 지형 탓에 움직임이 자유롭지 못해 돌격이 여의치 않았으나 우세한 무기와 갑옷을 믿고 병사들이 그대로 쳐들어갔다.

"와! 호른의 개자식들을 죽여라!"

갑자기 능선 아래서 일단의 함성이 들리며 5백 명가량의 야만족들이 창칼을 휘두르며 뛰어올라왔다.

'이런! 귀네스 천인장이 일대를 놓쳤구나. 칠칠치 못하게시리.'

스턴은 이곳으로 지원 나올 야만족들이라곤 바로 옆의 능선을 타고 있는 귀네스 담당 지역 외엔 달리 없다는 걸 알고 있었다. 지금 앞뒤로 야만족들을 맞아 무용을 뽐내고 있는 하레스의 병사들이 아무리 정병이라 하더라도 측면을 뚫리면 당황할 수밖에 없으리라. 상황의 다급성을 눈치 챈 스턴이 검강을 발해 달려갔다. 비록 소드 마스터 초급에 불과한 스턴이었지만 그 놀라운 민첩성과 지구력으로 능선 아래서 올라오는 야만족들을 맞았다. 마치 큰 추 하나가 왕복 운동을 하듯 놀라운 속도로 능선의 이쪽과 저쪽을 오가며 올라오는 야만족들을 향해 검강을 휘둘렀다.

"으악!"

"살려줘!"

올라오던 야만족들이 능선 위로 고개를 내밀자마자 푸른 검강이 눈 앞에서 번쩍 하고 지나가면 목이 떨어져 나갔다. 하도 손발을 바삐 놀리다 보니 목을 노린 어떤 야만족은 머리가 삼 분의 일쯤 떨어져 나가 정신을 놓고 능선 위에 올라와 멍하니 앉아 있다.

스턴이 아무리 빠른 몸놀림을 보여준다 하더라도 500명에 이르는 인원을 전부 막을 수는 없었다. 그러나 기습을 눈치 챈 하레스 병력의 일부가 달려오자 용케 스턴을 피해 올라선 야만족들도 금방 요절나 버리고 말았다. 도저히 체계적인 무예를 배운 하레스 병사들의 상대가 되지 못했다. 조금 곤란을 겪기는 했지만 상황은 20분도 되지 않아 종료되고 말았다. 거의 절반에 가까운 사상자들을 남겨놓은 채 야만족들이 뿔뿔이 도주해 버린 것이다. 그러나 거의 피해가 없었던 펠트로와 달리 스턴의 병사들은 전투 외중에 눈먼 칼을 맞고 10여 명이 죽고 말았다.

천인장들이 이렇게 비교적 순탄하게 자신에게 맡겨진 임무를 완수하고 있는 데 반해 야스퍼는 지금 무서운 적수를 만나고 있었다.

"이 침략자들아! 우리를 풍요로운 땅에서 쫓아낸 것도 모자라 이제는 아예 씨를 말리려느냐? 신이 너희 호른 제국을 벌할 것이다! 그리고 나 타우 족의 미시 오카가 이곳에서 죽음을 무릅쓰고 너희를 막겠다! 이곳을 지나려면 나의 시체를 밟아야 할 것이다!"

짐승 가죽 옷으로 제법 맵시를 부린 가무잡잡한 얼굴의 타우 족 여인이었다. 이제 갓 20살가량으로 보였는데 긴 머리를 끈으로 질끈 동여매고 자신의 키보다 더 큰 창을 옆에 세운 채 야스퍼와 1백 명의 병사들에게 고함치고 있다. 여인의 얼굴이 비교적 예쁘장한 데다 몸매도 가냘퍼 보여 큰 눈을 치켜뜨며 으름장을 놓는 모습이 조금도 무섭지 않고 귀엽기만 하다.

"이년이! 감히 뉘 앞에서 큰소리냐. 엉덩이를 맞아야 정신을 차리겠느냐!"

야스퍼를 따라왔던 백인장이 성큼 앞으로 나서며 소리쳤다. 비록 창을 들었다지만 가냘픈 여인을 상대로 검을 뽑을 의욕도 생기지 않아 야스퍼를 돌아보았다.

"와하하하하!"

백인장의 말을 농으로 들은 병사들이 모처럼 전장 한가운데서 웃음보를 터뜨렸다. 희롱을 당한 여인의 얼굴이 달아오르는가 싶더니 짚고 서 있던 창을 한 바퀴 빙글 돌린 다음 곧바로 백인장의 심장을 향해 찔러갔다. 고개를 돌려 야스퍼의 의중을 묻던 백인장은 미처 찔러오는 창을 보지 못했다.

"조심!"

야스퍼가 소리치며 순간적으로 백인장에게 다가가 팔을 끌어 뒤로 던져 버렸다.

"어이쿠!"

백인장이 뒤로 날아가며 창이 아슬아슬하게 가슴까지 쫓아오다 돌아갔다. 백인장이 뒤로 나동그라지며 엉덩방아를 찧었지만 죽는 것보다는 나았다. 야스퍼는 여인의 창술이 군더더기없이 깔끔해 오랫동안의 수련을 거쳤음을 알았다. 뒤늦게 정황을 알아챈 백인장이 분기탱천해 검을 뽑아 들었다.

"이년이!"

소리는 쳤지만 군령없이 움직일 수는 없어 야스퍼에게 허락을 구하는 눈길을 던졌다.

"죽이진 마라."

야스퍼의 허락이 떨어지자 백인장이 곧바로 검을 휘두르며 여인에게 달려들었다. 야스퍼의 짐작대로 여인의 창술은 놀라운 바가 있었다. 오랫동안 레드스톰 기사단에 몸을 담아오며 검술을 연마했고 최근에는 십팔반무예를 중점으로 수련해 자신이 생각해도 크게 성장한 검술 실력을 가진 백인장이었다. 그런데 여인은 조금도 물러서지 않고 창을 풍차처럼 돌리면서 간간이 불쑥불쑥 찔러 넣으며 백인장의 접근을 막았다.

창술을 많이 접해본 백인장으로서도 여인의 창술이 너무 뛰어나 처음엔 어찌 공략해야 할지 감이 잡히지 않았다. 현란하게 돌아가는 창이 몽둥이처럼 자기의 머리를 노리는가 하면 일순 창날로 바뀌며 심장을 찍어온다. 더군다나 창이 길어 더욱 접근이 불가능해 보였다.

백인장은 일정한 거리를 유지하며 여인의 주변을 돌다가 뒤에서 자신을 바라볼 야스퍼 기사단장을 생각하자 마음이 조급해졌다. 자신이 이깟 여자 하나 어쩌지 못하면 레드스톰 기사단에서 설자리를 잃고 말 것이다. 백인장은 자세를 낮춘 채 검을 쥔 손에 힘을 준 다음 조금씩 창을 든 여인에게 접근해 갔다. 사정거리에 들어서자 현란한 창의 묘술이 펼쳐졌다. 눈이 어지러울 정도로 정신없이 돌아가던 창이 불쑥불쑥 목과 심장을 노리고 튀어나왔다. 그러나 이미 이를 악문 백인장은 혼신의 힘을 다해 창을 향해 검을 휘둘렀다.

챙!

검명이 크게 울리며 여인이 비틀비틀 뒤로 몇 걸음 물러섰다. 창술은 훨씬 화려했지만 남자의 힘을 당하지 못한 것이다. 반면 백인장은 조금도 중심을 잃지 않았다. 평소 훈련을 받아온 마보가 실전에서 큰 위력을 발휘하고 있는 중이었다.

여인이 뒤로 물러서며 틈을 보이자 백인장이 지체없이 달려들며 연신 검을 날렸다. 이미 선기를 잃은 데다 힘까지 달린 여인은 더 이상 백인장의 공격을 피해 반격할 여력을 잃었다. 결국 여인이 창을 놓치며 뒤로 나동그라졌다. 백인장이 곧바로 달려들며 여인의 목에 검을 들이댔다.

'휴, 간신히 체면치레는 했군.'

백인장은 왼손을 들어 이마의 땀을 훑어내리고 야스퍼를 바라보았다.

"노스롭 성으로 이송해 감옥에 가둬라."

병사들이 달려들어 여인을 포박했다. 그리고는 백인장이 두 명의 병사를 선정해 여인을 노스롭 성으로 연행해 가게 했다. 타우 족의 여인 미시 오카는 포박당할 때까지도 눈에 불을 켜며 당장에라도 야스퍼와 병사들을 쳐 죽이지 못한 것을 원통해하는 것 같았다. 그러나 막상 병사가 포박한 줄을 끌자 머리를 숙이며 한줄기 눈물을 흘렸다.

야스퍼는 처음 여인이 한 말이 상기되었다. 침략자라… 그들의 입장에서는 과연 호른 제국이 침략자 이상이 아닌 것이다.

5장

경허 대사를 찾아서

경허 대사를 찾아서

"뭐라고 했느냐? 분명히 안반수의라고 말했단 말이냐?"

라모의 앞에 한쪽 무릎을 꿇은 병사가 지체없이 대답했다.

"예, 그렇습니다. 야만족은 사령관께서 그 말을 들으면 분명 자신을 만나줄 것이라 말했습니다."

라모는 경악했다.

"이럴 수가! 안반수의라니……."

안반수의(安般守意)는 일원신공의 요체요, 핵심이다. 안은 들숨이요, 반은 날숨이다. 수의는 이 안반의 흐트러짐을 막는 정신 집중을 말한다. 일원신공은 안반수의를 이렇게 설명한다.

안반수의란 마음을 제어하여 무위의 경지를 얻는 길이다.

일원신공은 바로 이 안반수의를 설명하고 가르치는 것에 대부분의 내용을 할애한다.

안은 생명의 창조가 되고 반은 그치는 것이다. 수의는 자연 그대로 있게 하는 것이다. 안은 생하는 것이요, 반은 멸하는 것이며, 수의는 마음의 인연이 되는 도이다. 안은 헤아리는 것이요, 반은 서로 따름이 되며, 수의는 그치는 것이다. 안은 마음이 올바로 서는 것이고, 반은 동요하지 않게 되는 것이며, 수의는 마음이 흩어지지 않게 되는 것이다. 안은 있음이요, 반은 없음이다. 마음이 있는 것만을 생각하면 도를 얻지 못하고, 마음이 없는 것만을 생각해도 도를 얻지 못한다. 안을 인연의 근본으로 삼고 반을 있을 바가 없는 것으로 삼는다. 도인은 쫓아오는 바가 없는 근본을 알고 또한 있을 바가 없는 멸을 안다. 이것을 수의로 삼는다. 안은 맑음이 되고 반은 깨끗함이 된다. 수는 없음이 되는 것이며 의는 하고자 함이다. 이것은 청정한 무위다. 없다는 것은 살리는 것이다. 하고자 함은 낳는 것이다. 다시는 괴로움을 얻지 않으므로 살게 되는 것이다.

이런 안반수의를 어찌 야만족 따위가 알고 있단 말인가. 아니, 이 세계의 사람이 알 수는 없는 일이었다. 그렇다면 도대체 야만족은 안반수의라는 말을 어디서 들었단 말인가. 상념에 잠겨 있던 라모는 갑자기 큰 창이 자신의 전신을 관통하는 듯한 충격을 받으며 부지불식간에 부르짖었다.

"경허 대사!"

경허 대사가 분명했다. 이 세계로 차원 이동되며 헤어진 경허 대사였지만 소멸되지 않은 것이 분명했다. 라모의 마음속으로 그리움이 차오르며 마음이 급해졌다.

"그 야만족은 어디 있느냐?"

한시라도 빨리 야만족을 만나 경허 대사의 환생 여부를 알고 싶었다.

"야스퍼 단장께서 생포하시어 압송 중이라고 합니다. 곧 당도할 것입니다."

라모의 뒤로는 마하라자의 5천 병력이 곧 떨어질 명령을 고대하며 살기를 흘리고 있다. 그러나 라모의 정신은 이미 야만족 정벌이라는 사소한 임무 따위는 안중에도 없었다.

"마법사를 보내 즉시 데려오라."

상황을 주시하던 노게이라 임시 대장은 인상을 찌푸렸다. 이미 야스퍼 단장에게서 산맥의 야만족을 대부분 격퇴, 고립시켰으니 출발해도 좋다는 마법 통신이 전해져 왔던 것이다. 그런데 라모가 엉뚱한 일에 정신을 팔고 있었다.

"라모 백작님, 명령을 내리시죠. 병사들이 기다리고 있습니다."

라모가 힐끔 노게이라를 쳐다보았다.

"기다려라."

차가운 말 한마디가 떨어진다. 노게이라는 마치 딴사람을 보는 듯했다. 온몸에서 무서운 기세가 흘러나오며 더 이상 말을 붙일 수 없을 만큼 엄숙한 분위기가 라모의 전신을 휘돌았다. 잠시 후 마법사가 마법진을 통해 야만족 포로 한 명을 데리고 나타났다. 라모는 포로를 뚫어질 듯이 바라보았다. 온몸을 결박했는데 이제 갓 스무 살가량의 처녀가 아닌가. 타우 족의 미시 오카도 기세등등한 5천의 병력을 뒤로 거느리고 있는 라모를 주의 깊게 관찰했다. 마법사가 그녀를 끌어 라모의 앞으로 나아갔다.

“당신이 이번 침략군의 수괴인가?”

미시 오카가 독기 어린 눈으로 라모를 노려보며 입을 열자 노게이라가 대노해 검을 빼 들며 앞으로 나서려 했다.

“이런 죽일 년이 있나! 야만족 주제에 감히……!”

그러나 라모의 손길에 막혀 더 이상 나설 수가 없었다.

“포박을 풀어라.”

라모는 그녀의 내공이 극히 보잘것없는 데다 경허 대사와 관계가 있는 것으로 보여 함부로 대할 수가 없었다. 마법사가 급히 그녀의 포박을 풀어주었다.

“너는 누구며, 안반수의라는 말은 어떻게 알고 있느냐?”

포박이 풀리자 손목을 주무르던 미시 오카는 호른의 수괴가 마치 구애하듯 부드럽고 나직하게 물어오자 가볍게 눈살을 찌푸렸다.

“나는 타우 족의 족장 도모카의 딸 미시 오카다. 지금 산맥 안으로 들어간 호른의 침략자들을 즉시 되물리고 더 이상 만행을 저지르지 않겠다고 약속해라. 그러면 말해 주겠다.”

라모는 한숨을 쉬며 고개를 저었다. 미시 오카가 어떻게 안반수의라는 말을 알았는지는 모르지만 그것이 라모에게 있어 얼마나 중요한 사안인가 하는 정도는 아는 모양이다.

“그건 불가능하다. 나는 황제 폐하로부터 너희를 정벌하라는 명을 받고 이곳으로 온 것이다. 나의 임의로 하고 말고를 정할 수는 없다. 대신 너희의 왕이 항복해 온다면 더 이상 피를 흘리게 하지는 않겠다.”

노게이라가 옆에 시립해 있다가 대경했다.

“라모 백작님, 어찌 그런 약속을 하십니까! 마하라자 병사들의 눈에 흐르는 복수의 염원을 보지 않으셨습니까. 이대로 순순히 물러난다면

협곡에서 죽어간 1,700여 명의 원혼이 원통해서 눈도 감지 못할 것입
니다."

노게이라는 반드시 야만족의 근거지로 쳐들어가 씨를 말리겠다는
복수심에 불타올랐다. 라모는 씁쓸한 미소를 지으며 미시 오카를 바라
보았다.

"보다시피 이렇다. 어떻게 하겠느냐, 너희 민족이 천참만륙 되는 걸
구경하고 싶은 거냐? 신중히 대답해라. 너의 한마디에 너희 족속들의
운명이 걸렸다."

미시 오카는 몸이 오그라드는 위축감을 느꼈다. 과연 라모의 말처럼
마하라자 병사들의 붉게 상기된 얼굴에 핏발 선 눈으로 미시 오카를
노려보는 모습이 당장에라도 달려들 것처럼 무시무시해 보인다. 지금
자신들의 근거지에는 무장도 형편없는 병력 1,000명가량이 남아 있을
따름이다. 산맥 안에 넓게 포진된 타우 족의 용맹한 전사들이 어느새
따로따로 격파당했다는 소식이 은밀한 통로를 통해 속속 전달되어 왔
다.

미시 오카는 거의 반수 이상이 죽임을 당하고 이동조차도 못할 정도
로 엄중한 감시를 받고 있다는 소식을 접하고 절망감에 가슴이 터질
듯했다. 그래서 물불을 가리지 않고 뛰쳐나왔다가 포로가 된 것이다.

이제 앞에 있는 병력이 자신들의 근거지를 공격한다면 살아남을 사
람이 과연 몇이나 될까? 손에 땀이 나도록 긴장이 된다. 하지만 자신에
겐 비장의 카드가 있었다.

"좋아요. 우리 협상해요. 우리 타우 족을 온전히 보전해 주겠다고
약속한다면 내게 안반수의라는 말을 해준 사람이 어디 있는지 알려주
겠어요."

라모가 즉시 고개를 끄덕였다.

"약속하겠다."

미시오카는 진의를 살피려는지 한참 동안 라모의 얼굴을 주시하다가 입을 열었다.

"그녀는 여신관으로 이름은 프라나예요. 내가 이 말을 전하는 것은 이미 나의 아버지이신 타우 족의 족장이 항복했음을 의미해요. 여신관 프라나는 이미 당신이 이곳에 올 것을 알고 있었어요. 그녀의 설득으로 아버지는 진작에 항복을 생각했지만 내가 반대했어요. 프라나는 당신이 이 세상의 어떤 인간도 감히 대적하지 못할 강자라고 했지만 믿을 수가 없었어요. 아무리 그렇더라도 싸워보지도 않고 항복한다는 게 말이 안 된다고 생각했지요. 하지만 내가 어리석었어요."

라모는 그녀의 심정이 충분히 이해됐다. 피 끓는 젊은이로서 적에게 쉽사리 항복할 마음이 들겠는가? 그러나 그것이 중요한 것은 아니었다. 라모는 미시 오카의 말속에서 경허 대사의 향취를 느꼈다. 과연 프라나라는 여신관은 경허 대사와 어떤 관계일까?

라모는 미시 오카에게 재촉하는 눈길을 던졌다.

"그녀는 도란 제국의 수도 카타로에 있는 레아 신전으로 간다고 했어요."

그녀의 말이 끝나자마자 라모는 즉시 마법사를 불러 야스퍼를 호출하게 했다.

"야스퍼, 난 지금 도란 제국으로 간다. 이미 타우 족은 항복했네. 더 이상 유혈 사태가 일어나지 않도록 여기 있는 미시 오카와 협의해 타우 족의 족장을 황제 폐하께 데려가게. 자네만 믿겠네. 마하라자 기사단이 경거망동하지 못하도록 엄중히 감시하게. 자네들이 수호른에 도착하기 전에 일을 마치고 돌아오도록 하겠네. 뒷일을 부탁하네."

수정구 안의 야스퍼가 아연실색했다.

─아니, 형님! 갑자기 무슨 일입니까? 도란 제국에는 도대체 무슨 일로 가려고 하는 겁니까?

라모는 다녀와서 말해 주겠다며 통신을 끊고는 노게이라를 향해 돌아섰다. 노게이라의 눈이 분노의 빛을 번쩍이며 라모를 쏘아보았다. 감히 상급자에게 불손한 눈길이었지만 라모는 탓할 마음이 없었다.

"노게이라 대장, 마하라자 기사단의 참상은 나도 가슴이 아프지만 전쟁은 끝났다. 싸우지 않고 이기는 것이 가장 뛰어난 전략이다. 마하라자 기사단의 참상을 일으킨 주범은 멍청하게 병력을 이끌고 낯선 협곡으로 들어선 엘리너 전임 대장이다. 병사들을 잘 다독여라. 더 이상 문제를 일으키면 자네도 무사하지 못할 것이다."

승복하지 못하겠다는 눈빛이었지만 더 이상 어쩔 수가 없었다. 라모는 마법사를 불러 미시 오카를 다시 야스퍼에게 데려가게 했다. 아울러 도란 제국의 좌표를 알아보게 했다.

"라모 백작님, 수호른에 알아본 결과 도란 제국의 수도에 우리 호른의 외교공관이 있고 거기에 영구 마법진이 설치돼 있답니다. 이미 가신다고 알려두었으니 공관장이 나와 있을 겁니다."

라모는 미시 오카가 먼저 마법진을 통해 다시 야스퍼에게 공간 이동하는 모습을 지켜본 후 미리 마법사가 그려놓은 마법진 위에 섰다. 아직까지 분노의 눈길로 라모를 노려보는 노게이라의 표정이 마음에 걸린다. 하지만 곧 경허 대사를 만날지도 모른다는 설레이는 가슴 탓에 라모는 더 달래줄 생각을 못하고 공간 이동을 시작했다.

공간 이동 후 미리 마중 나와 있던 공관장에게 레아 신전의 위치를

물은 라모는 급급히 공관을 빠져나왔다.

도란 제국의 수도에 위치한 호른의 공관은 시내 중심부의 주택 한 채를 빌려쓰고 있다. 이곳에서 호른 제국 방향인 북쪽 외곽에 레아 신전이 있다고 들었다. 마음이 급했으나 걷다 보니 저절로 도란 제국의 부유함을 피부로 느낄 수가 있었다. 건물은 높고 화려했다. 사람들은 갖은 치장으로 기상을 돋우고 미를 뽐낸다. 그래서인지 지나는 사람들도 한결 여유로워 보인다. 호른 제국보다도 부국이라는 소리는 들었지만 이 정도인지는 몰랐다. 자코 왕국은 바로 이 먹음직한 음식에 침을 흘리고 있는 것일 터이다.

사람들에게 물어물어 걷다 보니 어느새 시내를 벗어나 한적한 숲길을 걷고 있었다. 라모는 얼마 걷지 않아 숲 속에서 살기가 뻗쳐 오는 걸 느꼈다. 아니나 다를까 거의 백여 명에 달하는 사람들이 뛰어나왔다. 갖가지 복장과 무기를 들고 막아서는 모습이 용병들로 보였다.

"당신이 호른 제국의 하레스 소영주 라모 하레스요?"

라모는 프라나를 만날 생각에 마음이 급한데 떨거지들이 막아서자 화가 났다. 이들이 어떻게 자신을 알고 있는지는 차후 문제였다.

"그렇다. 너희들은 뭐냐?"

말이 곱게 나갈 리 없다. 얼굴이 울퉁불퉁해 30대인지 40대인지 짐작 못할 용병대장이 이빨을 드러냈다.

"흐흐흐, 그렇다면 이곳에서 죽어라."

용병대장이 손을 들어 올리자 '와' 하는 함성과 함께 용병들이 몰려왔다. 라모가 왼손을 슬쩍 슬쩍 흔들었다.

"으악!"

"아이고!"

달려오던 용병들의 반수가 순간적으로 땅을 뒹굴었다. 블랙암으로 다리의 요혈을 관통시킨 것이다. 그러자 나머지 반수의 용병들이 급급히 멈추며 안색들이 일부는 창백해졌고 일부는 거무죽죽하게 변했다. 누워 있는 용병들이 전부 허벅지를 붙들고 연신 비명을 질러댔다. 도대체 무슨 방법을 썼길래 이런 결과가 나온단 말인가. 이건 도저히 어떻게 해볼 상대가 아닌 듯 보였다.

"앞으로 한 달간 요양하면 다리의 상처가 나을 것이다. 하지만 다시 덤벼드는 놈은 평생 다리를 절며 살게 될 거다."

라모가 그들을 노려보며 한마디를 던진 후 걸어갔다. 용병들이 급급히 물러나 길을 터줬다. 아무리 의뢰인으로부터 받게 될 돈이 중하더라도 평생 불구로 살고 싶은 생각은 없었기 때문이다. 라모가 용병 사이를 무인지경으로 걸어가자 그 도중에 서 있던 용병대장의 얼굴이 울그락푸르락 어찌할 바를 모르고 변화를 보인다. 그러나 용병대장은 자신의 명예가 걸린 이번 임무를 이렇게 허무하게 끝낼 수는 없었다.

"으아아아아아!"

비명 같은 기합을 내지르며 막 자신을 지나쳐 간 라모의 뒤통수를 향해 있는 힘껏 검을 내려쳤다. 그러나 허공만이 검을 기다린다. 어느새 한 발자국 옆으로 물러난 라모가 인간의 움직임이라고는 믿어지지 않는 몸놀림으로 눈앞으로 다가와 자신의 팔을 거머쥐는 것이 아닌가.

"바보 같은 놈! 기회를 줬건만 스스로 불행을 자초하는구나."

그 순간 '뚝' 소리가 나며 용병대장의 팔이 부러져 나갔다. 라모가 금나수법으로 용병대장의 팔을 반대로 꺾어버린 것이다.

"크아악!"

생뼈가 부러지는 고통에 비명을 지르는 용병대장을 뒤로 던져 버리고 라모는 다시 레아 신전을 향해 걸음을 옮겼다. 용병대장이 참혹하게 당하는 꼴을 목격한 용병들이 이번엔 도망치듯 라모의 앞길에서 벗어났다.

"저게 사람이야?!"

뒤에서 용병들이 낮게 수군대는 소리가 들려왔다.

'도대체 어떤 놈이 사주한 것이지?

도란 제국 사람으로 자신이 이곳으로 올 것을 알고 있는 사람은 프라나라는 여신관을 제외하면 없다. 설마 그녀는 경허 대사와 관계가 없는 나의 적이란 말인가? 갑자기 마음이 복잡해지는 라모다.

프라나! 그녀는 누구인가? 라모는 의혹에 빠져들었다.

레아 신전으로 가는 길은 누군가 정리를 하는지 낙엽 한 장 떨어져 있지 않다. 울창한 숲으로 이루어진 길은 바로 신성의 제단으로 뻗어 있다. 멀리 레아 신전이 푸르른 녹음에 싸여 이 세상 밖에 있는 듯 신비로움을 자아낸다.

라모는 레아 신전을 바라보며 걷는 와중에 한 사내가 길가의 나무에 기대어 있는 모습을 보았다. 사내는 고개를 들고 하늘을 쳐다보면서 휘파람을 불고 있다. 라모가 걸음을 옮기는 쪽 앞에 서 있으므로 점점 가까워진다. 사내는 짙은 콧수염을 달고 있었는데 옆에서 보이는 각진 턱이 사내의 강단을 드러낸다. 사내는 허리에는 검을 차고 플레이트 메일로 가슴과 어깨를 가린 간편한 경장 차림이었다.

라모가 일부러 발걸음 소리를 내며 다가가자 사내가 고개를 돌렸다. 나이는 40대 중반쯤으로 보였는데 눈이 시원하게 크고 이마가 반듯해 호남형의 사내다.

"호른 제국 제일의 검사께서 오셨군. 어떤 사람은 자네를 가리켜 이 세계에서는 당할 자가 없는 무적의 검사라고 칭찬하더군. 하지만 나는 믿을 수가 없어. 검사는 검을 맞대 보아야 그 진위를 알 수 있는 법이지. 라모 하레스, 그대에게 비무를 신청하겠네.”

또다시 자신을 아는 인물이 나타났다. 라모는 프라나 여신관을 만나기도 전에 계속해서 훼방꾼이 나타나자 조금 짜증이 났다.

“당신은 누구요?”

검사가 빙긋 미소를 지었다. 남자가 보아도 매력적인 미소다.

“내가 누구일 것 같나?”

라모는 더욱 짜증이 치밀었다. 평소라면 비범한 기운을 흘리는 이 같은 검사를 만나면 호기심에서라도 오랫동안 말을 섞었을 테지만 지금은 아니다. 라모는 서서히 검사에게 다가갔다. 여전히 검사가 미소를 지으며 바라보고만 있자 라모는 궁신탄영을 발휘해 순식간에 다가가 금나수법으로 맥문을 잡아갔다.

“헉!”

검사는 라모의 순간 동작이 너무 빨라 겨우 팔을 비틀어 라모의 금나수에서 벗어나는 한편 오른손을 라모의 얼굴을 향해 뻗었다. 푸른 검강이 얼굴을 찔러온다. 라모 또한 손에 검강을 발해 검사의 손목을 후려쳤다.

쾅!

손과 손이 부딪친 소리로는 너무 큰 폭음이 터지며 검사가 몇 발자국 뒤로 비틀비틀 물러난다. 라모는 더 이상 공격하지 않고 검사를 바라보았다. 검사는 일수에 손해를 보자 얼굴이 달아오르는 듯했다.

“당신은 프란츠 페르란드 공작이 아니면 빅투아르 카스텔란 경이겠구려.”

라모의 말에 검사가 안색을 회복하며 호탕하게 웃었다.

"과연 대단해. 대번에 나의 정체를 알아내는군. 그렇네, 내가 바로 빅투아르 카스텔란일세. 용병을 보낸 것도 날세. 자네를 시험해서 미안하군. 별 소용이 없을 줄 예상은 했지. 혹여 프라나를 오해하지는 말게. 그녀는 아무 상관이 없으니까."

라모의 눈에서 신광이 쭉 뻗어 나왔다. 그리고는 손가락을 들어 빅투를 겨눴다. 그러자 빅투가 대경해 몸을 빙글 돌리며 원래의 자리에서 벗어났다.

픽!

빅투가 서 있던 자리 뒤의 나무에 손가락만한 구멍이 뻥 뚫린다.

"나는 나를 시험하는 자를 좋아하지 않소. 하지만 당신이 프라나 여신관과 어떤 관계인지 순순히 털어놓는다면 곱게 보내주겠소."

빅투는 라모의 실력에 경악감을 느끼는 한편 동시에 모욕감을 주체할 수 없었다. 자신이 누군가. 도란 제국의 근위 기사단장이며 제일의 소드 마스터다. 그런 자신을 무력으로 위협하는 자가 있다니……. 분노에 앞서 허탈한 마음에 빅투는 나지막이 '허허' 하고 웃었다.

"너무나 자신만만하군. 자네는 반드시 나를 이길 수 있다고 장담하는 건가?"

빅투의 말에 라모가 무서운 눈으로 그를 쏘아보았다.

"순간의 오판으로 인해 도란 제국의 운명을 걸겠소? 당신이 잘못된다면 도란 제국의 국운도 끝이지. 물론 당신이 있다고 해도 장담은 못할 테지만."

까불지 말고 털어놓으라는 라모의 위협이었지만 빅투는 그 내용이 심상치 않은지라 일시 대답을 못했다.

"내가 알기로 당신보다 강한 자가 이 대륙에 세 명이나 있소. 그중에 한 명이 자코 왕국에 있지."

빅투의 안색이 변했다.

"그게 누구지? 설마 리코 후작은 아니겠지? 또 다른 두 사람은 누구지?"

라모가 고개를 흔들었다.

"궁금증을 풀고 싶으면 당신이 먼저 말하시오. 프라나 여신관과는 어떤 관계요?"

빅투가 눈살을 찌푸렸지만 순순히 대답했다.

"좋아! 먼저 말해 주지. 나와 그녀는 20년 지기네. 그녀가 여신관이 되기 전부터 알고 지내던 사이야. 그녀는 예지능이 있어 평소 나에게 많은 도움을 주지. 자네의 능력을 간파한 사람도 그녀야."

빅투의 말을 듣자 더욱 의혹이 짙어진다. 도대체 프라나 여신관은 경허 대사와 어떤 관계인가?

"자, 이번엔 자네가 대답할 차례야. 나를 능가하는 세 사람은 누구지?"

약속을 했으니 대답을 하지 않을 수 없다. 라모가 오른손 엄지손가락으로 자신의 가슴을 가리켰다.

"첫 번째 사람이 바로 나요. 두 번째는 당신이 짐작한 대로 리코 후작이고, 세 번째는 하레스의 기사단장인 야스퍼 핸슨이오."

빅투는 고개를 저으며 혼잣말하듯 중얼거렸다.

"야스퍼 핸슨이라고? 처음 듣는 이름인데…… 그리고 리코 후작이 나보다 강하단 말인가?"

그는 점점 고개를 외로 꼬는 듯하더니 점차 분노의 기색을 드러냈다.

"나는 너의 말을 믿을 수 없다. 네가 진정 강자라면 내게 증명해 봐라!"

빅투가 소리치며 검을 빼 들더니 2장에 달하는 검강을 발해 달려들었다. 라모가 바이올레이드를 빼 들어 3장에 이르는 검강을 발해 하나의 원을 그렸다.

"억!"

빅투는 라모의 검끝에서 일어난 검강을 통해 검기가 파도처럼 밀려오자 달려오던 속도보다 배는 빠르게 뒤로 피했다. 그리고 곧 다시 달려들며 라모를 향해 검강을 뿌렸다. 소드 마스터답게 진퇴가 눈부시게 빨랐지만 라모에게는 소용없는 것이었다. 예전 야스퍼의 대련 때와 마찬가지로 라모가 크고 작은 원을 그려내자 빅투의 검이 튕겨 나갔다.

빅투는 야스퍼와 달리 빠른 몸놀림으로 라모의 공격을 회피했지만 정면으로 감당하지는 못해 당황하는 기색이 역력해지며 신형이 흔들렸다. 라모가 즉시 궁신탄영으로 빅투를 따라잡으며 연신 검강으로 원을 그려냈다. 빅투는 속도에서도 뒤지자 더 이상 도망가지 못하고 검강으로 벽을 만들어낸다. 그러나 야스퍼가 빗방울 하나 들어갈 틈이 없을 정도로 엄밀했던 데 반해 빅투는 검강이 성긴 그물 같아 얼핏 허점이 엿보인다. 라모는 바이올레이드로 너무나 재빨라 마치 진동처럼 느껴지는 빅투의 검을 가로막았다.

쾅!

폭음이 들리며 빅투의 검이 충격으로 몸 바깥으로 흘러간다. 틈이 생기는 순간 라모가 그대로 빅투의 배를 걷어찼다.

"크윽!"

빅투가 검을 놓치고 배를 움켜쥔 채 앞으로 고꾸라졌다. 진기를 약하게 담았으니 죽지는 않을 것이다.

"이제 증명이 되었소? 당신은 이런 쓸데없는 곳에 신경을 쓰기보다는 앞으로 리코 후작을 연구하는 것이 신상에 좋을 거요. 당장 코앞에 닥친 전장에서 당신을 죽일 사람은 최소한 나나 야스퍼가 아니라 리코 후작이 될 것이오."

라모는 말을 마치자 휘적휘적 레아 신전을 향해 걸음을 옮겼다.

고통에 몸을 구부리고 있던 빅투는 통증이 조금 가라앉자 대자로 팔을 뻗고 누웠다.

'라모 하레스! 과연 프라나는 헛소리를 하지 않았군. 그런데 리코 후작이 나를 죽일 인물이라고……?'

빅투는 방금 성정을 겪어보아 라모가 흰소리를 할 인물로는 느껴지지 않았다. 그러자 빅투는 암담한 심정이 되며 가슴이 답답해졌다.

이제 더 이상 라모를 막는 사람은 없었다. 레아 신전에 다가갈수록 따뜻한 기운이 감싸오는 듯하다. 풍요의 여신 레아. 이름 그대로 인간들에게 한없는 사랑과 자비만을 베푸는 신인가?

라모는 장엄하되 속되지 않은 신전이 저으기 마음에 들었다. 신전은 담도 없었고 지키는 사람도 없었다. 다만 신전 앞에 작은 텃밭이 마련돼 있어 몇몇 여신관들로 보이는 여인들이 일을 하고 있는 모습이 보였다.

"프라나 여신관을 뵈러 왔습니다."

라모의 말에 여신관들이 고개를 들어 바라보다가 그중 한 여신관이 앞치마에 손을 닦으며 나섰다. 신의 사제답게 일을 하면서도 순백의 드레스를 입고 있다.

"당신이 호른 제국의 라모 하레스 경?"

과연 이들도 자신이 이곳에 올 것을 알고 있었다. 라모가 고개를 끄덕이자 여신관이 앞치마를 벗으며 말했다.

"기다리고 있었습니다. 예상보다 늦으셨군요. 대신관께서 기다리십니다. 따라오시지요."

라모는 여신관을 따라 신전 안으로 들어섰다. 대리석으로 바닥을 간 긴 낭하가 펼쳐져 있었다. 낭하를 따라 걷던 여신관은 제일 깊숙한 곳에 있는 문으로 라모를 안내했다.

문을 열고 들어서자 약 50평의 넓은 방의 전면에 아이를 안고 미소를 짓고 있는 레아 신의 부조가 새겨져 있다. 그 아래 고풍스런 책상과 의자가 마련돼 있고 의자 위에 늙은 여신관이 앉아 있다. 늙은 여신관은 역시 흰 드레스를 입고 있었는데 이마와 뺨에 주름이 가득해 별로 어울려 보이지 않는다. 하지만 살짝 미소짓고 있는 모습이 자애롭기는 했다.

"대신관님, 라모 하레스 경입니다."

대신관이 자리에서 일어나 라모에게 다가와 손을 내밀었다. 허리까지 살짝 굽어 있어 노파에 다름 아니다.

"프라나로부터 당신의 얘기는 무수히 들었습니다. 그 주인공을 이렇게 직접 만나게 되니 정말 반갑군요. 저는 이 레아 신전을 책임진 오르페라고 해요. 자, 이쪽으로 앉으시죠."

악수를 나눈 오르페가 한쪽 켠에 놓인 소파를 가리켰다. 라모를 안내해 온 여신관이 물러나려 하자 오르페 대신관이 그녀를 불렀다.

"디아스, 가서 아르나를 불러와요."

오르페는 라모를 소파에 앉게 한 다음 직접 차를 두 잔 타서 가져왔다. 그러나 라모는 차를 마실 경황이 없었다.

"프라나라는 여신관은 어디에 있습니까? 난 그녀를 만나러 왔습니다."

오르페 대신관이 잔잔한 미소를 띠며 고개를 흔들었다.

"나도 그녀가 어디 있는지 몰라요. 하지만 어디에 있는지 아는 사람이 있지요."

계속되는 수수께끼에 라모는 그만 발작을 일으킬 뻔했다. 그때 노크 소리가 들리더니 한 사람이 방 안으로 들어왔다.

"부르셨습니까, 대신관님."

역시 흰 드레스를 입은 여신관이었는데 그녀의 얼굴을 보는 순간 라모는 흠칫 몸이 경직됐다. 탐스런 은발과 함께 신성한 기운이 그녀의 전신에 흘렀다. 큰 눈은 순수함으로 가득해 보였고 부드러운 볼살과 완만한 턱선이 라모의 감정을 사정없이 흔든다. 나이는 스무 살도 안 돼 보였는데 천사가 따로 없다. 라모는 첫눈에 반해 정신을 잃고 그녀를 바라보기에 여념이 없었다. 그녀가 라모의 뜨거운 눈길을 느끼고 얼굴을 붉혔다. 오르페 대신관이 낄낄 웃었다.

"라모 경께서는 아르나가 무척 마음에 드시는 모양입니다. 앞으로 두 사람이 자주 붙어 있게 될 테니 잘들 해보시구려."

라모는 자신의 실책을 깨닫고 얼른 고개를 돌렸다. 그리고 도대체 대신관이라는 신분의 사람이 저런 말을 해도 되는 것인지 의아해졌다. 아르나 덕분에 잠시 혼이 나갔지만 라모는 곧 자신의 목적을 상기했다.

"그런데 프라나 여신관은 어디로 갔다는 말입니까? 또 그녀는 저를 어떻게 알고 있는 것입니까?"

라모의 질문에 오르페 대신관이 자리를 털고 일어났다.

"그 질문의 대답은 아르나가 할 것입니다. 아르나는 프라나의 제자이지요. 모든 사항은 아르나에게 당부해 두었다고 그녀가 떠나기 전 알려주더군요. 자, 그럼 라모 경, 안녕히 돌아가세요."

갑작스런 축출령에 라모는 조금 당황했다. 그래서 라모가 다시 오르페 대신관에게 질문을 던지려는 순간 아르나가 고개를 숙였다.

"저를 따라오시지요."

목소리조차도 조금 떨리는 듯 영롱하다. 할 수 없이 라모는 아르나를 따라 신전을 나서지 않을 수 없었다.

아르나의 뒤를 따르던 라모는 그녀의 어깨 아래로 늘어져 찰랑거리는 은발 머리와 발목까지 내려오는 흰 드레스를 보며 감히 다른 마음을 품지 못했다. 신성사제의 위엄이 그녀의 뒷모습에도 배어 있는 듯하다.

"어디를 가시든 라모 경을 따르라는 스승님의 분부셨습니다. 라모 경이 이 세계로 오신 것은 이곳에 창궐한 육사외도를 무찌르라는 신의 뜻이라고 말씀하셨습니다."

육사외도(六邪外道)라고? 들은 기억이 난다. 육사외도란 불교의 사문을 말한다. 같은 불교도이면서도 불경의 교리를 다르게 해석해 세상을 혹세무민하는 종파를 말한다. 그 내용은 다음과 같다.

첫째, 도덕 부정론자다. 인과응보를 부정함으로써 윤리에 대한 독단적인 회의를 표명한다. 두 번째는 숙명론자다. 극단적인 필연론자들로 인간이 번뇌에 오염되는 과정이나 깨끗해지는 과정에는 아무런 인(因)이나 연(緣)이 작용하지 않는다는 것이다. 따라서 인간의 생활도 자연 그대로 내버려 두면 되는 것이고, 그대로 자연에 맡겨서 오랜 기간의 윤회를 겪는 동안에 고통이 다 소멸되고 스스로 해탈할 수 있다고 주장한다. 즉, 인간의 의지와 자유를 부정한다.

세 번째는 유물론자들이다. 도덕을 부정하고 현실적 쾌락이 인생의 목적임을 주장한다. 네 번째는 회의론자이다. 사람의 입장으로서 진리를 있는 그대로 인식하고 서술하는 것은 불가능하다는 불가지론이다. 인식의 객관적인 타당성을 부정하여 기분에 따라 달라진다고 믿는다. 따라서 이들을 기분파라고 부르는 사람도 있었다.

다섯 번째는 불멸론으로, 인간의 생명이나 특질은 영속하다는 주장을 편다. 선악의 인과를 부정하고 불생불멸을 주장한다. 따라서 죽이는 자도 죽임을 당하는 자도 없으며, 가르치는 자도 가르침을 받는 자도 없다고 강변한다. 여섯 번째는 이원론자이다. 실천 수행에 윤리적 엄숙주의 입장을 취한다. 그래서 인내를 강조하는 극단적 고행과 생명에 대한 경외와 절제를 강조하는 불살생을 특히 강조한다. 불교와 비교해 영혼과 물질을 내세우는 이원론적 방법론으로 업(業)의 유입을 막기 위해 극단적인 고행을 수련 방법으로 채택했다.

이상과 같은 내용이 경허의 목소리를 통해 대충 라모의 머리 속에 떠오른다. 그런데 불교 초기에 거론되던 육사외도가 난데없는 이 세계에 무슨 필요가 있단 말인가. 이곳에 무슨 육사외도가 있단 말인가. 그리고 어느 신이 자신을 지목했단 말인가. 레아 신인가? 라모는 더욱 혼란스러워지는 마음을 금할 길이 없었다.

"도대체 프라나 여신관은 어디에 있소?"

라모는 이제 궁금증을 풀려면 아르나를 닦달하는 수밖에 없다. 아르나가 돌아섰다. 푸른 기운이 느껴질 정도의 크고 순수한 눈이 라모를 세례하는 듯하다.

"프라나 스승님께서는 라모 경이 이 땅의 육사외도를 모두 무찌르기 전에는 라모 경을 만나지 않겠다고 말씀하셨습니다. 스승님의 고충을 이해해 주세요."

또다시 고개를 숙이는 아르나를 보며 라모는 자신이 큰 짐을 떠맡았음을 깨달았다. 라모는 경허 대사, 당신은 도대체 어디에 있는 거요? 라고 고함이라도 치고 싶은 심정이었다.

라모가 아르나를 데리고 다시 숲길을 빠져나오는데 한 사람이 길 중앙에 버티고 있음을 보았다. 멀리에서도 타오르는 듯한 풍성한 머리카락이 한눈에 들어온다. 바로 카릴이다.

카릴에게 다가가던 라모는 실소를 금치 못했다. 카릴은 지금 갑옷을 완벽하게 차려입고 있었다. 미스릴 재질인지 유난히 흰 광택이 번쩍거렸다. 움직임에 전혀 불편함이 없도록 관절 부위에 세심한 주의를 기울인 흔적이 역력하다. 투구도 썼는데 얼굴의 옆면만을 가리는 형식으로 카릴의 미모를 모두 드러내게 설계돼 있다. 또 갑옷에는 매우 정교한 세공이 돼 있었다. 발 아래에서부터 가슴까지 두 마리의 레드 드래곤이 날아오르는 모습을 그려놓았다. 양쪽 팔에도 기하학적 무늬를 새겨놓아 화려하기 짝이 없는 갑옷이었다. 아마 카릴은 누군가 닦달해 저것을 만드느라 수호른에 붙어 있었던 모양이다. 그런데 가슴까지 움푹 파여 선정성을 더한 갑옷이라니… 저것을 입고 바로 연회장으로 직행하더라도 모두 아름답다고 찬탄할 판이다.

"카릴, 이곳엔 웬일이야?"

카릴은 라모를 바라보지 않고 내내 아르나를 주시하고 있다가 질문을 던지자 비로소 눈길이 돌아온다.

"라모, 기껏 만나러 온 사람이 저 여자였어? 야스퍼에게 말을 듣고 무슨 큰일인가 싶어 부지런히 따라왔더니만… 라모는 여기서 새로운 인연을 만나고 있었군. 아름답긴 하군. 그러니 라모가 나를 배신할 생각을 품는 것도 무리가 아니지."

다시 아르나를 바라보는 카릴의 눈길이 조금 강해진다. 라모는 카릴의 느닷없는 배신이라는 말에 깜짝 놀랐다.

"카릴, 무슨 소리야? 아르나하고는 만난 지 이제 30분도 안 됐어. 그리고 우리가 만난 것도 다른 사람을 찾기 위한 방편일 뿐이야."

라모는 설명이 길어질 것 같아 간략하게 요점만 말했다. 그러자 카릴의 표정이 더욱 굳어지며 눈에서 불을 토해냈다.

"그래서 너의 얼굴이 상기돼 있고 그녀를 바라보는 눈길이 그토록 다정스러운 것이냐, 라모? 너는 느끼지 못하지만 나는 느낄 수 있어. 너의 심장이 평소보다 빨라지고 너의 머리 속은 그녀를 바라보기만 하면 긴장하고 있어."

드래곤이 그렇다면 그런 것이다. 카릴은 인간이 볼 수 없는 것도 바라보는 능력이 있다. 라모는 자신이 정말 그런 징후를 나타냈는지 확인할 겨를이 없다.

"카릴, 내가 전에 나의 전생에 대해 말하며 경허 대사를 언급한 적이 있지? 경허 대사가 환생했어. 아르나는 경허 대사를 찾을 수 있는 유일한 열쇠야. 아르나가 아름답다는 건 인정하지만 경허 대사를 찾기 위해서 동행할 뿐이지 다른 마음은 없어. 정말이야."

광한마제 사마조의 전생을 가진 라모가 겨우 이런 변명이나 하고 있다니… 말을 하면서도 라모는 속으로 쓴웃음을 지었다. 카릴이 환하게 웃었다.

"잘됐군, 라모! 경허 대사가 분명히 환생했다면 내가 책임지고 찾아주지. 대신 저 여자는 내가 데려가겠어."

라모는 또 한 번 화들짝 놀랐다. 데려가겠다니… 죽이겠다는 말인가? 절대 용납할 수 없다고 생각했다.

"카릴, 절대 그럴 수 없어! 아르나는 경허 대사와 밀접한 연관이 있는 사람이야. 카릴도 잘 알지? 경허 대사는 비단 내 영혼을 구원한 은인일 뿐만 아니라 내 정신의 스승이기도 해. 제발 이해해 줘."

라모는 정말 카릴과는 싸우고 싶지 않았다. 이미 카릴은 자신의 여자였다. 정을 준 여자와 목숨을 걸고 싸울 미친 사내가 되기는 싫었다. 라모의 말에 카릴이 평소 듣지 못하던 날카로운 웃음을 흘렸다.

"라모, 그 밤을 기억하지? 그것은 언약의 밤이었어. 너와 내가 살아 있는 동안에는 결코 벗어날 수 없는 족쇄를 찬 거지. 그리고 맹.세.한.다. 나. 카.르.넬.리.아.는. 라.모. 하.레.스.가. 죽.는. 날.까.지. 사.랑.하.겠.다."

느닷없는 카릴의 용언에 라모는 놀라는 한편 감격했다. 용언을 뱉은 이상 이제 두 사람의 관계는 단순한 유희를 벗어나 운명이 되었다. 용언을 어긴 드래곤은 스스로 소멸되고 만다. 라모는 카릴이 자신을 이 정도로 소중하게 생각하고 있는 줄 처음 알았다.

"카릴, 어찌……."

카릴도 자신의 용언에 겸언쩍은지 빙긋 웃었다.

"라모, 이제 이해했지? 그럼 저 여자를 나에게 줘."

라모는 아르나를 돌아보았다. 아르나는 모든 말을 들었음에도 불구하고 초연하게 서 있었다. 순수한 눈을 뜨고 허공을 바라보며 곧 뒤바뀔지도 모를 자신의 운명에 대해 아랑곳하지 않는다. 아르나의 자태를 보자 라모는 무언가 애틋한 감정이 솟아오르며 아르나의 존재가 부각돼 온다. 더군다나 경허 대사를 생각하면 절대 카릴의 부탁을 들어줄 수 없다고 생각했다.

아르나를 바라보는 라모의 감정 어린 눈빛과 몸의 미묘한 변화를 카릴이 먼저 눈치 챘다.

"저 여자의 몸은 레아 신의 신성력으로 가득 차 있군. 하지만 그녀가 이 땅에 있는 한 결코 나의 손아귀에서 벗어날 수는 없어. 라모, 나중에 나를 원망하지는 마라."

카릴이 순식간에 공간 이동으로 사라져 버렸다. 말인즉, 라모의 부재 중 없애 버리겠다는 소리가 아닌가?

"카릴!"

라모가 뒤늦게 카릴을 소리쳐 불렀지만 이미 사라진 카릴의 귀에 들릴 리 만무하다. 라모는 허탈했다. 이 일을 어찌한단 말인가. 카릴의 결심이 저토록 단호하니 아르나의 목숨은 반쯤 없는 것이나 진배없다.

"위대한 존재군요."

아르나는 마치 자신의 일이 아니란 듯 담담하고 평온한 말을 뱉는다. 이 여자는 두려움도 모르는가? 카릴이 드래곤이라는 사실을 눈치 챈 듯한데 무서워하는 기색이 없다.

"아르나, 앞으로 절대 내게서 떨어지지 마시오. 내가 최선을 다해 당신을 지켜주겠지만 우선 당신이 조심하는 수밖에 없소."

라모는 그러나 회의적인 생각이 들었다. 어떻게 떨어지지 않고 지낼수가 있단 말인가. 여자와 남자라는 태생적인 한계는 어떻게 할 수 없다. 잠을 자거나 옷을 갈아입을 때, 또 화장실까지 라모가 쫓아갈 수는 없지 않은가. 라모는 그보다 카릴을 다시 만나 설득하는 것이 빠르리라 생각했다.

"후후, 라모 경. 제 걱정은 마세요. 레아 신이 저를 지켜주는 한 드래곤이라 하더라도 어쩔 수 없을 거예요."

그런 믿음이라도 가지고 있으면 그나마 마음이 조금 편하겠지. 라모
는 신에 대한 굳건한 믿음을 가진 아르나를 더 이상 불편하게 하고 싶
지 않아 입을 다물었다.

라모는 아르나를 대동하고 호른의 공관으로 가서 마법진을 통해 다
시 수호른의 저택으로 돌아갔다. 노스롭 영지에 있어야 할 라모가 갑
자기 신성한 기운을 가진 여신관과 함께 나타나자 파울 영주와 어머니
헬렌이 놀란 눈으로 라모를 바라보았다.

"라모, 이게 어찌 된 일이냐?"

라모는 이미 궁리한 바가 있었다.

"제게 레아 신의 신탁이 내려졌어요. 레아 신은 제가 이 땅의 불온
한 무리들을 무찌르기를 바라고 있어요. 사정을 안 저도 십분 공감했
고요. 이 사람은 레아 신을 모시는 여신관 아르나라고 해요."

신탁이 내려졌다니 상상치도 못했던 말이었지만 신성한 기운을 흘
리는 여신관이 함께 있으니 믿지 않을 수도 없었다.

파울 영주와 헬렌은 자신의 아들이 신의 소명을 받은 자라는 데 은
근한 자랑과 자부를 느꼈다. 그래서 정중하게 아르나를 맞이했고 헬렌
은 아르나의 손을 잡으며 반가워했다. 가만히 살펴보니 신성한 기운과
함께 순수한 눈, 청초한 얼굴이 자신의 며느리감으로 안성맞춤이라는
생각이 들었던 것이다.

여신관은 결혼을 하지 않는다는 말을 들었다. 하지만 예외없는 법칙
이란 없는 법이다. 헬렌은 아르나가 너무도 맘에 들어 연신 그녀의 손
을 쓰다듬었다. 뭔가 꺼림칙한 느낌이 드는 카릴에 비할 바가 아니다.
카릴이 드래곤이라는 사실을 모르는 헬렌으로서는 위대한 존재가 주는
은연중의 위압감에서 며느리감을 상상할 수 없었는지도 모른다.

라모는 수호룬의 저택에서 카릴을 찾았지만 어디에서도 찾을 수 없었다. 혹시나 하는 마음에 상근 마법사를 불러 하레스 영지를 지키고 있는 블레이드 수석 마법사를 호출하게 했다.

―스승님이요? 소영주를 찾아간다고 하시던데……. 못 만나셨습니까? 이곳에 왔다 가신 지는 벌써 열흘 이상 됐습니다.

수정구에 나타난 블레이드는 오히려 고개를 갸웃거린다. 라모는 용언까지 담아 자신에게 사랑을 고백한 카릴에게 부응하지 못해 몹시 미안한 감정이 들었다.

'카릴, 절대 널 배반하는 일은 없을 거야. 그래, 나도 맹세하겠어.'

속으로 맹세를 해보지만 들을 카릴이 없으니 허망하게만 느껴진다.

다시 부모와 함께 접대실의 소파에 앉아 있던 라모는 뱅가드 숲으로 가서라도 카릴을 찾아봐야겠다는 생각에 자리에서 일어났다. 옆에 앉아 있던 아르나가 라모의 손을 잡았다. 뼈가 없는 듯 부드러운 그녀의 손이 닿자 라모의 전신이 짜릿해진다.

"라모 경, 레아 신의 첫 번째 신탁을 알려 드리겠어요. 첫 번째 신탁의 내용은 이래요. 한 자루 검으로 대륙을 혼란에 빠뜨리는 자여, 신의 분노를 받으리라."

라모가 부모에게 말한 신탁에 대한 적절한 맞장구다. 한 자루 검으로 대륙에 혼란을 일으키는 자라… 그게 누구지? 라모는 얼핏 생각이 나질 않는다.

"한 자루 검이란 바로 자코 왕국을 뜻해요. 그들의 야욕을 분쇄하는 것이 라모 경의 첫 번째 임무예요. 그들은 검을 숭상하며 항상 이웃 나라를 침략하여 수많은 피를 흘리곤 하지요. 바로 인과응보의 법칙을 모르는 자들이지요."

라모는 고개를 끄덕였다. 자코 왕국이라면 어차피 필연적으로 부딪쳐야 할 상대였다. 오히려 명분까지 생겼으니 더 잘된 상황이라고나 할까.

"알겠소. 레아 신의 뜻대로 이루어질 것이오."

듣고 있던 파울 영주는 가슴이 조여드는 긴장감을 느꼈다. 자코 왕국이 신의 분노를 받았고 이제 자신의 아들이 대리 전쟁을 치러야 한다. 수많은 하레스의 병사들이 전장에서 죽어가겠지. 앞으로의 결과를 예측할 수 없는 파울 영주의 안색이 어두워졌다.

도란 제국에서 자코 왕국으로

도란 제국에서 자코 왕국으로

라모와 야스퍼가 노스롭 지방의 야만족 정벌을 끝내고 회군한 지도 벌써 한 달이 흘렀다. 야스퍼와 아르나를 대동한 라모는 지금 다시 도란 제국으로 건너왔다. 원래 황제의 명으로 글렌 공작이 야스퍼에게 당부한 임무였지만 라모가 따라나선 것이다. 마법진을 통해 도란 제국의 수도에 있는 호른의 공관에 나타나면서 라모는 새삼 타우 족 정벌의 수고로움이 회상되며 나겔 후작에게 분노를 느낀다.

야만족 정벌군은 노스롭 영지를 떠난 지 15일 후 수호른을 지나왔다. 거의 피해가 없었던 하레스 병력 1만 명과 아직 부상에서 완쾌되지 못한 중상자들을 제외한 칠천 명의 마하라자 기사단이었다. 스칼리저 황제는 오랜만의 전쟁에서 승전보를 가지고 돌아온 병사들을 치하하기 위해 수호른의 동쪽 관문인 에쿠사 평원까지 몸소 행차를 했다. 물론 라모는 때늦지 않게 슬쩍 합류해 황제를 배알할 수 있었다. 라모가 장담했던 대로 야만족의 족장이자 왕인 도모카가 부족민 10여 명을 데리고 앞으로 나서 스칼리저 황제에게 항복하고 앞으로는 호른의 국민으로 충성을 다하겠다고 맹세했다.

"황제 폐하, 야만족들을 이대로 쉽사리 받아들이셔서는 안 됩니다. 이들은 무엄하게도 황제의 군대에 끝까지 항거했고 전황이 기울자 할 수 없이 항복을 가장한 것뿐입니다. 야만족의 왕 도모카를 처형하시어 호른 제국의 권위에 도전하는 자의 말로를 명명백백히 보여주어야 합니다."

황제의 곁에는 호른 제국의 유력한 영주들로 보이는 귀족들이 시립해 있었다. 글렌 공작을 비롯해 파울 영주까지 나와 있다. 그런데 지금 라모가 처음 보는 인물이 황제에게 뜻밖의 주청을 한다. 40대쯤으로 보였는데 몸의 골격이 크고 머리도 컸다. 거기에 입술까지 두툼해 매우 둔해 보이는 인상이다. 저자는 또 누구지? 라모가 가만히 듣고 있을 수 없어서 앞으로 나섰다.

"황제 폐하, 도모카 족장은 이미 황제께 충성을 맹세했습니다. 이 사람을 처형하신다면 오히려 타우 족이 크게 반발할 것입니다."

라모가 그대로 도모카를 받아들일 것을 주장하자 황제가 선뜻 결정을 못 내리고 공작을 바라본다.

"황제 폐하, 라모 경의 의견이 합당한 듯하옵니다. 비록 야만족이라 하나 이제 호른 제국에 복속하고 충성을 맹세했습니다. 황제 폐하의 우산 속으로 들어오는 자를 내치신다면 폐하의 자비로움을 크게 해치는 일이 될 것입니다."

다행히 글렌 공작이 라모를 지지한다. 하레스와 맞서 하등 득 될 것이 없다고 판단했는지도 모른다. 하지만 처음 보는 인물은 순순히 물러날 기세가 아니다.

"그대가 라모 백작이구려. 난 나겔 브로이어 후작이라고 하오. 내가 듣기로는 그대의 지휘 미숙으로 초전에 1,700명에 이르는 병력을 잃었고 3,000에 가까운 병사가 중경상을 입었다고 하더구려. 더욱이 야만족의 기세를 꺾을 절호의 기회가 왔는데도 개인적인 사정을 이유로 전장을 이탈했다고 하던데… 틀림없는 사실이오?"

나겔의 말을 듣던 라모는 머리 위로 혈기가 치솟는 걸 느낀다. 라모는 고개를 돌려 야스퍼와 함께 서 있는 노게이라를 노려보았다. 나겔이 어떻게 저토록 상세한 상황을 알 수 있겠는가. 정보 제공자가 있다면 바로 노게이라일 터였다. 노게이라가 라모의 시선을 피해 고개를 돌렸다. 라모가 대답하려는 찰나 글렌 공작이 라모를 대신해 변명한다.

"나겔 후작, 그건 라모 백작의 잘못이라 할 수 없소. 우리 마하라자 기사단의 엘리너 저든이 독단으로 적진 깊숙이 들어갔다가 함정에 빠지면서 생긴 일이오. 그리고 전장을 이탈한 시점도 이미 야만족이 항복한 이후로 알고 있소. 그러니 문제 삼을 이유가 없소."

라모는 글렌이 자신을 이렇게 적극적으로 변명해 주는 점이 매우 고마웠다. 노게이라가 앙심을 품고 글렌 공작에게 자신의 섭섭한 점을 하소연했으나 받아들여지지 않자 소문을 낸 것이 틀림없었다. 그러나 처음 보는 자신을 비난하고 나서는 나겔은 이해할 수가 없었다.

나겔은 호른의 2번째로 큰 영지를 가진 대영주다. 그러니 물론 라모도 이름은 들어본 적이 있다. 큰 입과 둔한 덩치 때문에 두꺼비라는 별명을 가진 자였다. 그러나 외모와 달리 잔꾀가 많고 일의 추진력도 있는 자라 평가를 받는다. 나겔은 도란 제국과 접경을 이룬 휠츠리 지방을 관장하는 영주다. 후작인만큼 글렌에게는 미치지 못했지만 폭넓은 인맥을 보유해 만만치 않은 영향력을 행사한다고 들었다.

'저자도 벌써부터 나를 견제하려는 것인가?'

하레스에 두 명의 소드 마스터가 탄생했다는 소식은 이제 호른 제국 안에서 모르는 사람이 없다. 나겔은 자신을 넘어설 인물은 용납치 않는다는 건가? 라모는 나겔의 얼굴이 더욱 미련해 보인다. 뾰족한 송곳은 눌러봐야 자신만 상처를 입는다. 그런데 나겔은 지금 송곳 위로 엉덩이를 걸치고 앉으려 한다.

공작의 변론으로 황제는 타우 족의 항복을 받아들였지만, 나겔의 주장으로 라모에게 일부분 병력 피해의 책임이 인정된다며 공훈을 인정하지 않았다. 라모야 그깟 공훈을 인정받든 안 받든 상관없었지만 라모를 따라 전장을 종횡해 온 제장과 병사들의 공훈까지 함께 사장되고 말았다. 황제는 곧 마차에 올라 근위 기사들의 호위를 받으며 황궁으로 돌아가 버렸다. 환영식이 나겔 덕분에 김이 빠지고 파장을 맞았다. 라모는 야스퍼와 함께 떠날 준비를 하고 있는 글렌 공작에게 다가갔다.

"공작 전하, 호의에 감사드립니다. 그리고 약속대로 이행하지 못해 송구스럽군요. 마하라자 기사단의 피해를 재삼 사과드립니다."

말에 오르려던 글렌 공작이 고삐를 놓으며 돌아섰다.

"라모 백작, 서로 돕고 사는 게 좋지 않겠나? 카스터 단장에게서 자네의 호의 어린 말을 들었네. 곰곰이 생각해 보면 내가 자네에게 고맙다는 말을 해야겠네. 만약 자코 왕국이 쳐들어온다면 글로스타 영지를 구원할 사람은 자네와 야스퍼 백작뿐이라는 생각이 들더군. 엘리너 건은 잊어버리게. 오히려 그런 자를 기사로 내보낸 우리 글로스타가 자네에게 사과를 해야겠네. 그리고 나겔을 조심하게. 잔꾀를 부리기 시작하면 나도 감당하기 힘든 인물이야."

마지막 말은 라모와 야스퍼만 들을 수 있도록 나지막이 읊조린 다음 글렌은 훌쩍 말 위로 올라 궁성을 향해 달려갔다. 그 뒤를 20여 명의 기사들이 먼지를 휘날리며 쫓아간다.

"하하, 형님! 글렌 공작이 그래도 머리는 제대로 달렸군요. 이해 관계가 확실한 것이 오히려 맘에 듭니다."

역시 솔직하고 거칠 것 없는 남자의 말과 행동은 누구든 호감을 갖는 모양이다. 라모도 첫 대면과는 달리 글렌 공작이 점차 마음에 들었다. 라모와 야스퍼는 하레스의 병력을 회군케 한 후 하레스 영지 안에서 대대적인 승전식을 거행하고 성의 재정으로 공을 세운 병사들을 포상해 사기를 높였다.

그리고 지금 다시 도란 제국으로 온 것이다. 라모는 언젠가는 나겔 후작에게도 쓴맛을 한번 보여 주겠다고 다짐해 본다. 야스퍼가 받은 명령은 도란 제국과 자코 왕국의 화친을 위해 추진 중인 두 황실 간의 혼인을 참관하기 위한 것이다. 즉, 자코 왕국의 삼왕자 아르센 벵거가 도란 제국의 이황녀 샤넬리아 이아고 민투르노에게 결혼을 요청했다. 도란 제국은 위협을 느끼던 자코 왕국과의 원만한 관계를 이룰 수 있는 호기로 보고 얼른 승낙해 버렸다. 그리고 만약을 위해 호른 제국에 요청해 두 황실의 대사에 공증인 겸 참관인을 보내 달라고 요구한 것이다.

호른의 황제와 공작은 이 사안을 의논해 본 결과 일촉즉발의 첨예한 대립을 하고 있는 양국 간의 결혼이 쉽사리 성사될런지 의문이라는 결론에 다달았다. 어떤 상황이 닥칠런지 아무도 예상할 수 없는 불안감이 그 속에 내재돼 있다. 이에 황제와 글렌 공작은 이 일을 감당할 만

한 사람은 하레스의 기사단장이자 소드 마스터인 야스퍼밖에 없다고
생각한 모양이다.

글렌 공작의 설명을 들은 야스퍼는 흔쾌히 수락했다. 라모도 이즈음
항상 긴장감에 쌓여 있던 참이라 옳다구나 하며 아르나를 대동하고 따
라나선 것이다. 샤넬리아 황녀가 혼인을 위해 자코 왕국으로 간다면
참관인 자격으로 따라가 별 무리없이 그들의 전쟁 준비 상황이나 내정
을 파악할 수 있을 것이다. 또 한 가지 목적은 카릴의 분노를 당분간이
라도 피해볼 요량이었다. 카릴은 아직까지 움직임을 보이지 않았다.
라모가 되도록 아르나에게서 눈을 떼지 않고 항상 경계를 해온 덕분이
다. 그러나 덕분에 라모는 정신적으로 파김치가 된 상태였다. 마음속
으로 카릴과의 사랑을 맹세한 라모는 이후 아르나의 매력에 빠지지 않
도록 무던히 애써야 했다.

하지만 사람의 감정이 막는다고 막아지는 것이던가? 라모는 시간이
갈수록 아르나의 성스러운 기운과 순수한 풍모에 빠져 들어가는 느낌
이었다. 아름다운 여인을 항상 옆에 대동하고 있다면 어떤 남자가 무
심해질 수 있겠는가? 이는 자연의 순리인 것이다. 마치 물이 높은 곳에
서 낮은 곳으로 흐르는 이치와 다를 바가 없다. 라모는 카릴의 암수와
아르나의 아름다움이라는 두 명의 강적을 만나 생전 처음 피로감을 느
끼고 있었던 것이다. 아르나를 샤넬리아 황녀와 동행하게 한다면 자연
스럽게 호위가 이루어진다. 그렇다면 라모도 잠시 눈을 돌리고 휴식을
취할 시간을 벌 수도 있을 것이다.

도란 제국의 황궁은 대륙제일의 부국답게 어마어마하게 넓고 화려
했다. 마치 웬만한 시 하나를 몽땅 털어 넣은 듯 마천루가 즐비했다.
노스롭 지방에서 봐온 첩첩한 산의 분위기를 인간의 건축물에서 느낄

정도다. 라모와 아르나를 포함해 기사 4명 등 6명의 일행은 외성 안에 까지만 출입이 허가됐다. 명목상 참관인들의 인솔자인 야스퍼가 이번에 함께 온 외무차관과 더불어 도란 제국의 황제를 배알하고 나왔다. 라모는 일개 기사로 신분을 감추고 있었고 아르나는 베일을 써 미모를 가렸다.

"출발은 내일 아침입니다. 이황녀인 거처인 유란궁으로 직접 찾아가랍니다. 이름이 멋지지 않습니까? 백목련이 사는 궁이라. 샤넬리아 황녀의 미모가 기대되는군요."

야스퍼는 말끝에 베일로 얼굴을 가린 아르나를 힐끔 바라보았다. 아르나를 처음 본 야스퍼도 그녀의 미모를 보고는 한순간에 빠져 버리고 말았다. 아르나가 라모와 이미 가까워지지 않았고 여신관만 아니라면 한번 사랑의 구애를 시도해 볼 텐데……. 라모는 야스퍼의 아쉬움을 얼굴에서 역력히 읽을 수 있을 정도였다. 여자에 무심했던 야스퍼도 비로소 여인의 아름다움에 눈을 뜬 모양이다. 그러니 유란궁이라는 말만 듣고도 샤넬리아 황녀의 미모를 그리고 있는 것이다.

일행은 일단 황궁을 물러나와 공관에서 일박을 한 후 다음날 아침시간을 맞추어 유란궁으로 향했다. 라모는 그곳에서 뜻밖의 사람과 조우했다.

"라모 경, 이곳엔 웬일인가? 그렇지 않아도 다시 한 번 자네의 가르침을 받고 싶은 마음이 간절했는데… 하늘이 나를 도우시는군."

도란 제국의 근위 기사단장인 빅투아르였다. 라모를 다시 만나자 빅투는 얼굴색까지 변해가며 기뻐하는 기색이 역력했다. 라모는 자신의 얼굴을 아는 빅투를 만나자 곤란함을 느끼는 한편 의아했다. 이 양반이 뭘 잘못 먹었나? 왜 이리 친한 척 구는 거지? 라모는 그의 반색하는 표정이 이해되지 않는다. 빅투는 요즘 우울증과 불면증에 시달리고 있었다. 가슴속에 가득한 불안과 의문에 잠도 제대로 오지 않았고 편하게 웃어본 지도 오래다. 그런데 지금 그 해답을 가진 인물이 믿을 수 없게도 자신의 눈앞에 서 있자 절로 가슴이 상쾌해지며 입이 벌어지고 있는 것이다.

"자네가 바로 이번 호른 제국의 참관인을 맡은 책임자인가? 다시 만나서 정말 반갑군. 난 이번 황녀의 호위 책임을 맡게 됐네. 자네 말을 들은 후로는 잠 한숨 제대로 자본 적이 없네. 그래서 내가 직접 자코 왕국에 가서 리코 후작을 만나보고 싶어 황제께 보내 달라고 주청을 했지."

라모의 손까지 덥석 잡는 빅투의 얼굴과 어조에는 반가움이 가득하다. 위험한 생각을 했군. 라모는 빅투의 고뇌를 충분히 알 만했다. 그러나 자코 왕국으로 들어가면 어떤 위험이 닥칠지 모르는 일이다. 자칫 도란 제국으로서는 자국의 방패 하나만 잃는 결과를 초래할지도 모른다.

"형님, 이 사람은 누굽니까?"

옆에 서 있던 야스퍼가 라모를 채근한다. 심상치 않은 기운을 흘리는 빅투가 야스퍼의 눈에도 보이는 모양이다.

"아, 서로 인사하시지요. 이쪽은 우리 하레스의 기사단장인 야스퍼 핸슨입니다. 이번 참관단의 책임자입니다. 야스퍼, 이분이 바로 도란 제국의 근위 기사단장이자 소드 마스터인 빅투아르 카스텔란 경이시네."

라모의 소개로 두 사람은 서로의 정체를 알게 되자 눈길을 교환한다. 두 사람 사이에서 불꽃이 튄다. 야스퍼는 자신과 비교되는 빅투를 보자 눈에 이채를 띠었다. 역시 자신 이전의 대륙제일의 검사다운 기운이 흐른다. 짙은 콧수염을 기른 여유로운 얼굴에 체형이 날렵해 한번 검을 맞대고 싶은 충동이 일어난다. 빅투 또한 야스퍼를 관찰하기에 바빴다. 자신보다도 강한 자라고 라모가 단언한 적이 있다. 과연 한 자루 보검을 세워놓은 듯 전신에서 예기가 흐르고 눈에서는 신광이 번뜩인다. 빅투 또한 야스퍼와 진검 승부를 벌이고 싶은 열망에 사로잡혔다.

"이거 오늘 내가 인복이 터졌군요. 말로만 듣던 야스퍼 단장을 직접 만나서 정말 영광이오."

빅투가 먼저 손을 내밀자 야스퍼가 앞으로 나서 그의 손을 잡았다.

"나 역시 영광이군. 대륙제일의 검사라고 소문난 자네를 보니 너무 반갑군. 아, 내가 자네에게 말을 놓는다고 서운해하지 말게. 적어도 내 나이가 자네보다 아래가 아닌 건 확실하니까."

두 사람의 맞잡은 손에서 불꽃이 튀지 않을까 하는 걱정이 들 정도로 순식간에 긴장감이 주변을 압도한다. 라모는 빅투가 자신에게는 대뜸 말을 놓더니 야스퍼에게는 공대를 하는 모양이 우스워진다. 또한 야스퍼가 빅투에게 말을 놓는 장면도 아이러니하다. 그럼 상관 관계가 어떻게 되는 거지? 야스퍼는 자신에게 공대하니 서로 물고 물리는 관계인가?

빅투는 새삼 야스퍼의 얼굴을 바라보더니 고개를 끄덕였다. 소드 마스터에 이르고 보니 어렴풋이나마 야스퍼의 젊은 얼굴이 이해가 된다. 그리고 비로소 라모의 말도 인정할 수 있는 채비가 된다. 자신도 소드 마스터가 되면서 육체의 시간이 멈춰 버렸다. 얼굴은 물론 육체가 더 이상 노화되지 않는 것이다. 그렇다면 수련이 깊어지면 오히려 젊어지는 건 아닌가 추측하고 있던 참이다. 그런데 그 증거가 자신의 눈앞에 나타나자 오히려 빅투는 희열을 감추지 못했다. 잘하면 야스퍼에게 그 비밀의 열쇠를 얻을 수도 있지 않을까 하는 기대감이 가슴에 차 오른다.

"샤넬리아 이아고 민투르노 이황녀께서 납십니다."

궁정 시종 한 명이 나서 크게 소리쳤다. 긴장을 흘리던 두 사람이 황급히 유란궁의 입구로 돌아섰다. 여인으로선 훤칠한 키에 녹색의 드레스를 입은 샤넬리아 황녀가 뒤로 두 명의 시녀를 거느리고 나오고 있었다.

"빅투아르가 이황녀를 뵙습니다."

빅투가 얼른 황녀 앞에 한쪽 무릎을 꿇으며 고개를 숙였다. 라모와 야스퍼는 다만 살짝 고개를 숙여 예를 표했다.

"빅투아르 카스텔란 경, 일어나세요. 그리고 이 두 분이 호른 제국에서 오신 분들인가요?"

샤넬 황녀의 말에 야스퍼가 한 발 앞으로 나서 다시 고개를 살짝 숙였다.

"제가 이번 호른 제국의 참관단을 인솔한 야스퍼 핸슨입니다. 황녀님의 아름다움은 백목련이 무색할 지경입니다. 그런 황녀님을 모셔 영광입니다."

샤넬 황녀가 손으로 입매를 가리며 웃었다. 이제 갓 스무 살이나 되었을까? 황녀의 근엄함보다는 처녀로서의 풋풋함이 훨씬 돋보이는 황녀였다. 야스퍼의 말마따나 샤넬 황녀는 백목련을 능가하는 아름다움을 지녔다. 단정한 오관에 크지도 작지도 않은 그린 듯한 눈 하며 미소 짓고 있는 매력적인 입술이 보는 남자들의 눈길을 사로잡는다.

"야스퍼 경의 늠름한 신태와 칭찬의 말을 듣고 보니 갑자기 진로를 바꿔 호른 제국으로 가고 싶군요. 저는 자코 왕국이 싫어요. 아아, 야스퍼 경이 내 남편이 된다면 얼마나 좋을까?"

샤넬 황녀의 한숨 섞인 말을 듣던 세 사람은 아연실색했다. 황녀로서는 너무도 충격적인 발언이다. 특히 야스퍼는 얼이 빠진 얼굴로 샤넬 황녀의 얼굴을 하염없이 바라본다. 단순한 농담인가, 아니면 진심인가. 야스퍼의 정신없는 얼굴을 본 라모는 저러다 주저앉는 것은 아닌가 의심될 정도다. 세 사람은 자코 왕국으로 떠날 일을 잊어버리고 샤넬 황녀의 말을 곱씹으며 그녀의 심정을 이해해 보려 애쓴다. 그날로 샤넬 황녀와 일행은 도란 제국의 수도 카타로를 떠나 자코 왕국을 향해 길을 떠났다.

황녀는 첫 며칠은 여행이라도 떠나는 사람마냥 들떠 보였다.

"야스퍼 경! 야스퍼 경!"

라모와 말머리를 나란히 하고 나아가던 야스퍼의 몸이 흠칫 경직된다. 그리고는 바로 말머리를 돌려 뒤따라오는 마차를 향해 달려간다. 샤넬 황녀가 마차 밖으로 고개를 내밀고 환한 웃음을 지으며 야스퍼에게 무언가 말을 건넨다. 야스퍼는 뻣뻣한 얼굴로 무어라 대꾸한다. 이어 마차 옆에서 호위로 따라가던 빅투가 말을 달려 라모에게로 다가온다.

"큰일이군요. 황녀께서 정말 야스퍼 경이 마음에 드시는 모양인데……."

빅투는 라모에게 건네는 말투를 바꾸었다. 자신보다 강한 야스퍼가 공대하는 라모였다. 그도 자연히 라모를 다시 보고 하대할 수 없었던 것이다. 걱정스런 눈으로 두 사람이 마차 쪽을 바라보는 사이, 샤넬 황녀가 마차에서 내리는 모습이 보인다. 마차 안에는 라모의 부탁으로 아르나가 동승하고 있다. 마차 뒤로는 경장 차림의 기사 200명이 뒤따르고 있다. 전부 기병이다. 야스퍼가 팔을 뻗어 샤넬 황녀를 자신의 안장 위로 끌어 올렸다. 그리고는 눈앞에 펼쳐진 초원을 향해 달려갔다. 초원 위에는 누군가 방목해 놓은 양 떼들이 한가롭게 풀을 뜯고 있다. 하늘은 맑고 기후는 온화해 소풍이라도 나온 느낌이다.

"저런!"

빅투가 낮게 소리쳤다. 라모 또한 약간 미간을 찌푸렸다. 저들이 가까워져서 하등 좋을 일이 없었다. 자신들은 지금 자코 왕국을 향해 나아가고 있다. 벌써 도란 제국의 수도 카타로를 떠난 지 열흘 이상이 흘렀다. 이제 보름이면 자코 왕국의 영역으로 접어들 것이다. 그런데 짧은 기간에 샤넬 황녀와 야스퍼가 지나치게 가까워졌다. 둘 사이가 더 이상 가까워지면 곤란한데……. 라모는 야스퍼가 안타까워진다.

야스퍼는 샤넬 황녀를 태운 채 초원을 전속력으로 달렸다. '꺄악' 하며 샤넬 황녀가 비명 같은 외침을 발한다. 아마 황녀는 이런 경험이 처음인 듯보인다. 한동안 달린 후 야스퍼는 뒤따라오는 마차의 행렬을 의식해 속도를 늦추었다. 말이 달리는 흥분감을 감추지 못하던 황녀도 곧 기분을 가라앉히고 담담한 얼굴로 입을 열었다.

"어떤 현자가 말했어요. 사람은 누구나 행복을 만들 수 있는 재료와 힘을 자신 속에 다 가지고 있다더군요. 그러나 사람들은 오직 완성된 행복만을 찾는다고 하더군요."

야스퍼는 자신의 품에 거의 안겨 혼잣말하듯 읊조리는 샤넬 황녀의 목소리를 듣는다.

"하지만 나는 아니에요. 나는 노력할 줄 아는 사람이에요. 비록 황

녀라고 하지만 철이 들고 나서 권력을 이용해서 내 뜻을 이룬 적이 없
어요. 내 힘이 아닌 주변의 도움으로 뜻한 바를 이루고 나면 뒤가 꺼림
칙하고 성취감도 별로였어요. 그래서 옷도 내가 직접 지어보고 음식도
내 손으로 만들어보곤 했죠. 난 어릴 때부터 내 사랑도 내 손으로 고를
수 있을 것이라 굳게 믿었어요. 이렇게 팔려가듯 평화의 볼모가 되리
라고는 생각해 보지도 못했어요. 다른 사람과 달리 난 완성된 불행이
절로 찾아왔어요."

야스퍼는 샤넬 황녀의 목덜미와 홍조에 감싸인 뺨을 슬쩍 내려다보
았다. 황녀의 가늘게 떨리는 등의 울림이 심장으로 전달돼 온다. 그러
자 심장이 공명을 받아 거세게 뛰기 시작한다. 샤넬 황녀도 야스퍼의
맥동하는 심장을 느낀 모양이다. 허리를 틀며 하얀 손을 들어 야스퍼
의 가슴 위에 올려놓았다.

"당신의 심장이 나를 동정하고 있군요. 심장아, 나를 이토록 걱정해
주니 정말 고마워."

샤넬 황녀가 야스퍼의 심장에게 말을 건넨 후 야스퍼를 올려다본다.
야스퍼는 미려한 샤넬 황녀의 얼굴과 붉은 입술을 내려다본다. 그러자
야스퍼는 참을 수 없는 욕념을 느꼈다. 하지만 야스퍼는 오랜 수련으
로 단련된 절제심을 극도로 발휘해 가까스로 욕념을 눌렀다.

"샤넬 황녀님, 인간의 의지는 그리 나약하지 않습니다. 인생은 하나
의 투쟁입니다. 싸울 상대는 자기의 운명이지요. 당신이 포기하지 않
는 한 당신의 힘으로 원하는 인생을 열 수 있을 겁니다."

샤넬 황녀의 눈이 깊어지며 알 수 없는 광채를 발했다.

"정말인가요? 정말 내가 내 운명을 뜻하는 대로 바꿀 수 있을까요?"

무언가 갈구하는 황녀의 눈동자와 입술이 계속해서 야스퍼를 유혹

했다.

“물론입니다, 황녀시여!”

결국 야스퍼는 손을 들어 그녀의 부드러운 금발 머리를 쓰다듬지 않을 수 없었다. 황녀의 아픔이 자신의 일인 양 마음속이 저려온다. 황녀가 자신의 머리를 쓰다듬는 야스퍼의 손을 잡아 자신의 뺨에 가져가 부빈다. 야스퍼는 다시 부동심을 찾기 위해 마음속으로 발버둥을 쳤다. 야스퍼와 황녀가 이렇듯 흥분되는 정신의 교류를 하느라 두 사람은 초원이 끝나고 숲으로 난 길을 향해 걸어 들어가고 있는 것도 모를 정도였다.

쉭!

야스퍼의 흥분된 감정은 갑작스런 파공성으로 깨졌다. 야스퍼가 깜짝 놀라 샤넬 황녀의 가슴속으로 막 파고들던 화살을 순간적으로 낚아챘다. 찰나 간의 일이라 손에 진기를 제대로 주입하지 못해 손바닥이 벗겨지며 벗어나려는 화살을 가까스로 멈추게 했다. 굉장한 진력이 담긴 화살이었다. 아무리 자신이 방심했다고는 하지만 손에 상처를 입다니… 하지만 미리 알았더라도 쉽게 볼 수 없는 힘이 화살에 깃들어 있다.

쉭! 쉬… 익!

이번엔 앞과 좌우에서 3발의 화살이 한꺼번에 날아왔다. 역시 진력이 담긴 강력한 화살이다. 야스퍼는 감히 모험할 수 없었다. 막을 엄두를 못 내고 샤넬 황녀의 허리를 오른손으로 감싸 쥐고 허공으로 뛰어올랐다가 말의 머리를 밟고 공중제비를 돌아 땅으로 내려섰다. 아슬아슬하게 화살이 야스퍼의 발끝을 스쳐 지나갔고 땅에 내려서자마자 다시 3발의 화살이 연이어 날아왔다. 야스퍼는 검을 빼 들고 검강을 발해 날아오는 화살들을 후려쳤다.

쾅! 쾅!

진기와 진기가 부딪치는 폭음이 들리며 화살이 튕겨져 나간다. 누군지 무시무시한 적이었다. 숨 돌릴 틈도 없이 화살이 연사되어 날아왔다. 더군다나 숲의 나무 사이를 어찌 그리 빨리 이동하는지 이쪽인가 싶으면 저쪽에서 날아오고 저쪽인가 싶으면 바로 옆에서 화살이 날아온다. 야스퍼는 손을 바쁘게 놀리며 연신 화살을 쳐냈으나 샤넬 황녀를 안고 싸우는 자신이 매우 불리했다.

"형님, 적이오."

화살을 쳐내는 와중에 뒤쪽을 향해 소리쳤다. 한동안 전속력으로 달려와 마차의 일행과 꽤 떨어졌을 것이다. 제발 라모가 자신의 외침을 듣고 달려오기를 바랄 수밖에 없다. 그러나 야스퍼는 라모의 능력을 과소평가했다. 천천히 스물을 셀 시간도 되지 않아 누군가 놀라운 속도로 뒤에서 달려왔다. 야스퍼는 갑작이 누군가 뒤에서 달려들자 검강을 발해 뒤쪽으로 휘둘렀다.

"야스퍼, 나야!"

순간적으로 옆으로 이동해 야스퍼의 검을 피한 라모가 서 있다. 야스퍼는 어처구니가 없었다. 라모의 도움을 바라고 고함을 쳤지만 설마 이토록 빨리 나타나다니… 바로 옆에서 구경하고 있다가 나타난 것은 아닌가 의심될 정도다.

다시 3대의 화살이 날아왔다. 그 순간 라모가 왼손을 슬쩍 흔들고 난 후 주먹을 세 번 내질렀다.

쾅! 쾅! 쾅!

세 번의 폭음이 터지고 날아오던 화살이 박살나며 사라졌다. 라모가 나타나자 화살이 끊겼다.

"이것 봐라? 내 암기(블랙암)를 피할 정도의 고수들이군. 야스퍼, 자네는 황녀를 마차 쪽으로 데려가게. 이곳은 내가 맡지. 어떤 놈들인지 그 상판을 한번 구경해 봐야겠어."

라모는 왼손을 들어 사방으로 흔들었다. 그러나 숲 속에선 아무런 반응이 없다. 라모는 개의치 않고 계속해서 왼손을 흔들더니 어느 순간 '휙' 하고 몸을 날려 숲 안으로 짓쳐들어 갔다.

야스퍼는 다시 샤넬 황녀를 말에 태우고 말머리를 돌려 마차를 향해 후퇴했다. 어떤 놈들인지 라모에게 걸렸으니 무사하지 못할 것이다. 야스퍼도 상대가 흘리는 약한 기운을 통해 놀라운 속도로 라모의 블랙암을 피했다는 사실을 짐작했다. 도대체 어떤 놈들이지? 상대는 분명 샤넬 황녀의 목숨을 노렸다. 놈들의 정체가 궁금했지만 라모가 돌아오면 곧 알게 될 것이다. 야스퍼는 황녀의 안전을 고려해 말에 박차를 가해 마차를 향해 달렸다.

숲 속으로 뛰어든 라모는 연신 왼손을 흔들며 블랙암으로 정체 모를 괴한들을 한곳으로 몰아가고 있었다. 적들은 옷자락 하나 보이지 않았다. 정말 은밀하고 쾌속한 적들이었다. 하지만 라모의 오감에 적들의 기운이 느껴진다. 세 개의 기운이다. 라모는 이형환위의 신법까지 동원해 적들이 흩어지지 못하도록 블랙암을 던졌다. 즉, 그들의 기운이 나아가는 방향에 미리 블랙암을 던져 진로를 차단하고 라모가 의도하는 방향으로 토끼 몰이를 하고 있는 것이다. 하지만 적들도 만만치 않아 그 외중에도 반격의 화살이 날아온다. 라모는 순간 이동을 쓸 필요도 없이 최소한의 공간으로만 움직이며 연신 왼손을 흔들었다. 적들이 빠르다면 자신은 더욱 빠르다. 라모는 적들이 점차 한곳으로 모이는 기운을 읽고는 초상비를 발휘해 앞으로 달려나갔다. 물론 달리는 와중에도 연신 왼손을 흔들어 적들이 흩어지지 못하도록 견제했다.

그리고 마침내 숲 속 깊숙한 곳의 공터에 나타난 적들을 따라잡았다. 적들은 몇 번 더 탈출을 시도했지만 블랙암이 소리도 없이 날아가자 질겁해 다시 되돌아왔다. 적들은 더 이상 도주가 소용없음을 깨닫자 걸음을 멈추고 라모를 향해 돌아섰다. 품자 형으로 서서 롱 보우에 화살을 재어 라모를 겨누었다. 셋 다 검은 로브로 얼굴을 반쯤 가렸으나 라모의 놀라운 안력은 그들의 얼굴을 똑똑히 관찰했다.

"너희들은 남자냐, 여자냐? 참 헷갈리게도 생겼군. 남자치고는 너무 아름답게 생겼군."

라모가 더 이상 블랙암을 던지지 않고 말을 던지자 검은 로브 차림의 세 사람은 서로를 돌아보더니 롱 보우를 내렸다.

"당신은 진정 인간이오? 인간이 어찌 이런 능력을 가질 수 있단 말인가? 그분 말씀에 도망치지 못하겠거든 무조건 항복하라고 하더니만… 정말이었군."

세 사람이 가린 로브를 젖혀 얼굴을 드러냈다. 귀가 뾰족하고 하나같이 뛰어난 미모를 가졌다. 바로 엘프가 아닌가. 라모는 갑자기 불안해지기 시작했다.

"엘프 분들이 이곳엔 무슨 일로 나타난 것이오. 그분은 누구를 뜻하는 것이오."

라모는 갑자기 몸이 경직되며 심장이 거세게 뛰기 시작했다.

"우리는 그분, 즉 위대한 드래곤이신 카르넬리아님의 부탁을 받았을 뿐이오. 샤넬 황녀라는 분을 암습하라고 지시를 받았습니다. 진정으로 그녀를 죽이고 싶은 마음은 없었소."

라모는 이제야 확연히 깨닫고 낮게 소리쳤다.

"조호이산지계!"

동쪽을 치는 척하면서 서쪽을 치는 방법에 라모가 걸려든 것이다. 표적은 샤넬 황녀가 아니고 아르나였던 것이다. 카릴의 지시를 받은 이상 엘프들을 더 핍박할 수는 없다. 라모는 최대한의 진기를 끌어올려 마차를 향해 몸을 날렸다. 마치 유성이 쏘아져 나가는 것마냥 눈을 의심하게 하는 빠른 속도였다. 라모로서도 환생 후 이토록 전력으로 신법을 발휘해 보긴 처음이었다.

'레아 신이시여, 아르나를 보호하소서!'

라모는 너무도 급해지는 자신의 마음을 느끼자 스스로도 놀랐다. 아르나는 자신에게 어떤 의미를 가진 여인일까? 신탁을 알리는 매개로만 여기기에는 조금 무리가 있어 보인다. 카릴의 짐작대로 자신이 진정 아르나를 사랑하고 있는 것일까? 그렇더라도 아르나를 죽게 내버려 둘 수는 없었다. 라모는 진기를 최대한 끌어 계속해서 전력으로 나아갔다.

라모의 짐작대로 아르나는 위기를 맞고 있었다. 샤넬 황녀가 마차 밖으로 나가 야스퍼와 함께 말을 달리고 있는 동안 아르나는 손을 모으고 레아 신께 기도를 올리고 있었다. 성력은 자신의 힘의 원천이며 그 힘은 레아 신께 대한 믿음에서 오는 것이다. 그런 아르나를 동승한 두 시녀가 힐끔거리며 쳐다본다. 베일을 쓰고 신성력을 흘리는 아르나가 부담스러운 기색이다. 황녀 외에 또 한 명의 상전이 아닌가 저울질 하는 모양이다.

"라모 경, 갑자기 어디로 가는 거요?"

밖에서 급하게 소리치는 빅투의 목소리가 들려왔다. 아마 라모가 어딘가로 급히 달려가는 모양이라고 아르나는 생각했다. 아르나는 상관없이 계속 눈을 지그시 감고 명상과 기도에 잠겼다. 그러나 곧 난데없는 목소리가 기도의 심연 속으로 파고들었다.

"이곳의 인물들을 몽땅 죽이고 싶지 않으면 조용히 마차에서 내려 오른쪽 숲으로 들어와라. 명심해라. 혼자 와라."

눈을 번쩍 뜨며 시녀들을 살펴보니 태연한 표정이다. 아마 자신에게만 들리도록 마법이나 용언을 사용한 모양이다. 아르나는 속으로 쓴웃음을 지었다. 말의 어조로 보아 한 번 본 적이 있는 카릴이라는 드래곤이 분명했다. 아마도 라모 경은 다른 누군가로부터 유인을 당한 모양이다. 하지만 아르나는 개의치 않았다. 어차피 한번은 치뤄야 할 통과의례였다. 아르나도 라모가 자신으로 인해 항상 긴장한 상태로 지내는 걸 원치 않았다.

아르나는 마차를 멈추게 하고 내려섰다. 초원이 끝나고 벌써 숲으로 들어서 있다. 아르나가 오른쪽 숲으로 걸어 들어가자 빅투가 가로막았다.

"아르나 여신관님, 어디로 가십니까?"

현재 라모도 야스퍼도 없는 상황에서 자신이 일행을 책임져야 하는 빅투는 아르나의 느닷없는 행동이 의아했던 것이다.

"아무리 여신관이라도 볼일은 보아야 하지 않겠어요? 빅투아르 경, 금방 다녀올게요."

빅투가 말을 듣고 얼굴을 붉히며 아르나를 외면했다. 빅투로서는 설마 아르나가 사선을 향해 걷고 있으리라고는 전혀 생각치 못하니 당연한 반응이다. 베일로 얼굴을 가려 표정을 알 수 없는 아르나가 숲 속으로 걸어 들어갔다.

아르나는 카릴이 지정한 숲 속으로 들어간 지 얼마 되지 않아 공터에 서서 자신을 노려보는 카릴을 발견했다. 카릴은 알 수 없는 기운이 담긴 눈동자로 아르나를 주시했다. 아르나는 그녀의 눈에서 소용돌이치는 질투와 분노를 보았다. 위대한 존재가 주는 위압감에 아르나는 조금 위축되는 느낌이다. 아무리 신성력이 아르나를 보호하고 있다고는 하나 상대는 드래곤인 것이다.

"라모가 곧 들이닥칠 거야. 이곳에서 너의 참혹한 모습을 라모에게 보이긴 싫겠지? 자, 이곳으로 와라."

카릴의 발 밑에는 마법진이 그려져 있다. 피할 수 없다고 생각한 아르나가 다가가 마법진 안에 섰다. 아르나가 마치 친구의 부름을 받은 양 태연하게 다가와 서자 카릴의 눈이 이채를 띠었다.

"왜 이리 고분고분한 거지? 나를 충분히 상대할 수 있다는 자신감인가, 아니면 이미 체념한 것인가?"

아르나가 쓰고 있는 베일이 조금 흔들렸다. 카릴은 뛰어난 시력으로 아르나가 웃고 있음을 보았다. 그러자 카릴이 화가 나 몸에서 드래곤 피어가 솟아오른다.

"위대한 드래곤이시여, 오해하지 마십시오. 절대 비웃는 것은 아닙니다."

카릴은 기분이 나빠졌지만 손 안에 든 먹이라는 생각에 살심을 거두었다. 그리곤 곧 마법진에서 흰 빛이 솟아오르며 일인일용이 숲에서 사라졌다.

잠시 후 카릴과 아르나가 나타난 곳은 거대한 공동이다. 좌우와 천장이 각각 1백 미터는 족히 될 듯한 너른 광장이나 다름이 없다. 이 넓은 동굴 전체의 바닥에는 융단이 깔려 있고 한쪽 벽면에는 10여 개의 문이 달려 있다. 카릴이 나타나자 몇 명의 인물이 달려와 꾸벅 절을 한다.

"주인님, 잘 다녀오셨습니까?"

아르나가 살펴보니 엘프와 드워프가 각각 두 명씩 보인다. 또 인간도 세 명이나 있는데 남자가 둘에 여자가 한 명이다. 남자는 투구만을 쓰지 않았을 뿐이지 풀 플레이트 메일로 온몸을 감싸고 있다. 또 한 명은 요리사인지 흰 가운과 모자를 쓰고 있다. 엘프는 손에 걸레를 들었고 드워프는 망치와 끌을 들고 있다. 아마도 엘프는 청소 담당이고 드워프는 동굴의 조각과 수리를 맡고 있는 모양이다. 아르나는 자기가 드래곤의 레어가 아닌 귀족의 저택으로 온 것은 아닌가 착각될 정도다. 모여들었던 각양의 인종들은 카릴이 손을 한번 흔들자 각기 제 할 일을 찾아 뿔뿔이 흩어졌다. 여자만이 남아 카릴의 뒤를 졸졸 따라온다.

"보자, 마침 시간이 점심 무렵이군. 그럼 볼일은 중식을 먹은 뒤 치뤄볼까? 아르나라고 했지? 뭘 먹겠나?"

카릴은 아르나가 베일 사이로 살짝 웃는 걸 보았다.

"저는 고기는 먹지 않습니다. 야채 수프와 과일로 하지요."

카릴은 아르나의 여유가 이해되지 않아 살짝 미간을 찌푸렸다. 도대체 죽음을 목전에 둔 사람으로는 보이지 않는다. 상황을 아직 이해 못하는 건가? 하지만 곧 실감하게 될 터였다.

레어의 벽면에 붙은 문 하나를 열자 제법 넓은 식당이 보인다. 거기에 아까 보았던 요리사가 열심히 요리를 하고 있다. 곧 식탁에 음식이 차려지고 카릴과 아르나가 의자에 앉았다. 사람 20명은 너끈히 같이 식사할 만큼 너른 식탁이다. 어느새 준비했는지 아르나의 앞에는 야채 수프가 놓여 있다.

"자, 최후의 만찬을 즐기라구."

카릴은 한마디 던지고 나서는 잘 익은 오리구이의 다리 한 짝을 찢어 먹기 시작했다. 그리고는 식사가 끝날 때까지 아무런 말도 하지 않는다. 아르나도 특별히 할 말이 없어 간단히 식사를 하고 금방 수저를 내려놓았다.

"왜? 식욕이 안 생기나?"

잠시 시간이 흐른 후 식사를 마친 카릴이 냅킨으로 입을 닦으며 묻는다. 아르나의 베일이 다시 가볍게 흔들렸다.

"저는 원래 소식주의자입니다. 개의치 마십시오."

카릴이 다시 차를 가져오게 했다. 따뜻한 차 두 잔이 앞에 놓인다.

"내가 재미있는 옛이야기를 들려주지. 이 이야기를 듣고 나면 너의 죽음도 그리 억울하지는 않을 거야."

아르나가 얼굴을 가린 베일을 살짝 걷어 올렸다.

"드래곤의 지나간 사연도 재미있겠군요. 경청하지요."

너무도 태연한 아르나의 모습에 카릴은 다시 한 번 불끈 솟아오르는 기운을 느꼈지만 잠시 후를 생각해 참았다. 그리고 곧 회상에 잠겨들었다.

"내가 어렸을 때의 이야기야. 그때 내 나이가 1,000살가량 되었을 거야. 그때는 참 세상물정을 모르고 천방지축이었지. 그때 그 녀석을 만났지. 게리 브린이라는 녀석인데 당시 그 녀석의 나이가 35살이었던가? 아마 그쯤 되었을 거야. 뱅가드 숲에서 가까운 마을에 볼일이 있어 들렀다가 숲 속으로 돌아오는 길이었어. 그 녀석이 따라오더군. 어떻게 하나 싶어 내버려 두었지. 인적이 끊어지자 녀석이 냅다 달려오더니 내 팔을 낚아채더군. 나를 와락 껴안고는 키스를 퍼부어대는 거야. 처음에는 불결하기도 하고 가소롭기도 해 당장에 머리를 박살 내버릴까도 했지. 그런데 녀석의 키스가 어찌나 농염하든지… 또 얼마나 절박하게 덤벼들든지 차마 밀어내지를 못했어. 그러자 녀석이 자신을 얻었는지 날 그대로 땅바닥에 누이고는 올라타는 거야. 난 처음엔 이 녀석이 뭘 하려는 건지 몰랐어. 그리고 인간으로 치자면 처녀를 잃었지. 끝나고 나자 나도 기분이 좋아졌어. 게리가 처음에만 조금 거칠었을 뿐이지 나중엔 어찌나 내 몸 구석구석을 정성스레 핥고 만지는지 그의 지칠 줄 모르는 열정에 감탄했어. 일이 끝나자 게리가 눈물을 흘리더군. '아가씨, 미안하오. 내가 이토록 후안무치한 놈은 아닌데… 그동안 너무 외로웠던 모양이오. 나는 부모 형제도 없고 일가친척도 없소. 모아놓은 재산이 없어 여자를 얻을 생각도 못하는 실정이오. 아가씨만 한 미인을 한번 품었으니 이제 이 세상에 더 미련이 없소. 아가씨를 함부로 범한 내게 이제 마음껏 분풀이를 하시오' 하면서 대거 하나를 꺼내 내게 주더군. 자기를 죽여달라는 거지. 원래 난 게리를 죽이려고 마음먹고 있었어. 감히 드래곤을 능멸하다니… 가만히 놔둔다면 우리 일족의 치욕이라고 생각했어. 그런데 이 녀석이 먼저 죽여달라고 하자 망설여지는 거야. 드래곤은 신이 부여한 바 이 세계의 파수꾼이자 균형을 잡는 존재이지. 따라서 그 냉철한 이성과 판단력은 인간으로선 감히 상상할 수 없을 정도지. 그래서 드래곤은 눈에 보이는 것에 현혹되지 않아. 아무리 그럴듯한 미사여구를 섞는다 하더라도 드래곤 앞에서는 진실을 감추지는 못해. 하지만 게리와 나눈 육체의 결합은 내게 묘한 감흥을 주었어. 그것은 이성과 판단력의 앞에 서 있더군. 이성과 판단력보다도 더 고상해 보이고 더 아름다워 보였어. 나는 그 느낌의 정체가 무엇인지 궁금했어. 그래서 게리에게 당분간 같이 지내자고 했지. 녀석이 보물이라도 주운 듯 횡재한 얼굴을 하더군. 게리와는 10년을 같이 살았어. 녀석이 내게 바치는 지극정성은 정말 형용할 수 없는 만족감을 안겨주었어. 게리는 내게 이 세상이 나를 중심으로 움직인다고 믿게 해주더군. 그야말로 온 영혼을 다해 나를 사랑해 주더군. 게리와 살면서 그것이 인간들의 남녀 사이에서 일어나는 흔한 사랑이라는 걸 알았지. 인간들은 이런 보물을 감춰두고 혼자만 즐기고 있었던 것이야."

카릴이 잠시 말을 끊자 아르나가 궁금증을 담은 눈길을 던진다. 카릴은 그때를 생각하고 목이 타는지 차를 한 모금 마셨다.

"게리는 어느 날 나무를 하러 간다고 나가서 돌아오지 않았어. 하루가 지나서야 찾으러 나섰지. 그리고 뱅가드 숲 속에서 옷가지와 뼈만 남은 게리를 발견했어. 트롤의 발자국이 주변에 찍혀 있더군. 나는 별로 슬프지 않았어. 조금 아쉬울 뿐이었지. 그러나 그것은 사랑의 위력을 착각한 나의 오류였어. 시간이 갈수록, 세월이 흐를수록 게리가 점점 더 크게 내 머리 속에서 살아나 나를 얼싸안고 사랑을 속삭이는 거야. 주변의 트롤들을 일일이 찾아내 몰살시키며 분풀이를 했지만 내 분노를 잠재우지 못했어. 더군다나 게리를 향한 그리움은 살륙으로는 도저히 어찌할 수 없는 갈증을 주더군. 게리는 잘생기지도 않았고 특별한 능력도 없는 평범한 인간 남자에 불과했지. 나 카르넬리아의 남편감으로는 전혀 어울리지 않는 보잘것없는 인간에 불과했어. 그러나 그가 남긴 흔적은 나를 미치게 했어. 난 그때부터 자주 인간 세상으로 나가 인간 여자의 습성을 배우면서 또 다른 인연을 찾으려 노력했지. 사랑의 공허감은 사랑으로 메워야 하는 것 아니겠어? 그러나 난 더 이상 사랑할 만한 인간을 발견할 수 없었어. 게리가 내게 바친 헌신적인 사랑은 인간들 사이에서도 흔치 않은 일이라는 걸 알았지. 인간 남자들은 나의 미모에 혹해서 달려들거나 가식에 싸인 말만을 내뱉더군. 더군다나 그 즈음에는 게리와 달리 인간 남자를 고르는 나를 발견했어. 즉, 어떤 녀석도 내 마음을 움직이지 못했다는 거지. 무려 4,000년을 인간들 사이에서 방황하며 게리에게서 느꼈던 사랑을 다시 찾고자 노력했지. 하지만 어디에서도 찾을 수 없었어. 그러다 라모를 발견했어. 그 녀석이 7~8살 때부턴가 뱅가드 숲에 나타나서는 몬스터들을 마구 죽이는 거야. 몬스터의 비명이 온 숲에 가득했어. 나는 어떤 녀석이 나의 숲을 어지럽히는 것인가 궁금해 나가보았지. 아주 어린 녀석이라 나는 어이가 없어 손을 쓸 생각도 못했지. 도무지 어린 인간이라고는 믿어지지 않을 만큼 놀라운 힘과 속도로 몬스터를 상대로 싸우더군. 어린 모습이었지만 라모의 몸에서 피어나는 놀라운 기세와 거칠 것 없는 손속이 나를 매료시키더군. 나는 어린 녀석에게 호기심이 생겼어. 마침 그 녀석도 거의 매일같이 뱅가드 숲으로 오더군. 그로부터 몇 년간 그 녀석이 성장하는 것을 지켜보는 일이 내 일과요, 기쁨이 되었지. 그 녀석의 육체가 장성하고 자신의 기운을 몸속에 갈무리할 정도의 능력을 갖추게 되자 난 녀석에게 끌리는 내 마음을 느꼈어. 그리고 시기를 보아 라모의 앞에 나타났을 때도 그 녀석은 조금도 나를 두려워하지 않더군. 그 의젓한 모습에 바로 반해 버렸지. 보통의 인간 남자들은 내가 드래곤이라는 사실을 아는 순간 오줌을 지리거나 안색이 창백해지며 두려움에 떨지. 하지만 라모는 내가 드래곤이라는 사실을 알면서도 두려워하지 않고 오히려 반색하는 듯 보였어. 그때서야 난 드디어 내 사랑을 찾았다는 걸 알았어. 4,000년을 기다려 온 사랑이지. 내 마음을 흔들며 나의 존재를 고양시킬 만한 존재를 간신히 발견한 거야. 그때의 내 기쁨과 희열을 짐작하겠어, 아르나?"

카릴의 눈이 빛나며 짙은 살기가 아르나를 향해 뻗어나갔다.

"그런데 네가 감히 나의 사랑을 가로채려고 들어? 4,000년을 기다려온 드래곤의 연인을 감히 여신관 따위가 넘볼 수 있다고 생각하는 건가? 바로 이것이 네가 죽을 이유다, 아르나!"

아르나도 순수한 사랑의 열정을 갈망하는 카릴의 소원을 느끼고 얼굴이 경건해졌다.

"카르넬리아님, 당신은 위대한 드래곤이자 종족을 뛰어넘은 초월자시군요. 인간의 감정을 그토록 명확히 집어내시다니… 저로서는 그대의 열정에 경의를 표할 뿐입니다. 하지만 그렇다고 제가 죽을 필요가 있을까요? 라모 경과 저는 그대가 생각하는 그런 사이가 아닙니다."

카릴이 살기를 감추지 않고 소리쳤다.

"헛소리! 나를 속이려고 드는 거냐? 라모의 마음이 네게 기울고 있다는 걸 너도 알고 있지? 네 운명은 이미 결정됐다. 운명에 순응해라."

그리고는 밖을 향해 소리쳤다.

"테미야트!"

문이 열리며 풀 플레이트를 걸친 기사 복장의 인물이 들어왔다. 미리 대기시켜 놓았던 모양이다.

"이 여자를 밖으로 데려가 목을 베어라. 고통을 느끼지 못하게 단칼에 잘라주어라."

테미야트라는 가디언이 고개를 숙여 복명하고 아르나에게 다가와 팔을 잡았다. 아르나가 순순히 일어나 테미야트를 따라나섰다.

"그럼 다음에 뵙지요, 카르넬리아님!"

아르나가 나간 후 잠시간 카릴은 홀로 식탁에 앉아 이미 식은 찻잔을 들어 한 모금 마셨다. 그리고 아르나가 마지막 남긴 말을 생각해 보았다. 레아 신의 신성력만으로는 자신의 가디언에게 반항할 수는 없다. 그러나 살아날 자신이 있다는 건가? 카릴은 조금 불안해졌다. 자신이 직접 손을 쓸 걸 그랬나? 이런 의구심이 들자 카릴은 가만히 앉아 있을 수가 없었다. 순간 이동을 사용해 레어 밖으로 이동했다. 카릴이 사는 레어는 뱅가드 숲에서도 험준한 산맥 사이의 한 봉우리 바로 아래에 위치해 있어 내려다보이는 협곡이 장관이다. 지금 아르나가 흰 신복을 펄럭이며 서서 협곡을 내려다보고 있다. 그리고 자신이 믿던 테미야트는 한쪽 암벽에 쭈그리고 앉아 고개를 숙이고 있다.

"테미야트를 어떻게 한 거지? 능력을 감추고 있었군. 너는 신성력 외의 힘도 있었구나. 신성력만으로는 나의 가디언을 기절시키지는 못하지."

카릴의 분노와 의구심에 싸인 목소리에도 아르나는 태연했다.

"이곳은 경치가 정말 뛰어나요. 저도 이런 곳에서 살고 싶군요."

엉뚱한 대답에 카릴의 분노가 폭발했다. 파이어 볼 열 개를 생성시켜 아르나를 향해 집어 던졌다. 그러자 아르나가 물 흐르듯 옆으로 이동해 버린다. 카릴은 깜짝 놀랐다. 아르나가 발을 움직이는 것을 보지 못했다. 가만히 서 있을 뿐인데 저절로 몸이 옆으로 이동하는 것이 아닌가. 누군가 거대한 손으로 아르나를 들어 옆으로 옮겨놓은 듯하다. 그러나 카릴은 아르나가 너무도 태연자약한 것이 마음에 들지 않았다. 분노가 맹렬히 솟구쳐 오르며 5미터가량의 불의 채찍을 만들어 아르나를 향해 휘둘렀다. 한 번이라도 이 채찍에 맞으면 아르나의 몸이 새카맣게 타서 죽을 것이다. 그러나 아르나는 유연하고 날렵했다. 사방을 점하며 피할 곳을 차단했지만 아르나는 미꾸라지처럼 사이사이를 빠져 달아난다. 마치 허공 중의 바람을 잡고자 애쓰는 형국이다. 카릴이 보기에 저것은 마법도 아니고 신력도 아니었다. 그렇다면 무슨 요사스런 방법을 쓰는 거지? 불의 채찍이 소용 없자 카릴은 마나를 끊고 아르나를 노려보았다.

"이. 리. 와. 라!"

카릴의 말에 아르나가 서너 발자국 앞으로 걸어나왔다. 그러나 곧 얼굴이 달아오르며 걸음을 멈춘다.

"서, 섭혼술! 카릴… 다, 당신이 어떻게……."

아르나의 몸이 부들부들 떨렸다. 안간힘을 다해 카릴의 섭혼술에 저항했지만 위대한 존재의 부름이 금방이라도 자신을 덮쳐 버릴 것 같은 위기감이 느껴진다. 아르나가 부들부들 떨리는 손을 들어 카릴을 향해 불쑥 내질렀다.

"헉!"

카릴은 재빨리 옆으로 이동해 기의 공격을 회피했다. 덕분에 유지하고 있던 섭혼술이 깨져 버렸다. 그러나 섭혼술이 문제가 아니었다.

"백보신권!"

카릴이 경악해 소리쳤다. 카릴이 듣기로는 라모가 전생에 경허 대사에게 배웠다고 들었다. 그렇다면 이 세계에서 백보신권을 또 알고 있을 사람은 단 한 명이었다. 어찌 잊을 수 있단 말인가. 라모가 그토록 애타게 찾는 사람을…….

"홋호호호호호!"

카릴이 배를 잡고 웃기 시작했다. 정말 눈물이 찔끔 나도록 웃기는 일이 아닌가?

카릴은 라모에게서 들은 경허 대사의 외모를 상상해 보자 터지는 웃음을 참을 수가 없다.

"경허 대사는 평생을 산속에 있는 소림사라는 절에서 산 스님이오. 스님들은 보통 머리카락을 몽땅 밀어버립니다. 일부러 대머리를 만드는 거죠. 머리카락을 미는 이유는 풍진속세와 완전히 절연한다는 상징적인 의미를 담고 있어요. 그러나 그 외의 터럭은 다 그대로 둡니다. 경허 대사는 수염이 가슴까지 늘어져 있고 눈은 화등잔만하고 코는 뭉툭한 주먹코였어요. 나이도 꽤 들어 아마 나보다는 10년가량 적었을 거요. 항상 경건한 얼굴을 하고 다니는 스님이지요."

경허 대사에 대한 이런 설명을 라모로부터 들은 카릴은 아르나를 대비시키자 절로 폭소가 터졌다.

"홋호호호호!"

아르나는 어리둥절했다. 자신을 죽일 듯 열을 내던 카릴이 백보신권을 보자 미친 듯이 웃고 있는 것이 아닌가. 그러다 마침내 이유를 알고 쓴웃음을 지었다.

"카르넬리아님, 결국 제 정체를 알아내셨군요. 그러니 제가 라모 경과 사랑을 나눈다는 게 상상이 됩니까?"

카릴은 그제야 아르나의 태연자약함을 이해했다. 마음에 꺼리는 바가 없으니 동요가 있을 수 없다. 카릴은 계속해서 웃음이 터져 나왔지만 가까스로 딴생각을 하며 멈출 수 있었다.

"아르나, 아니, 경허 대사! 그런데 내 공격을 피한 수법은 뭐지? 라모도 그러더니 그대들이 살던 세계는 신기한 수법이 많은 것 같아."

아르나가 피식 웃었다.

"그것은 금강부동신법입니다. 한 줌의 진기만 있으면 어떤 공격도 피할 수 있지요. 내 몸을 한 올의 작은 먼지로 여기니 바람 같은 공격이 닥쳐 와도 밀어내기만 할 뿐 적중시킬 수 없는 거지요."

아르나의 설명에 카릴이 고개를 끄덕였다. 그러나 곧 다른 의문이 떠올랐다.

"그럼 프라나는 누구지? 야스퍼에게 사정을 듣기로는 라모가 원래 프라나라는 여신관을 찾으러 갔다고 하던데……."

아르나가 빙그레 미소 지었다. 그녀의 미소가 하도 아름다워 카릴은 다시 한 번 경계심이 일어나는 것을 느낀다.

"안반수의라는 말을 들으셨지요? 우리가 살던 세계는 이 세계와 달리 나라마다 쓰는 언어가 다른데 범어라고 부르는 언어로 풀이하면 안반수의를 '아나파나사티' 라고 하지요. 아나는 들숨이고 파나는 날숨이며 사티는 정신 집중을 말합니다. 아르나와 프라나는 바로 여기서 따온 이름들이지요. 프라나는 아나파나를 합친 개념이지요. 프라나는 다른 말로 우주의 생명력이라고도 불립니다. 아르나와 프라나는 저 한 사람을 달리 부르는 이름입니다. 황녀를 호위하는 빅투아르 경은 프라나라는 이름의 저와 친분이 있습니다. 아마도 빅투아르 경은 제가 베일을 쓰고 있었더라도 저의 정체를 눈치 채고 있을 겁니다. 다만 제가 아는 체를 않으니 그냥 자신도 모르는 척해주는 모양입니다. 신전에서는 대신관을 비롯해 제가 여러분들께 부탁을 드렸지요. 아르나와 프라나가 별개의 인물임을 라모 경이 착각하도록 연막을 쳐달라고요. 훌륭히 성공했지요."

카릴이 고개를 꼬았다.

"그런데 왜 라모 앞에 정체를 밝히고 떳떳이 나서지 못하는 거지? 여자로 태어난 것이 창피해서인가?"

아르나가 얼굴을 붉혔다. 신성한 기운에 둘러싸인 가운데 홍조를 띠니 하강한 천사 같지 않은가. 카릴은 다시 한 번 경계심이 솟는다.

"물론 그것도 하나의 이유가 아니라고 부인할 수는 없군요. 하지만 그보다 더 중요한 이유는 따로 있습니다. 바로 은밀한 관찰이지요. 라모 경의 전생을 들었다면 카르넬리아님도 전생의 사마조가 얼마나 잔인한 인물인가를 알 겁니다. 시체를 밟고 서서 천하를 질타했던 인물이지요. 사마외도의 수장이며 죽음을 부르는 악마였지요. 그런 사마조가 이 땅에 환생했습니다. 라모 경에게 전생의 사마조가 가졌던 잔인한 성품이 모두 씻겨 나갔다고는 누구도 장담하지 못합니다. 만약 라모 경이 뜻하지 않은 사건으로 전생의 분노를 되살린다면 이 그룬디아 대륙은 피로 물들고 말 겁니다. 그래서 제가 미리 나서 라모 경에게 제가 있음을 상기시켜 주고 경계로 삼게 했던 거지요. 그래도 라모 경이 사마외도를 벗어나지 못한다면 그때는 제가……."

카릴이 말꼬리를 잡아챘다.

"라모를 죽이겠다는 건가? 흥, 꿈도 꾸지 마라. 난 그런 건 상관하지 않아. 이 그룬디아 대륙의 모든 인간이 다 죽어나간다 해도 나에겐 라모 하나보다도 못해. 그대가 경허 대사라는 걸 알았으니 죽이지는 않겠다. 그러나 라모에게 조금이라도 위해를 가하려는 조짐이 보인다면 그대가 먼저 내 손에 요절날 줄 알아라."

아르나가 카릴에게 고개를 숙였다.

"저의 정신은 아직도 부처를 모시는 승려요. 몸은 레아 신을 섬기는 여신관입니다. 이유없는 살생은 저도 바라지 않는 바입니다. 모쪼록 라모 경에게는 저의 정체를 숨겨주십시오.”

카릴이 못마땅한 얼굴로 한참 아르나를 쳐다보았다. 그러나 종내에는 한숨을 ‘후’ 하고 불어낸다. 과연 라모가 가진 무력은 인간이 감당할 수 없는 무소불위의 힘이었다. 라모가 독한 마음을 먹는다면 누가 그의 손아귀에서 도망칠 것인가? 상대가 드래곤이라 하더라도 장담할 수 없다. 아르나의 걱정이 마냥 기우만은 아니라는 걸 카릴도 짐작할 수 있었다.

이렇게 카릴과 아르나가 저간의 사정을 주고받는 사이 라모는 꼬리에 불이 붙은 맹수마냥 아르나가 들어갔다는 숲을 온통 헤집고 다니며 찾아다니고 있었다.

“아르나! 카릴!”

병사를 풀고 황녀를 지키는 야스퍼를 제외한 빅투까지 나서 한 시간을 넘게 찾았지만 아르나는 어디에도 없었다. 허탕 친 라모가 숲 속에서 걸어나왔다. 야스퍼는 멀리서 보기에도 온몸으로 살기를 흘리는 라모를 보고는 섬짓함을 느꼈다. 라모는 막 숲을 벗어나다 말고 화를 못 이겨 괴성을 질렀다.

“으아아아아아!”

그리고는 손에 금빛 검강을 일으켜 바로 옆에 있던 길이가 10미터는 족히 될 거목의 밑둥을 싹둑 잘라 버렸다.

“으악! 피해.”

운 나쁘게도 거목이 뒤따르던 병사들에게로 쓰러졌다. 그러나 라모가 바로 뒤따라 몸을 날리며 나무에 ‘푹’ 소리가 날 정도로 손을 찔러 넣더니 ‘으야압’ 하는 기합과 함께 거목을 그대로 양쪽으로 찢어 던져 버렸다. '쫘' 하는 나무 쪼개지는 큰 소음가 들리며 10미터 길이에 어른 두 명이 팔을 둘러야 닿을 만한 굵기의 거목이 라모의 금나수에 걸려 허공으로 치솟아올라 양쪽으로 날아갔다.

덕분에 아무도 다친 사람은 없었지만 라모의 무시무시한 무력에 모든 사람이 입을 벌리고 잠시 석상이 되었다. 어찌 인간이 저럴 수 있단 말인가? 빅투는 하도 어이가 없어서 입을 다물지 못했다. 한 번의 대결로 자신보다야 고수라는 건 알고 있었다. 하지만 이제 보니 라모는 당시 자신의 능력을 반의 반도 다 발휘하지 않았음을 알았다. 야스퍼 또한 생사현관이 타통된 고수의 진면목을 보고 새로운 경지에 대한 열망에 사로잡혔다.

하지만 야스퍼는 그 전에 걱정이 앞섰다. 저토록 흥분한 라모를 본 적이 없었다. 언제나 침착함을 유지하던 라모가 아닌가. 라모가 야스퍼에게 다가왔다. 그의 얼굴이 혈기로 온통 붉은 기운에 휩싸여 있다.

"야스퍼, 카릴이 아르나를 죽였으면 나는 어쩌지? 나, 난 카릴을 용서할 수 없을 거야. 하지만 난 카릴도 사랑하고 있어. 그녀는 지난 5년을 함께 지낸 내 아내야. 이럴 땐 어떻게 해야 하지?"

라모는 말과 행동에 이성을 잃고 허둥지둥댄다. 야스퍼는 그런 라모를 보며 그제야 사태의 심각성을 인식하게 되었다. 라모는 아르나를 신탁을 전하는 사자로서가 아니라 한 여인으로 받아들이고 있었던 것이다.

"형님, 아르나를 진정 사랑하는 겁니까? 그럼 카릴은 형님에게 무엇이오?"

라모는 야스퍼의 질문에 자신도 혼란스러운지 머리를 양손으로 감싸고 한참을 숙이고 있다가 고개를 들었다. 간신히 자신의 마음을 추스런 모양이다.

"분명한 건 내 아내는 카릴밖에는 없다는 거야. 아르나는… 물론 아름답긴 하지. 하지만 아름다움에 혹할 내가 아냐. 야스퍼, 내 정신은 스무 살의 애송이가 아니라는 건 너도 잘 알고 있잖니? 그녀에겐 미모 이상의 무엇이 있어. 나를 끌어당기는… 그래 무언가 질긴 인연 같은 것……. 헤어졌던 혈육을 만났을 때 자신도 모르게 끌리는 마음 같은… 과거의 그리움이 응집된 반향이라고나 할까… 표현하기가 어렵군. 아마도 그녀가 경허 대사와 연관이 있다는 점이 많이 투영된 것 같아. 그녀는 어머니 같고, 누이 같아. 잃어버려서는 안 될… 내가 돌보아주어야 할 가족 같다는 거야. 그래, 그게 적절한 표현 같군."

고민이 반영된 듯 라모의 말은 자주 끊겼다. 라모가 주저하며 결론을 내렸을 때 갑자기 라모의 뒤에서 말소리가 들려왔다.

"그 점은 다행이군, 라모. 네 마음이 변하지 않았다니 나도 기뻐."

라모는 급급히 돌아섰다. 어느새 라모의 뒤에는 붉은 머리의 카릴이 서 있었다.

"카릴!"

라모가 놀란 외침을 발했다. 그러나 카릴 혼자 서 있는 모습을 발견하고는 안색이 변했다. 그 모습을 보고 카릴이 손으로 입을 가리며 웃었다.

"호호, 라모. 걱정하지 마. 아르나를 죽이지는 않았어. 하지만 당장 돌려받을 생각은 하지 마라. 라모가 아르나를 여동생이나 누나로 생각하는지는 몰라도 내 눈으로 보기에는 의심스럽기 그지 없단 말야? 당분간 아르나는 내가 데리고 있겠어. 좀 더 알아볼 것도 있고, 라모가 마음 정리할 시간을 주고 싶어."

라모는 안색이 퍼지며 안도의 한숨을 쉬었다. 용언은 아니었지만 카릴이 한 약속은 천금보다 무거웠다. 드래곤이 자신의 말을 뒤집는다건 상상할 수도 없다. 라모는 카릴의 손을 잡았다.

"고마워, 카릴!"

카릴은 라모의 진심을 알아보려는 듯 또렷한 눈동자로 바라보았다.

"네 말이 진심이길 바래. 그렇지 않으면 또 걱정할 일이 생길 거야. 좋아, 라모가 이번 일을 끝내고 돌아올 때쯤이면 우리도 하레스 성에 있을 거야. 그러니 아르나 걱정일랑은 접어두라구. 그럼 그때 보자고, 내 사랑."

카릴이 라모를 한번 애틋한 눈으로 바라보더니 순식간에 공간 속으로 사라졌다. 하지만 짧은 이별로 끝날 것 같은 이날의 헤어짐이 그 후 몇 년을 갈 거라곤 라모도 카릴도 미처 예상치 못했으리라. 어쨌든 그렇게 긴 하루가 지나갔다.

카릴 덕분에 조금 혼란스러웠지만 황녀을 호위하는 일행의 행렬은 며칠 후 무사히 자코 왕국과의 접경 지대로 들어섰다. 레팀논 평원은 긴장감이 감돌고 있다.

"지금도 하루에 몇 번씩 순찰대 간에 전투가 벌어집니다. 그런데 놈들의 무예가 정말 보통이 아닙니다. 열 명 단위로 순찰을 내보내고 자코 왕국 놈들도 비슷한 숫자가 나옵니다. 그런데 막상 부딪쳐 전투를 벌이면 우리가 일방적으로 깨지는 형국입니다. 그렇다고 내보내지 않을 수도 없고……."

황녀를 배웅하기 위해 레팀논 평원까지 따라 나온 매커티어 후작이 곤혹스러운 일굴로 빅부에게 설명한다. 작년 전투로 반경 150킬로미터인 레팀논 평원의 절반을 빼앗긴 도란 제국이었다. 지금 여전히 30만 대군이 자코 왕국의 기병을 가로막고 있었다. 그러나 대군을 책임진 매커티어 후작의 얼굴은 짙은 불안감에 휩싸여 있다. 작년 전투에서는 급히 나선 빅투 덕분에 어찌어찌 막을 수 있었지만, 빅투는 황궁 호위를 책임진 근위 기사단장이라는 책임 때문에 되돌아갔다. 비록 지금 이곳에 서 있지만 목적은 황녀의 호위다.

매커티어는 마음속으로 빅투가 다시 돌아와 지휘권을 양도받을 것을 원했다. 만약 자코 왕국이 다시 쳐들어온다면 막을 자신이 없었다. 매커티어는 자신의 이름이 패전지장으로 역사에 기록되기를 원치 않았다. 그래서 지금 간절한 염원을 담아 빅투를 바라보고 있는 것이다. 빅투는 매커티어의 불안한 얼굴을 보고 이마를 찌푸렸다.

'대군을 책임진 수장이라는 자가 저토록 나약하니… 하지만 이해되지 않는 것도 아니니 문제군.'

빅투는 속으로 혀를 차면서도 암울한 기분을 느낀다. 빅투는 남의 일인 양 쌍쌍으로 붙어 히히덕거리는 라모와 야스퍼를 바라보았다. 도란 제국은 내부적으로 무슨 수를 쓰던 호른 제국을 이 분쟁에 끌어들여야 한다고 결론을 낸 상태였다. 도란 제국 혼자의 힘으로 자코 왕국을 막기에는 그들의 창이 너무 날카롭다.

빅투는 작년의 전투가 떠올랐다. 자신이 기병을 이끌고 적들을 향해 돌진했다. 2미터에 달하는 검강을 발해 무자비하게 적들을 도륙했다. 그들은 빅투의 조국인 도란 제국을 유린하는 침략자였다. 자비를 베풀하등의 이유가 없었다. 자코 왕국 기병의 일각이 우르르 무너져 내리고 빅투는 적들을 쫓아 계속 진격했다.

그러나 얼마 가지 못해 적들의 조직적인 반격을 받았다. 놈들이 부챗살처럼 퍼져 나가더니 일제히 빅투를 향해 크로스 보우의 쿼렐을 발사했다. 빅투는 검강을 발해 자신의 앞에 그물 방패를 만들어 막았지만 자신이 타고 있던 말이 비명을 내지르며 쓰러졌다. 말의 몸체에 쿼렐이 빽빽이 박혀 있다. 빅투가 말에서 떨어지자 놈들이 환성을 지르고 다시 2열 종대로 모인 후 일직선으로 달려왔다. 살기로 번뜩이는 적들의 눈들이 오직 빅투 한 명에게 모아진다. 빅투가 검강으로 사람이고 말이고 가리지 않고 잘라 버리며 이리 뛰고 저리 뛰며 놈들을 가로막았다. 그러나 적들은 해일 같은 기세로 두려움을 모르는 눈으로 계속해서 달려들었다. 베어도 베어도 끝이 없는 듯했다. 소드 마스터의 놀라운 속도로 움직이는 빅투였지만 기병인 적들의 말과 사람을 한꺼번에 베는 일이 부담되었다.

마침 뒤따라온 도란 제국의 기병들이 적들을 가로막으며 혼전을 벌이는 사이 빅투가 검강을 발해 놈들을 주살하자 더 버티지 못하고 물러나기 시작했다. 적들은 후퇴를 하면서도 연신 크로스 보우로 견제하며 뒤따르던 도란 제국의 기병들을 쓰러뜨렸다. 접전의 와중에서보다도 뒤쫓다가 더 큰 피해를 입었다.

자코 왕국의 기병이 물러나고 보니 즐비한 시체들 가운데 도란 제국의 병사들이 오히려 더 많아 보였다. 빅투는 놈들의 기마술과 무예에 감탄하지 않을 수 없었다. 더군다나 그 일사불란한 움직임이라니……. 비록 적이었지만 병사 한 명 한 명이 투혼을 지닌 전사였다. 불퇴전의 용기에 조직력까지 갖추었으니 도대체 이들을 누가 막을 수 있단 말인가.

새삼 당시의 암울했던 기억이 떠오른다. 빅투는 라모와 야스퍼가 호른 제국의 숨은 실력자들이라는 걸 동행하면서 알 수 있었다. 이 두 사람만 설득할 수 있다면 호른 제국도 이 전쟁에 개입할 것이다. 그렇게 된다면 전쟁의 승부도 알 수 없어질 것이다. 아니, 라모의 능력으로 보아 승산이 더 많은 전쟁이 될 것이다. 빅투는 그래서 황녀에게 은근히 야스퍼를 설득해 보도록 종용하는 중이었다. 빅투 또한 라모와의 친분을 더욱 두텁게 쌓으며 부탁할 기회를 노리고 있었다.

"매커티어 후작님, 철저히 방어전을 펼치십시오. 적들의 도발에 넘어가지 말고 굳게 자리를 지키십시오. 조만간 좋은 소식이 있을 겁니다."

빅투는 매커티어를 위로한 다음 마차를 몰아 레팀논 평원 저쪽에 진주한 자코 왕국의 주둔군을 향해 나아가기 시작했다. 뒤로는 여전히 200기의 기병이 뒤따랐다. 대형 백기를 든 기병 한 명을 앞서 달리게 했다. 자칫 싸우러 오는 적으로 오인당할 우려가 있다.

일행이 한 시간여를 달리자 평원에 넓게 포진된 자코 왕국의 막사들이 보였다. 몇 차례 자코 왕국의 순찰병들이 평원의 옆에서 튀어나왔지만 대형 백기를 보고 되돌아섰다. 자코 왕국의 진형은 빙 둘러 목책을 세워 놓았다. 한쪽 편으로는 일단의 기병들이 말을 몰아 달리며 전술 훈련에 열중하는 모습도 보인다. 그런데 숫자가 예상보다도 많았다. 매커티어는 자신이 알아본 바 약 5만의 자코 기병이 주둔하고 있다고 했는데, 막사의 숫자나 움직이는 사람의 수가 훨씬 많아 보인다.

"이건… 듣기보다 병력 수가 많아 보이네요."

야스퍼도 그렇게 느꼈는지 의구심을 드러낸다. 라모가 보기에도 병력은 10만 명을 훨씬 웃돌아보인다. 라모는 자코 왕국의 속셈이 훤히 들여다보이는 듯하다.

"아마 병력 보충을 했을 테지. 국가 간의 혼인을 약속하고 병력을 더 동원하는 이유는 단 한 가지 목적을 가지고 있지. 자코 왕국은 마음을 놓고 있는 도란 제국의 허를 찌르려는 것일 테지."

듣고 있던 빅투의 안색이 더 어두워졌다. 라모의 말처럼 과연 의심이 물밀듯 솟구쳐 오른다. 당장 진군을 멈추고 되돌아가고 싶은 마음이 든다. 그러나 그러기에는 늦었다. 자코 왕국의 진형으로부터 기병 1천 기가량이 쏟아져 나왔다. 그리고는 두 갈래로 갈라져 샤넬 황녀의 호위병 200명을 에워쌌다. 이제는 도망갈 곳도 없다. 죽으나 사나 앞으로 나아가는 수밖에……

일행은 계속 앞으로 나아가 자코 왕국의 진형 속으로 들어갔다. 황녀와 시녀들은 마차 안으로 들어가 있는 상태였다. 자코 왕국 기병들의 막사는 가운데를 중심으로 좌우 양쪽에 넓게 포진돼 있어 절로 대로를 형성해 놓고 있다.

그 대로의 한가운데에 장대한 인물이 서 있다. 거대한 그레이트 소드를 짚고 서서 라모 일행과 마차가 다가오는 걸 바라보고 있다. 체인메일을 걸쳤는데 키가 2미터를 넘어 보였다. 덩치도 우람해 그레이트 소드와 함께 매우 어울려 보인다. 근육질의 몸매가 용맹을 웅변하고 있다.

"나는 자코 왕국의 기병사령관 하룬 플라이드 백작이다. 샤넬 황녀는 어디 계신가?"

부리부리한 눈에 목소리까지 우렁우렁하다. 샤넬 황녀가 마차에서 내려섰다. 하룬이 샤넬 황녀를 보자 약간 고개를 숙여 예를 표한다.

"도란 제국의 이황녀이시여! 자코 왕국에 오심을 환영합니다. 이제부터 저희가 모시겠습니다. 그러니 도란 제국의 호위 기사들은 더 이상 갈 수 없소."

앞의 말은 샤넬 황녀에게 했지만 뒤의 언급은 빅투를 바라본다. 빅투가 기겁해서 소리쳤다.

"무슨 소리요? 황녀를 혼자 랑주(자코 왕국의 수도)로 보낼 수는 없소.

여기 호른 제국의 참관인들이 계시오. 누구 마음대로 호위병들을 막겠다는 것이오."

하룬은 빅투를 한차례 노려본 후 라모와 야스퍼를 눈여겨보는 눈치다. 2미터가 넘는 키에 거대한 그레이트 소드를 짚고 서서 부리부리한 눈을 부라리니 보통 사람은 그 위압에 안색이 변했을 것이다. 하지만 라모와 야스퍼는 전혀 영향을 받지 않고 태연하다.

"그것과 무슨 상관인가? 물론 호른의 참관인들은 통과다. 그러나 도란 제국의 병력은 한 명도 자코 왕국의 영역에 발을 들여놓을 수 없다. 이것은 자코 왕국 상부의 의지다."

하룬의 말에 굴욕감을 느낀 빅투의 얼굴이 벌게진다. 그러나 야스퍼의 반박이 한 박자 빨랐다.

"정말 건방진 놈이군. 전장에서 만나도 저렇게 당당할런지 궁금하군."

툭 던지듯 내뱉는 말이 혼잣말이라고 하기에는 너무 크다. 하룬이 듣지 못할 리 없다. 야스퍼는 정을 느끼고 있는 샤넬 황녀가 곤란을 겪자 어떻게든 편을 들어주고 싶었다.

"호른 제국의 참관인이여! 무엇이 불만인가? 나의 무력을 보고 싶다면 앞으로 당장 나서라. 자코 왕국 기사의 위력을 보여주마."

하룬이 더욱 크게 눈을 부라리며 야스퍼의 도발에 대응해 온다. 빅투는 자신이 나서려고 하다가 야스퍼와 하룬이 서로 불편한 심기를 드러내자 모르는 척 뒤로 빠졌다. 그리고는 제발 서로 검을 맞대기를 바랐다. 적의 적은 동지가 되는 것이다. 야스퍼와 하룬이 부딪친다면 이는 곧 호른 제국과 자코 왕국의 충돌로 이어질 공산이 큰 것이다.

"나는 호른 제국의 야스퍼 핸슨 백작이다. 하룬 백작, 그깟 덩치로 내 앞에서 재롱을 떠는 건가?"

야스퍼가 비웃음을 흘리며 슬며시 앞으로 걸어나갔다. 하룬이 부리
부리한 눈을 치켜뜨며 짚고 있던 그레이트 소드를 번쩍 들었다. 하룬은
야스퍼가 자신에게 걸어오자 절로 긴장했다. 칼날 같은 예기가 야스퍼
로부터 솟아난다. 하룬은 속이 뜨끔했다. 저런 기세를 흘리는 검사를 본
적이 있다. 바로 자코 왕국의 소드 마스터 리코 후작을 만났을 때였다.
그렇다면 저자도 소드 마스터란 말인가? 한편으로는 놀랐지만 또 다른
한편으로는 질 수 없다는 오기도 생겼다. 자신의 천부적인 힘을 믿었다.
소드 마스터가 얼마나 대단한 존재인지는 부딪쳐 보기 전에는 모른다.
　"좋아! 받아라."
　'횡' 소리가 나도록 그레이트 소드를 한번 휘두른 다음 바로 야스퍼
에게 달려든다. 엄청난 덩치에 거대한 검을 휘두르며 덤비니 그 기세
가 무시무시하다. 야스퍼는 자신의 검이 상할 것을 우려해 약간의 진
기를 주입해 자신의 허리를 잘라오는 그레이트 소드를 막았다.
　챙!
　검명이 울리며 야스퍼가 옆으로 비척비척 몇 걸음 벗어난다. 아무리
소드 마스터라 하더라도 무서운 힘으로 휘둘러진 그레이트 소드의 충
격을 다 소화해 내지 못한 것이다. 하룬은 평범한 기사라면 양손으로
들기에도 힘겨운 그레이트 소드를 한 손만으로 풍차처럼 돌리기 시작
한다. 그 칼날의 끝에 야스퍼가 서 있다.
　야스퍼는 힘으로는 밀린다는 걸 확인한 후 재빠른 동작으로 피하거
나 검으로 흘려 막으며 하룬의 약점을 찾았다. 이런 힘만 믿는 위인에
게 검강까지 발해 이기고 싶은 마음은 들지 않았다. 그러나 하룬은 그
힘이 너무 절륜한 데다가 동작마저 신속해 좀체로 틈을 찾을 수 없다.
야스퍼는 싸우는 와중에 하레스의 천인장들과 붙여놓으면 좋은 상대가

될 것이란 상상도 든다. 야스퍼는 틈을 찾기보다는 틈을 만들기로 했다. 소드 마스터에 이르는 근력을 이용해 빠른 발로 하룬의 주위를 돌며 불쑥불쑥 검을 내질렀다. 앞을 경계하던 하룬은 야스퍼의 검이 어느새 자신의 뒤통수를 노리고 찔러오자 그레이트 소드를 뒤쪽으로 힘차게 휘둘렀다. 그러나 검명이 들리지 않는다. 어느새 앞으로 이동한 야스퍼가 이번에는 가슴을 찔러온다. 하룬은 기겁해 뒤로 물러서며 다시 앞을 향해 그레이트 소드를 휘둘렀다. 그러나 그때는 이미 야스퍼가 검을 거두고 다시 옆으로 돌아가 허리를 찌르고 있다.

하룬은 미칠 지경이 되었다. 자신의 산을 뽑을 듯한 힘이 아무 소용이 없었다. 검이 부딪쳐야 힘에 밀린 상대의 허점을 잡아 공략할 텐데 그런 기회를 허용하지 않는다. 상대는 자신을 가지고 놀고 있다. 소드 마스터란 이렇게 감당할 수 없는 존재인가? 그동안 기고만장했던 자신의 자부심이 산산이 부서지는 걸 느낀다. 하룬은 한동안 땀을 뻘뻘 흘리며 야스퍼의 검을 막기에도 바빴으나 급한 성격이 도저히 이 상황을 인정하지 못했다. 눈에 핏발이 선 하룬이 양패구상의 심정으로 야스퍼에게 달려들며 젖 먹던 힘까지 다해 내려쳤다. 그러나 역시 반응이 없다.

퍽.

그레이트 소드가 땅바닥으로 깊이 파고든다. 더군다나 야스퍼가 옆으로 빠지며 하룬의 무릎 관절을 걷어차 버렸다.

"크윽!"

하룬이 그레이트 소드를 놓치고 땅을 뒹굴었다. 데굴데굴 굴러가던 하룬이 멈췄으나 일어날 생각을 못한다. 너무 혼신의 힘을 쓴 데다 무릎을 얻어맞은 통증이 심해 잠시 정신이 없다.

"역시 힘만 센 멧돼지였군."

야스퍼가 조소를 흘리자 둘러서 있던 자코 왕국의 병사들이 분노해 일부는 검을 뽑고 일부는 크로스 보우를 든다.

"멈춰라."

누워 있던 하룬이 병사들의 도움을 받아 간신히 일어난 후 주워온 그레이트 소드를 짚으며 비틀비틀 다가왔다.

"오늘은 내가 졌소. 하지만 전쟁은 일 대 일의 경기가 아니오. 병력과 병력의 싸움이지. 호른 제국이 도란 제국만큼이라도 버틸런지 두고 보겠소."

의미심장한 발언이다. 하룬의 말로써 야스퍼는 호른 제국까지도 넘보는 자코 왕국의 야욕을 확인할 수 있었다.

"기대하겠네. 온다면 성대히 환영해 주지."

갑작스런 결투가 이렇게 끝났다. 그러나 결국 도란 제국의 호위병들은 빅투를 포함해 한 명도 국경을 넘지 못했다. 빅투가 크게 반발했지만 하룬이 병사들을 동원해 전원 구금하겠다고 위협했다. 할 수 없이 호른 제국의 참관인과 마차만 국경을 통과했다. 하룬은 호위랍시고 10여 명의 자코 왕국 병사들만을 붙여주었다. 그들은 길잡이에 불과할 뿐이었다. 결국 일행은 라모와 야스퍼, 그리고 동행한 호른의 외무관료와 기사 4명이 전부였다. 그리고 마차에 타고 있는 황녀와 두 명의 시녀로 단출해졌다. 빅투는 황녀가 탄 마차와 라모 일행을 회한에 찬 시선으로 배웅했다.

"야스퍼 경, 우리는 이대로 랑주로 가는 건가요?"

샤넬 황녀는 야스퍼와 말머리를 나란히 하여 걷고 있다. 랑주로 가는 길목에서 황녀가 느닷없이 질문을 던진다. 야스퍼는 질문을 받고도 묵묵부답이다. 황녀가 이웃나라의 백작에게 던지는 질문이 아니다. 여자가 남자에게 체중을 실은 간절한 요구다. 단순한 질문 안에는 여자로서의 소망과 기대가 함께 실려 있는 것이다. 자신이 감당해야 할 책임까지 야스퍼에게 이양하는 절묘한 떠넘기기다.

"샤넬 황녀님, 말고삐를 단단히 잡으세요."

야스퍼가 이제는 따로 말을 타고 가는 샤넬 황녀에게 주의를 준다. 합당한 대답을 들려주지 못하는 자신이 너무나 못마땅하다. 그러나 무슨 뾰족한 수가 있단 말인가. 자코 왕국으로 들어온 후, 그리고 랑주가 가까워질수록 샤넬 황녀는 매우 우울해했다. 황녀 스스로도 그걸 느꼈던지 자코 왕국으로 접어들자 야스퍼에게 말 타는 법을 가르쳐 달라고 졸랐다. 그리고는 3일간을 말과 씨름을 했다. 시녀들의 보살핌만을 받으며 소중한 꽃으로 황궁이라는 화분에 뿌리를 내리고 있던 황녀였다. 언제 이런 거친 말 등 위에서 자신의 체력을 시험해 보았겠는가. 위태위태하게 말 타는 법을 배우는 동안만큼은 황녀도 모든 시름을 잊고 몰두했다. 혹시라도 황녀가 말 등에서 떨어지는 것은 아닌가 노심초사하는 야스퍼의 모습도 그 어느 때보다 진지함이 넘쳐 보인다. 지금 야스퍼가 자신의 질문에 대한 답을 주지 않자 황녀의 안색이 가볍게 변했다. 황녀가 말고삐를 낚아채더니 말의 박차를 가했다. 황녀가 탄 말이 앞으로 튀어 나갔다.

"샤넬 황녀님!"

놀란 야스퍼가 뒤이어 발로 말의 배를 차며 황녀를 따라 달렸다. 그런 두 사람을 바라보는 라모의 심정은 편치 않았다. 두 사람은 키스만 나누지 않을 뿐이지 완연한 연인의 모습이다. 야스퍼를 바라보는 샤넬 황녀의 눈은 동경으로 가득하다.

야스퍼는 한없이 기쁜 표정으로 하염없이 샤넬 황녀만을 바라본다. 표면적으로 볼 때 샤넬 황녀와 자코 왕국 삼왕자의 결혼은 평화를 염

원하는 양국의 의지요, 상징이다. 이후 자코 왕국이 어떻게 나올런지
는 알 수 없지만 그것은 직접 랑주로 가서 확인해 보아야 한다. 여기엔
호른 제국도 참관인을 보내 이 결혼의 무게를 더하고 있다.

그런데 엉뚱하게도 황녀는 야스퍼에게 자신의 순정을 바치고 있다.
만약 두 사람이 사랑의 도피행이라도 벌이면 최악의 경우 그룬디아 3강
이 뒤집어질 수도 있다. 때문에 라모는 자신의 날개인 야스퍼가 상처 입
는 것을 방관할 수는 없다고 생각했다. 그래서 갈등하고 고민 중이다.
계략에는 별 재능 없는 야스퍼에게 뾰족한 수를 기대할 수는 없다. 이런
일은 전적으로 라모의 몫이다.

랑주로 가는 동안 이제는 두 사람이 한시도 떨어져 있으려고 하지
않았다. 상대가 눈에 보이지 않으면 불안해하고 조바심을 낸다. 마을
에 들러 여관에서 일박을 하게 되는 경우 잠자리에 들 때까지 두 사람
은 찰떡같이 붙어다닌다. 심지어는 새벽녘에 두 사람이 같이 산보하는
광경도 목격되곤 한다. 곧 헤어진다는 불안감이 두 사람을 더 애틋하
게 하는 모양이다. 열흘 후 황녀를 수행하는 일행은 랑주에 도착했다.

자코 왕국의 수도 랑주는 마치 하나의 요새와 같았다. 시 외곽에서
부터 깊이 파인 해자가 가로 놓여 있다. 그리고 오가는 사람들은 모두
검을 찬 병사들이다. 역사가 그리 오래지 않은 듯 이제 막 건물들이 들
어서며 수도로서의 위용을 갖추어가고 있다. 막 잠에서 깨어난 은둔용
이 떨치고 일어나는 기세가 느껴진다.

수도 중심에 위치한 왕성은 규모도 그리 크지 않다. 기껏 하레스 성
만큼이나 될까? 한 나라의 왕성으로는 초라한 모습이다. 더군다나 성
전체가 음습한 기운이 흐른다. 푸른 이끼가 달라붙은 성벽이 그렇고
건물 사이로 늘어진 넝쿨이 왕성을 얼핏 폐가로 보이게까지 한다. 자

코 왕국은 성의 수리나 청소도 하지 않는 것인가? 라모는 마치 마왕성을 연상케 하는 자코 왕성의 그로테스크한 모습을 이해하기 어려웠다.

"국왕께서 라모 경과 야스퍼 경의 동행만을 허락하셨습니다. 다른 분들은 이곳에서 잠시 쉬고 계십시오."

안내 시종은 왕성 한 켠의 접대실에 일행을 남겨두고 샤넬 황녀와 라모, 그리고 야스퍼만을 왕에게 인도한다. 시종을 따라 왕이 있다는 내성으로 따라가며 라모는 주의 깊게 왕성의 구조와 병력 배치를 살펴보았다. 엄중한 감시가 펼쳐져 있다. 과연 왕성답게 예사롭지 않는 기운을 흘리는 병사들이 창과 검을 든 채 곳곳을 지키고 있다. 내성 안은 더욱 음침해 보인다. 바닥은 먼지 한 톨 없이 깨끗이 청소돼 있다. 그런데 벽에 붙은 푸른 이끼는 걷어낼 생각을 않는다. 여기에는 무언가 의도적인 의미가 내재돼 있음을 짐작케 한다. 포우 드 벵거 국왕. 라모는 자못 만남이 기대된다. 약소국에 불과했던 자코 왕국을 오늘날 대륙제일의 강대국으로 키워낸 철혈의 군주다. 또한 주변국을 쉼없이 침략하는, 지칠 줄 모르는 정복자였다. 그리고 마침내 대륙제일의 부국인 도란 제국을 노리는 완성자가 되려 한다.

국왕의 집무실 문 앞에 섰을 때 라모는 한 줄의 글을 발견했다.

만일 죽으려거든 명예로운 전장에서 목숨을 바쳐라.

글은 양쪽으로 열게 되어 있는 문을 가로지르며 음각되어 있다.

문은 일부러 위엄을 세우기 위해선지 매우 거대했다. 사람 키의 두 배는 됨 직하게 높다. 자코 왕국의 호전성이 저 한마디에 응집돼 있는 듯 보인다. 국왕을 만나기 위해 이곳을 드나드는 사람은 예외없이 저

글을 볼 것이다. 그래서 포우 국왕의 호소력이 넘쳐 나는 저 글로 투쟁심을 일깨우겠지? 라모는 포우 국왕이 예사 인물이 아님을 단번에 알 수 있었다.

시종이 열어주는 문 안으로 샤넬 황녀가 먼저 들어서고 뒤이어 라모와 야스퍼가 따랐다. 문이 닫히며 은은한 광채가 일어난다. 라모는 이런 현상이 록 마법을 걸 때 일어나는 걸 알고 있었다. 퇴로가 봉쇄된 것이다. 국왕의 집무실에 정적이 감돈다. 그렇다고 사람이 없는 것이 아니다. 국왕의 집무실은 호른 제국 황제의 집무실만큼 넓지는 않았지만 그 절반은 되어 보인다. 각종 그림이 양각된 화려한 의자가 맞은편 단 위에 놓여 있다. 그 위에 국왕으로 짐작되는 인물이 앉아 있고 두 명의 인물이 좌우로 시립해 있다. 왼편의 인물은 플레이트 메일을 한 기사였고 오른편의 인물은 후드를 입은 마법사다. 국왕의 뒤편에도 한 명의 인물이 서서 라모 일행을 바라본다. 25세가량의 순후한 인상의 인물이다. 단 아래는 근위 기사들로 보이는 갑옷 차림의 인물들 30여 명이 3열 횡대로 가로막고 서 있다. 그리고 좌우 양쪽 벽면으로는 아이언 골렘이 늘어서 있다. 눈으로 세어보니 20기이다. 이거야말로 완벽한 함정에 빠진 꼴이다.

'속으로 희희낙락하겠지? 하지만 곧 뜨거운 맛을 보여주마.'

라모가 마음속으로 자신들을 비웃고 있을 줄은 꿈에도 모를 것이다. 우드 골렘도 아니고 아이언 골렘이라면 보통 인간에게는 감당할 수 없는 위력을 가진다. 야스퍼조차도 부담을 느낄 것이다. 하지만 라모에게는 식후 준비 운동감에 불과하다.

"샤넬 황녀여, 어서 오시오. 환영하오."

포우 국왕을 바라보던 샤넬 황녀의 안색이 창백해졌다. 포우 국왕의 목소리는 국왕다운 권위와 자애로움이 서려 있다. 그러나 왕관을 쓰고 있는 얼굴은 그대로 해골의 형상이다. 얼굴을 불길 속에다 구웠는지 화상의 흔적이 끔찍하다. 목까지 화상을 입어 턱을 당겼고 그 덕에 절로 입이 벌어져 이빨이 드러나 있다. 이어 포우 국왕은 라모와 야스퍼를 바라보았다. 화상으로 밀려 들어간 살점 사이로 눈알이 번뜩이니 언데드 마법으로 되살아 난 시체를 보는 느낌이다.

"어서 오시오. 호른의 참관인들이여! 그대들의 소문은 나도 익히 들었소. 죽을 자리를 용케도 알고 찾아왔구려."

해골의 입술이 살짝 말려 올라가자 라모는 대번에 기분이 더러워졌다. 샤넬 황녀는 금방 두려움에 몸을 부르르 떤다. 포우 국왕은 라모와 야스퍼의 진면목을 알고 있었다. 라모는 당장에라도 블랙암을 던져 버리고 싶은 충동에 사로잡혔으나 사정을 알고 싶어 마음을 가라앉혔다.

"포우 국왕이시여, 어떻게 우리를 알고 있는 것입니까?"

분위기가 심상치 않자 야스퍼가 샤넬 황녀를 끌어다 자신의 뒤에 두었다. 샤넬 황녀가 두려운 듯 뒤로 물러섰다. 그리고 라모가 한 발 앞으로 나서며 질문을 던졌다. 포우 국왕이 자신의 왼쪽에 선 기사를 슬쩍 올려다보았다.

"서로 인사들하시오. 이 사람이 우리 자코 왕국의 자랑인 리코 마리니엘 후작이오. 두 사람도 익히 들었을 것이오."

야스퍼보다도 더 어려 보이는 매우 젊은 모습이었다. 검은 머리카락에 장신이다. 소드 마스터다운 날렵한 몸매를 한 리코 후작이 싱글벙글한 표정으로 나섰다. 표정에 구김살이 없어 호감 가는 인상이다. 이런 자리가 아니었다면 리코가 자코 왕국의 실력자라는 걸 도저히 믿지 못했을 것이다.

"두 분을 뵙게 되어 영광이오. 두 분의 소문이 호른 제국을 진동시키
더니 마침내 우리 자코 왕국에까지도 들려오더군요. 빅투아르 경을 능가
하는 대륙제일의 검사에 또 한 명의 소드 마스터라… 처음엔 믿을 수가
없었소. 그래서 조금 조사를 했지요. 나중에야 그 결과를 인정하게 되었
소. 우리 자코 왕국의 앞길에 두 분이 큰 걸림돌이 될 것이라는 결론도
함께 얻었지요. 어떻게 하면 걸림돌을 제거할까? 골머리를 앓고 있었는
데 이렇게 제 발로 걸어 들어오다니… 하늘이 자코 왕국을 돕는구려."

리코 후작이 유쾌하다는 듯 웃자 국왕의 뒤에 서 있던 남자도 덩달
아 입을 벌리며 웃는다. 포우 국왕이 그를 소개했다.

"아, 이 아이가 바로 샤넬 황녀와 결혼을 약속한 삼왕자 아르센 벵거
요."

야스퍼가 자신의 정적인 아르센 왕자를 유심히 관찰한다. 20대 중반
의 아르센 왕자는 순박한 외모를 하고 있었는데 지금은 호기심 가득한
눈으로 샤넬 황녀를 바라보고 있다. 라모는 아르센 왕자를 힐끔 일별
한 다음 포우 국왕을 바라보며 입을 열었다.

"포우 국왕이시여, 어찌하여 그룬디아 대륙에 피바람을 부르는 것입
니까? 신께서도 분노하셨소. 신의 노여움을 당신들이 어떻게 감당하려
고 하는 것이오?"

라모는 신의 이름을 빌어 경고를 하고자 했다. 그러나 포우 국왕의
눈이 희번덕거리더니 오히려 큰 반발을 불렀다.

"신의 분노라고? 도대체 어느 신을 말하는 것인가? 신은 그동안 어
디에 처박혀 있다가 이제야 나타나 헛소리를 지껄이는 것인가? 우리
자코 왕국이 핍박을 받고 고통의 신음을 지를 때는 코빼기도 보이지
않더니 이제 와서 무슨 간섭인가, 이 빌어먹을 신들아!"

라모는 어처구니가 없어서 잠시 말문이 막혔다. 무슨 사정이 있음은 짐작했지만 그렇다고 저렇게 신에게 막말을 해도 되는 것인가?

"내 나이는 이제 70세를 넘겼다. 인생을 살 만큼 살았지. 하지만 아직도 내 가슴속에는 분노가 들끓고 복수의 염원이 새록새록 피어난다. 나의 부모 형제들이 제국의 창칼에 목이 떨어지는 광경을 절대 잊을 수 없다. 그래서 나는 아직 죽을 수 없다. 도란 제국의 목을 떼어버리고 호른 제국의 심장을 짓이겨 버리기 전에는 절대 죽지 않아."

이건 또 무슨 소린가? 라모는 해골의 눈에서 불을 뿜어내는 포우 국왕을 바라보며 의구심에 사로잡혔다. 포우 국왕이 알 수 없다는 표정의 라모를 바라보고는 눈빛을 누그러뜨렸다.

"하긴 자네들이 무엇을 알겠는가? 하지만 자네들도 진실은 알아야겠지. 내 나이 10살 때 볼모로 도란 제국에 잡혀갔다. 내 형과 함께였지. 또 다른 내 형제 하나와 누이는 호른 제국으로 잡혀갔다. 그러고 보니 벌써 어언 50년 이상이 지났군. 하지만 내겐 바로 어제 일처럼 생생해. 당시만 하더라도 여러 부족으로 나뉘어 있던 우리 자코 왕국은 힘이 없었어. 인구도 적은 데다 단결하지 못하니 강대한 힘을 자랑하던 도란 제국과 호른 제국의 제물이었지. 부왕이신 국왕과 나의 어머니인 왕비께서 끝까지 저항하다 운명을 달리하셨다. 결국 자코 왕국은 두 강대국의 먹이가 되었고 우리 형제들은 각각 두 나라로 끌려갔지. 그러나 두 나라는 얼마 지나지 않아 군사를 철수시켰지. 왜인지 아나? 전국 각지에서 우리 백성들이 저항하였고, 그동안 분열되었던 각 부족들이 오히려 하나로 뭉치기 시작했지. 진정한 자코 왕국의 역사를 두 나라가 만들어주었어. 이를 진압하기 위해 두 나라도 피를 흘리지 않을 수 없었지. 자코 왕국을 쥐고 있어보았자 먹을 건 별로 없고 위험만 가중되었던 거야. 황무지와 산지가 국토의 절반을 차지하고 있으니 괜히 나섰다고 후회했는 지도 모르지. 도란 제국은 군대를 철수시키자 우리 형제가 아무런 효용 가치가 없다고 생각했던 모양이야. 그렇다고 상처 입은 맹수가 될 것이 자명한 우리 형제를 놔줄 수도 없다고 생각했겠지. 어느 날 밤에 우리가 고이 잠자고 있던 처소에 불이 났어. 형은 불길 속에서 먼저 큰 화상을 입었어. 내가 자던 방으로 달려들어 나를 이불에 싸서는 창문 밖으로 던 졌어. 나는 2층에서 떨어진 충격으로 팔이 부러졌지만 어쨌든 목숨은 건졌어. 그리고는 피눈물을 흘리며 탈출했지. 그날 형이 창문으로 나를 던지기 전 눈물을 흘리며 외치더군. '포우, 오늘의 일을 절대로 잊지 마 라. 네가 우리 자코 왕국을 일으켜 세워라. 그리고 이 형의 원수를 갚아 다오' 죽음을 각오한 형의 머리카락에 불이 붙어 타오르더군. 그러나 형은 고통의 비명도 지르지 않고 나의 눈을 쳐다보았어. 그 짧은 시간에 나도 회복키 어려운 화상을 입었어. 그래서 지금 이 꼴이지."

포우 국왕이 자신의 상체를 내밀며 화상으로 짓물러진 얼굴을 강조 한다.

"그 이후 50년간 나는 자코 왕국의 재건에 일생을 걸었지. 호른 제 국으로 끌려간 나의 형제와 누이도 생사를 알 수 없었어. 이미 목이 잘 렸다는 소문만 들려오더군. 그날 이후 나는 신을 믿지 않아. 신이 있었 다면 어찌 가련하게 죽어가는 나의 형제들을 그토록 철저히 외면할 수 있단 말인가. 빌어먹을 신들이 지금에 와서야 나를 막는다면 나는 결 연코 신과도 싸우겠다."

사정을 듣고 보니 라모도 포우 국왕을 탓할 아무런 말도 생각나지 않는다. 그룬디아 대륙의 전쟁이라는 뇌관에 불을 붙인 원흉은 아무래 도 도란 제국과 호른 제국이 아닌가 하는 생각도 든다. 포우 국왕은 라모가 침묵을 지키자 눈빛이 더욱 흉흉해진다.

"이제 알겠나? 도란 제국과 호른 제국은 나의 은인들이야. 나로 하여금 지칠 줄 모르는 정복자로 만들어주었지. 분노가 넘쳐 그룬디아 대륙을 피바다로 만들겠다는 악마의 심장을 주었어. 나는 이 양국의 가르침을 절대로 외면하지 않겠네."

라모는 한숨을 쉬었다. 마치 자신의 전생인 사마조를 보는 듯하다. 포우 국왕에게서 강한 동질감을 느끼는 한편 동정을 금할 길이 없다.

"포우 국왕이시여, 당신의 오랜 슬픔에 가해자의 한 사람인 호른 제국의 국민으로서 사과를 드리겠습니다. 그러나 피는 피를 부르고 복수는 복수를 낳는 법입니다. 지금 당장은 자코 왕국이 강력한 군사력으로 양국을 누른다고 하더라도 역사는 순환하는 법입니다. 제가 돌아가서 자코 왕국의 피해를 보상할 만한 방안을 마련해 보겠습니다. 그러니 이제 그만 노여움을 푸십시오."

라모로서는 모처럼 진솔한 토로를 하는 중이었다. 또 한 명의 광한 마제가 세상을 떠돌고 있다는 진한 슬픔까지 느껴진다. 그러나 포우 국왕은 막무가내였다.

"돌아가? 흥, 이곳에 온 이상 아무도 갈 수 없다. 그런 입에 발린 말로 나의 오랜 원한이 잊혀질 것 같은가? 피의 대가는 붉은 피밖에는 없다. 나는 기어코 도란 제국과 호른 제국의 피를 보아야겠다. 그리고 그 전에 바로 너희들의 피를 보고 싶구나."

라모는 더 이상 말릴 수 없을 만큼 포우 국왕의 결심이 단단함을 알 수 있었다. 그의 원한으로 희번덕거리는 눈동자와 해골의 얼굴이 먼저 자신들을 노리자 라모는 조금 화가 나기 시작했다.

'정말 되는 일이 없군.'

라모는 포우 국왕에게 경고를 주고 싶었다. 세상사란 그리 만만한 것이 아님을 알려주고자 했다. 라모가 주변을 두리번거렸다.

"이곳은 손님 대접이 엉망이군요. 의자 하나 내어주지 않으니 내가 직접 의자를 가져와야겠군요."

라모가 나지막히 말을 던진 후 벽에 늘어선 아이언 골렘에게 다가갔다. 그리고는 아이언 골렘의 가슴에 일일이 손을 올려놓고 확인한다.

"이건 너무 차가워서 안 되겠고… 이건 너무 딱딱하군."

라모는 왼쪽 벽의 아이언 골렘을 다 살펴본 후 오른쪽으로 건너가 다시 일일이 골렘의 가슴에 손을 올려놓고 확인한다. 포우 국왕을 비롯한 자코 왕국 사람들은 라모가 무슨 짓을 하는지 이해하지 못했다. 라모가 설마 대수인이라는 전설적인 내가중수법의 장법을 발휘해 아이언 골렘의 내부를 몽땅 박살 냈다는 사실을 어찌 알겠는가? 겉으로는 전혀 표가 나지 않는다. 아이언 골렘을 움직이는 마법석은 물론이요, 다른 어떤 물체라도 견디지 못하고 박살이 났을 것이다. 라모는 오른쪽 맨 끝에 있는 골렘 3구를 골랐다.

"옳지. 이것들이 개중 낫군."

그러면서 라모가 골렘의 팔을 잡아 '휙' 하고 집어 던졌다. 거의 3미터의 장신과 전신에 철갑을 두른… 가히 500킬로그램은 되지 않을까 짐작되는 무거운 골렘이었다. 그런 골렘이 라모의 금나수에 걸려 허공을 날아서는 '쿵' 소리를 내며 야스퍼와 샤넬 황녀의 앞에 떨어졌다. 깜짝 놀란 마법사가 앞으로 나서서 주문을 외우기 시작했다. 그리고 포우 국왕을 호위하고 섰던 30여 명의 기사들이 일제히 검을 빼 들었다. 리코 후작만은 형형한 눈빛으로 라모의 역량을 가늠해 본다.

"이, 이게 어찌 된 일이지? 왜, 왜 아이언 골렘이 움직이지 않는 거지? 도대체 골렘에게 무슨 짓을 한 거냐?"

마법사가 혼잣말로 중얼거리다 라모에게 소리쳤다. 골렘이 움직이지 못하는 이유가 바로 라모에게 있다고 믿었다. 그가 골렘의 가슴에 손을 한 번씩 올려놓고 지나간 다음 그냥 단순히 몸집만 큰 인형들이 돼버렸다. 짧은 순간 손을 올려놓는 것만으로 골렘을 동작 불능으로 만드는 마법은 없다. 라모가 다시 제자리로 돌아와 집어 던진 골렘을 깔고 앉았다. 야스퍼는 앉지 않고 라모의 수법을 곰곰이 음미하는 중이다.

'하, 이것도 정말 멋진 수법이군. 저 무거운 골렘을 어떻게 집어 던진 거지? 형님한테는 정말 배울 점이 무궁무진하군.'

"포우 국왕이시여, 역사의 교훈을 믿지 못하겠다면 내가 당장 보여줄 용의도 있습니다. 다시 한 번 권하거니와 그만 분노를 풀고 양국과 화해를 하지 않겠습니까?"

워낙 화상이 심해 안색을 볼 수는 없었지만 몸을 움찔거리는 모양으로 보아 라모의 신위에 적잖은 충격을 받은 모양이다. 포우 국왕이 분노의 눈으로 마법사를 바라보았다. 자코 왕국 국왕의 권위를 한순간에 깎아 먹은 마법사를 단번에 쳐 죽일 기세다. 마법사가 당황해 앞으로 나서더니 지팡이를 들어 주문을 외우기 시작했다. 실내의 대기가 요동치기 시작했다. 무언가 무시무시한 공격 마법을 시전할 모양이다. 그러나 라모가 왼손을 슬쩍 들어 올리자 마법사의 동작이 멈추며 한줄기 혈흔이 미간에 비쳤다. 그리고는 곧 스르륵 주저앉아 버렸다.

라모가 던진 블랙암을 맞고 절명한 것이다. 지켜보던 포우 국왕의 흉악한 눈동자가 더욱 희번덕거렸고, 리코 후작의 눈이 동그래진다. 자코 왕국의 유일한 소드 마스터인 리코도 라모의 수법은 처음 보는 광경이 아닐 수 없다.

"포우 국왕이시여, 이것은 저의 조그마한 경고입니다. 국왕께서 계속 고집을 부린다면 자코 왕국도 결코 무사하지 못할 것이라는 저의 호의가 담긴 메시지입니다."

포우 국왕이 이빨을 드러냈다.

"호의가 담긴 메시지치고는 너무 피비린내가 나는군. 자네를 보고 있으니 더욱 울분이 치솟는군."

포우 국왕이 옆에 시립한 리코 후작에게 눈길을 던졌다. 리코 후작이 포우 국왕의 눈길에 잠시 고개를 숙였다. 그리곤 즉시 검을 빼 들더니 공간에서 사라졌다. 라모가 기의 진격을 알아차리고 순간적으로 검을 빼 들어 휘둘렀다.

챙!

어느새 라모의 앞에 나타난 리코 후작이 검을 찔러왔던 것이다.

"마법검사!"

야스퍼의 놀란 목소리가 울려 퍼진다. 리코 후작이 또다시 사라졌다가 라모의 옆에 나타나더니 십여 번이나 검을 찔러댄다. 너무나 재빠른 동작이다. 놀라운 쾌검을 발휘하는 리코 후작이다. 이 세계에서도 이런 쾌검을 구사하는 자가 있다니……. 라모도 조금 놀라는 심정이 된다. 그러나 이미 준비하고 있던 라모가 일일이 리코의 검을 파훼하자 리코가 검강을 발해 달려든다. 거의 2미터에 달하는 검강이다. 더군다나 순간 이동으로 전후좌우 번쩍번쩍 이동하며 쾌검술로 찔러대고 휘둘러오니 야스퍼라도 감당 못할 무위였다. 그러나 상대는 라모였다. 쾌검을 상대하는 요령인 정중동의 수법으로 여유있게 막아내며 손가락을 들어 리코를 가리켰다.

"크윽!"

리코가 어깨를 감싸 쥐며 뒤로 물러났다. 그리고 순간 이동으로 사라
졌다가 포우 국왕의 옆에 나타났다. 탄지신통에 어깨를 관통당했으니
당분간 왼팔을 쓰지 못할 것이다. 라모는 비록 격퇴하기는 했으나 리코
의 출중한 실력에 저으기 감탄했다. 원래 리코의 이마를 노렸으나 리코
가 기의 습격을 눈치 채고 어깨로 대신 받아낸 것이다. 방심하는 적에
게 회심의 일격을 날렸는 데도 죽이지 못했으니 아마 다음번에는 이런
수법에도 쉽사리 걸려들지 않을 것이다. 라모는 리코야말로 포우 국왕
이 믿는 최고이며 최후의 무기임을 알았다. 소드 마스터에 이르는 마법
검사라니……. 자신이 아니라면 누가 저자를 막을 수 있단 말인가.
　"힐링!"
　저렇게 스스로 자신의 다친 팔을 치유하는 것으로 보아 마법력도 만
만치 않아 보였다. 라모가 왼손을 슬쩍 흔들었다.
　"실드!"
　푸른빛의 방어벽이 생겨나며 포우 국왕과 리코를 감쌌다. 블랙암이
실드를 파고들었다. 그러나 리코는 어느새 이중의 실드를 펼쳐 놓았
다. 일차 실드는 뚫었으나 이차 실드에 그만 블랙암이 걸린다. 라모와
리코가 동시에 놀랐다. 여지껏 자신의 블랙암을 막은 인물은 카릴과
야스퍼밖에 없다. 그것도 야스퍼는 검강으로 카릴은 드래곤의 빛의 방
패로 막은 것이다. 그런데 리코가 인간이 펼친 실드로 자신의 블랙암
을 막은 것이다. 라모는 반드시 리코를 죽여야겠다고 결심했다. 저자
를 죽인다면 십중팔구 포우 국왕의 야욕도 수그러들 것이다. 리코는
라모의 신위에 혼비백산할 지경이었다. 그동안 리코는 누가 대륙제일
의 검사입네 하는 소문이 돌 때마다 속으로 득의의 웃음을 흘렸었다.
빅투고 야스퍼고 간에 자신에게 걸리면 그날이 바로 그들의 제삿날이

될 것이라 확신했었다. 대륙제일의 검사는 바로 자신인 것이다. 마법과 검강을 발하는 검술을 한 몸에 이룬 초인이 바로 리코라는 이름을 가진 인물임을 그룬디아 대륙에 떨칠 날을 기대하고 있었다.

리코 또한 라모에 못지않게 가슴 가득 살심이 솟는 걸 느꼈다.

"좋아. 다시 한 번 붙어보자."

리코의 몸이 다시 사라졌다가 라모의 앞에 나타났다. 그리고는 왼팔의 부상에도 불구하고 검강이 깃든 검으로 라모의 미간을 찔러왔다. 옆에서 지켜보던 사람들은 리코의 검이 위아래로 흔들리며 10여 개의 검날이 동시에 라모를 노리는 장쾌한 장면을 주시하고 있었다. 특히 야스퍼는 속으로 몹시 놀랐다. 과연 자신이 리코와 맞붙는다면 승부가 어떻게 될 것이지 저울질해 보았다. 몇 합에 지지야 않겠지만 승부가 길어질 것이고, 승부가 길어지면 자신이 불리하리란 사실을 짐작할 수 있었다. 야스퍼는 얼굴이 굳어졌다. 기사 아카데미에서 추측했던 리코의 역량은 그야말로 상상 이상이었던 것이다.

그러나 그런 리코도 라모 앞에서는 제 기량을 다 펼쳐 내지 못했다. 쾌검으로 찔러오는 검은 단 한 번 휘두르는 검강에 의해 튕겨 나갔다. 리코가 아이스 애로우를 발해 빈틈을 노리면 라모는 탄지신통으로 응수하며 오히려 짓쳐들어 갔다. 리코가 순간 이동으로 회피하면 라모는 신법으로 금방 따라붙어 위협했다. 이런 실내에선 라모의 신위는 절대적이었다. 연신 검이 부딪는 폭음이 터져 나오며 동에 번쩍 서에 번쩍 좁은 실내를 이동해 다녔다. 야스퍼를 제외한 다른 사람들은 미처 두 사람의 동작을 다 읽지도 못할 지경이었다. 불빛에 반사된 칼날이 번뜩거렸고 칼바람이 실내를 휘몰아쳤다. 한동안 접전을 벌이던 두 사람이 어느 순간 떨어져 나갔다. 그리곤 마주 보고 서는데 리코의 검에는

푸른 검강이 2미터가량 솟아 있었고, 라모의 검 또한 황금빛 검강이 천
장을 찌를 듯 뻗어 있는 모양이 장관이었다.

　그러나 라모는 숨결 하나 거칠어지지 않고 구레나룻 사이로 난 입가
에 희미한 미소를 띠고 있는데 반해 리코는 가슴을 가렸던 플레이트
메일이 조각나 땅에 떨어졌고 옷도 여기저기 베어진 자국이 역력하다.
리코는 좌절감을 느꼈다. 상대는 도저히 어떻게 해볼 엄두를 내지 못
하게 하는 이상한 방식으로 자신을 핍박한다. 자신의 공격이 전혀 먹
혀들지 않는다. 저자는 자신을 가지고 놀고 있었다.

　리코는 포우 국왕을 바라보았다. 포우 국왕은 침착하게 자리를 지키
고 앉아 장내를 주시하고 있었다. 워낙 얼굴의 화상이 심해 표정을 알
수 없지만 내심 몹시 난감해한다는 걸 짐작했다. 리코는 우선 이 자리
를 벗어나는 것이 급선무라는 걸 깨달았다. 여유만만한 상대가 아직까
지는 다른 사람을 건드리지 않는 것을 보니 국왕에 대해서는 큰 적대
감을 가지지 않은 모양이다. 그러고 보니 함정을 판 사람은 자신들이
지만 함정에 걸린 이도 자신들이라는 걸 알고 어처구니가 없다.

　"잡아라!"

　리코가 앞에 선 기사들에게 소리쳤다. 이제나 저제나 기다리던 기사
들이 함성을 지르며 라모와 야스퍼에게 달려들었다. 라모의 눈은 리코
에게서 떨어지지 않는다. 야스퍼가 검을 빼 들더니 달려드는 자코 왕
국의 기사들 사이로 파고들었다.

　"크악!"

　"으악!"

　자코 왕국의 기사들이 추풍낙엽처럼 쓰러지기 시작했다. 야스퍼가
검강을 발해 눈부시게 휘두르자 그 반경 안에 걸리는 자들은 목과 가

슴과 팔이 조각으로 분리되며 우수수 쓰러지기 시작했다. 동시에 화려한 포우 국왕의 집무실이 선혈로 낭자해졌고 피비린내가 진동했다. 라모는 그런 그들을 힐끔 바라본 후 신법을 펼쳤다.

"헉!"

라모가 포우 국왕과 리코의 옆에 나타났다. 라모가 허리에서 바이올레이드를 빼내 휘둘렀다. 리코는 안색이 더욱 창백해지며 포우 국왕을 부축한 채 정신없이 뒤로 물러섰다. 라모가 발휘한 이형환위의 신법이 마치 순간 이동처럼 보였다.

"너도 마법검사였구나."

착각에 빠진 리코의 말에 라모가 잠시 신형을 멈추었다.

"글쎄, 마법은 아니지만 마법만큼의 효능은 있다고 할 수 있지. 리코후작, 너의 재능이 놀랍구나. 하지만 그것이 너의 명을 재촉했다. 그만 죽어라."

라모가 바이올레이드를 치켜들고 달려드는 순간 리코 후작이 품속에서 스크롤을 꺼내 찢었다. 눈부신 빛이 번쩍하더니 포우 국왕과 리코가 공간으로 사라져 버렸다.

"이런, 준비가 철저한 놈이구나. 이놈을 놓쳤으니 앞으로 잡기가 힘들겠는데……."

라모가 아쉬움에 혀를 찼다. 반드시 잡았어야 할 놈을 놓친 찜찜함이 가슴에 맺힌다. 한쪽 구석에는 안색이 창백하게 질린 채 아르센 왕자가 떨고 있는 모습이 보였다. 라모는 아르센 왕자를 죽일 마음은 없었다. 장내를 보니 야스퍼가 이미 모두 쓰러진 자코 왕국 기사들의 옷에 검을 닦고 있는 모습이 보인다.

리코가 도망치고 난 후 라모와 야스퍼는 포우 국왕의 집무실을 빠져

나와 일행이 기다리는 접대실로 갔다. 그곳도 미리 함정이 마련된 듯 1백여 명의 자코 왕국기사들이 호른 제국의 기사들을 핍박하고 있었다. 야스퍼가 달려들어 검강을 발해 물리치고 구하고 보니 4명의 기사 모두 치명적인 상처를 입고 목숨이 간당간당하다. 좁은 회랑을 배경으로 용맹하게 버텼으나 아무래도 무사한 외교관료를 보호하려다 더 큰 피해를 입은 모양이다. 결국 4명의 호른 제국 기사들이 긴 호흡을 한 번씩 내쉬더니 숨을 거두었다. 죽다 살아난 외교 관료가 막막한 얼굴로 서 있다.

라모는 어쨌든 자신을 따라온 기사들이 죽자 분기탱천해 아직도 기회를 노리고 몰려서 있던 자코 왕국 기사들을 향해 왼손을 연속으로 흔들기 시작했다. 진기가 담긴 블랙암이 순식간에 빗방울처럼 퍼져 나가며 기사들을 덮쳤다. 자코 왕국 기사들의 머리와 가슴, 배에 구멍이 숭숭 뚫리며 피를 그 자리에서 절명했다. 가죽이나 체인 메일도 소용이 없었고, 들고 있는 검은 무용지물이었다. 기사들이 대부분 몰살되어 가자 살아남은 자들은 기겁해 꽁무니를 뺐다.

〈제1권 끝〉